樋辻臥命
Illustration＝夕薙
異世界魔法は
遅れてる！ 10

八鍵水明

ムーラ
——相反する者どもよ声を聞け。いま手を取り合って紡ぐがいい。
Dissenters hear me cooperate work
荒れ狂うものが大地に堕ちて、地を這う波濤が吹き上がる。
a storm crashed landslide blows up
その足もとを拝め。頭上を睥睨せよ。其は天に唾する愚者の幻想
look at feet stare overhead fools illusion defy god
——大地旋風衝
Grantornado

初美は吹き付けてくる剛風に堪えながら、
それを迎え撃たんと構えを取る。
そして、
――倶利伽羅陀羅尼幻影剣《くりからだらにげんえいけん》　玄妙抄《げんみょうしょう》　明王断《みょうおうだん》

朽葉初美
敵を下から上に真っ二つに両断する逆風の秘剣が、
いまここに再現される。

朽葉初美
フェルメニア・スティングレイ
浴場の扉が開け放たれ、
身体にタオルを巻いた
女性陣が入ってくる。

レフィール・グラキス

目次 contents

異世界魔法は遅れてる! 10

イラストレーター / 夕薙

異世界魔法は遅れてる！⑩

樋辻臥命

OVERLAP

イラスト／夕薙

プロローグ　黎二《れいじ》たちの動向

「……うーん」

起き抜けの遮那《しゃな》黎二を脅かしたのは、寝不足から来る気怠《けだる》さだった。

借り物のベッドの上で、目覚まし代わりというように、靄《もや》を振り払うかの如《ごと》く頭《かぶり》を振る。

だが、霞《かすみ》がかってぼやけた思考は一向にクリアにならず、ただただ鈍重さをもたらすばかりという有様だ。

まどろみから抜けきっていないような、曖昧な境。

いまだ夢の中にいるかのような、自分の身体《からだ》が自分のものでない感覚。

さながら空へ向かって落ちている最中のような錯覚。

――これを晴らすには、もう一度眠りに落ちるべきか。

布団から出たくないと思うなどいつぶりだろう。

こうしていつまでもぬくもりに包《くる》まっていたいという念に駆られて仕方がない。

だが、こんな風に怠惰から逃れられないのはなにゆえか。睡眠時間が減るほど夜更かしなどはしていない。にもかかわらず、このひどい眠気だ。

こちらの世界では、向こうの世界のようにテレビやゲーム、勉強、電話など夜更かしをしたくなるような理由がないため、基本的に早く床につく傾向にある。

むしろ早朝は素振りや魔法の訓練に充てていたため、早寝早起きという現代人が忘れがちな生活リズムで動いているほどだ。

ならば、この寝不足をもたらす原因はなんなのか。

ただ単に調子が良くないだけなのか。

それとも気になっていることから来るストレスが関係しているのか。

だが調子を崩すほどの疲労もないし、気にしているようなこともない。

直近での最も大きな問題は、水明《すいめい》たちの帰還が叶《かな》ったかどうかが挙げられる。

しかし、それに関してはそれほど心配していない。

帰還の魔法陣はあの慎重な水明がきちんと体裁を整えたものだし、まず失敗するヴィジョンがまったく思い浮かばないのだ。

魔術が失敗してどこか別の場所へ飛ばされる、もしくはあの場で消滅する。

それらは確かに考えられることだが、しかしその想像に危機感が付随しない。

むしろ水明が失敗するときというのは、彼のうっかりが発動して、しょうもないエピソードが増える程度と相場が決まっている。彼が笑われる話が増えるだけで、ここぞという大事なときは、まるで奇跡か魔法が働いたように綺麗《きれい》に着地するのがいつものことだ。

水明自身魔術師なのだから、そんな不思議がまかり通るのは当然と言えば当然なのだが。

「……そろそろ起きよう」

窓から差す陽《ひ》の光は、かなり高い位置から入り込んでいた。

塵《ちり》や埃《ほこり》に反射し、それらをキラキラと輝かせている。

ふと見た机の上は、ひどく雑然としていた。何に使うのかよくわからない器具や、メモに意味不明な走り書きが認められ、魔法陣の書き損じがそこら中に散らばっている。

いま黎二がいるのは、ネルフェリア帝国にある八鍵《やかぎ》邸だ。

水明たちが現代世界へと一時帰還してから、すでに数日経《た》つ。

帰還する際、八鍵邸を逗留《とうりゅう》場所として借り受けており、その代わりに管理を頼まれているという状況にあった。

部屋は複数あり、広々としている。逗留している者がそれぞれ一部屋使用できるという充実ぶりだ。しかも、アステルや自治州ではなかった風呂まで設置されているという至れり尽くせりぶり。

日本の手狭な物件事情がテレビで散々取り上げられる昨今、費用がどれだけ掛かったのかは気になるところであった。

グラツィエラだが、

――お前たちを監視しなければならないからな。

そんなことを言って、八鍵邸の一室を占領。

帝国に戻ってきたばかりのときは、そのまま城に戻って寝泊りしていたにもかかわらず、何故《なぜ》か手狭な八鍵邸を使い始めた。

どんな考えが働き、彼女をそうさせたのかはわからないが、いつでも気軽に会えるようになったため、情報の伝達がかなり良くなった。

一方でティータニアは、何故か不満げな様子であったが。

重い頭でそんなことを考えながら、廊下を歩く。

歩いているときも、あくびが出て仕方がない。

やはり寝直そうか。そんな油断し切った思考のまま部屋のドアを無造作に開ける。

ここがリビングだと勘違いしたまま。

ここが、ティータニアの部屋だと思い出せないまま。

結果そのツケを払うことになったのは、黎二ではなくこの部屋の主だ。

「……え？」

「は……」

薄青い髪は肩口で切り揃《そろ》えられ、それと同色の瞳は磨き抜かれた宝石のように輝いている。

黎二の目に飛び込んできたのは、しなやかで均整の取れた身体だ。一言で言い表せば小柄に尽きるが、胸は控えめでも決して小さいわけではなく、尻も小ぶりながら抜群に形がいい。腕や足はほっそりとしており、それでよくあの長剣二つを自在に操れるものだと物理法則というものを今一度確認したくなるほど、ちぐはぐさがあった。

黎二がドアを開けたのは、ティータニアが下着まで脱ぎ去ったタイミングだ。彼女は一糸まとわぬ姿であり、重要な部分まですべてさらけ出している。

ティータニアが一気に顔を紅潮させる。耳たぶまで真っ赤だ。

彼女はすぐに、くるりと背を向ける。

「れ、れ、れ、レイジ様！　そ、その……！」

彼女の態度を目の当たりにしたせいかおかげか、黎二のぼうっとした頭がみるみる覚醒していく。

「ごっ――ごめん！　これはわざとじゃなくてその！」

「は、はい……レイジ様がわざとこのようなことをするとは考えられません。何か事故が起こったということはわかっています」

「う、うん……」

「あ、あの、その、そのままでは……」

「そうだよね！　ごめん！　すぐ閉めるから！」

黎二はそう言って、ドアを閉める。

部屋の内側に、ティータニアだけでなく自分まで取り残したまま。

「…………あの」

「――はっ!?　そうじゃない！　そうじゃない！」

「いえ、レイジ様がそういうおつもりなのでしたら私も覚悟を決めます！　どうぞ」

「あ……」

ティータニアはベッドに身を預けると、恥じらいながらも迎え入れる体勢を取る。腕で胸を隠し、両膝を合わせて、真っ赤な顔で目線を逸《そ》らす姿がひどくいじらしい。

誘蛾灯《ゆうがとう》に引き寄せられる羽虫のように、ついふらふらと引き込まれそうになるが。

ではなく。

「ち、違うんだ！　そうじゃなくて！　いま頭がぼうっとして物をうまく考えられなくてそれでこんなことになって！」

「その、私も初めてですのでどうか優しくお願いします」

「違うんだ違うんだ！　ほんとそうじゃないんだぁあああああああああ!!」

絶叫が帝都にある八鍵邸を震わせ、直後、ドアが強く閉められる音が響いた。

黎二が奏でるけたたましい逃走音は当然のように階下へも響くのであった。

黎二の頭が冷静さを取り戻したあと。

すでに八鍵邸のリビングには、全員が集合していた。

みなテーブルに就いており、それぞれ紅茶を飲んだり、爪を研いだり、手鏡を覗《のぞ》いていたりと、思い思いのことをしている。

安濃瑞樹《あのうみずき》。自身や水明と同じく、この世界に召喚された友人だ。

王城で一緒に召喚されてからこれまで行動を共にし、魔法を使って助けてくれた。

穏やかさを与えてくれる柔和な表情。よく手入れされた長い黒髪。季節外れの赤いマフラー。出所不明の品である指ぬきグローブなどなど。特徴に欠かない少女で、少し前までとんでもないトラブルを頻発させていたが、いまは至って元通り。天真爛漫《てんしんらんまん》な性格で、彼女の笑顔を見ていると自然と元気が湧いてくる。

ティータニア・ルート・アステル。自分たちを召喚した国である、アステル王国の王女だ。

王国にいたときはドレスばかりだったが、旅に出てからは動きやすそうな服装を好んで着用している。

少し前までは、控えめさやおしとやかさが前面に出ていたが、剣士ということを告白してからは、常に夜の湖面の如き静けさと、カミソリのような切れ味が同居しているといった佇《たたず》まい。

先ほどのどたばたのせいで、まだ顔が赤みを帯びているようにも見えるのだが。

お互い、視線を合わせるのがやけに難しく感じられる。

グラツィエラ・フィフィス・ライゼルド。いま自分たちが逗留している、ネルフェリア帝国の皇女だ。性格は高貴な人間にありがちな尊大さと好戦的さを持ち合わせ、どことなく野性味があるが、その反面、強い責任感と優しさを持ち合わせる。

大人びた顔立ちと眼差《まなざ》し、ウェーブの入った金色の髪。服装は帝国の軍服の上に魔法陣を組み込んだコートを肩に引っかけているという出《い》で立《た》ちだ。

武威が混じった威厳を常に身体《からだ》の外に放っている。

これがいつもの面子《メンツ》だが、この日リビングに集まっていたのは、彼女たちだけではなかった。

聖庁《せいちょう》エル・メイデで呼ばれた勇者エリオット、そして彼のお付きをしているクリスタだ。

テーブルに歩み寄ると、まずティータニアが挨拶をする。

「れ、れれ、レイジ様、おはようございます？」

「お、おはよう、ティア！　今日もいい朝だね！」

「ええ！　とても清々《すがすが》しくていい朝ですね！」

そう言い合って、お互い何もなかったように取り繕う。

当然、それが涙ぐましいまでの努力であるということに気付かない察しの悪い者はこの場にはいないわけで。

「いい朝にしては、随分な騒ぎだったようだが？」

「そうだよね。もう一体何事かと思ったよー」

グラツィエラと瑞樹が、そんな手厳しい言葉を掛けてくる。

二人が向けてくる非難するような視線に、黎二《れいじ》は焦った顔を見せた。

「いや、あれはね、その」

「その？　なに？　なんなのかな？」

「いや、えっと……」

言い訳を考えるも、まるで言葉が続かない。不幸な事故だとただ一言言えばいいのだが、そんな言葉は許されないのか、口を開こうとするたびに瑞樹のジト目が非難の色を強めていく。

そんな中、エリオットがほうっと紅茶の香りが混じった息を吐いた。

「君にあるまじき失態だね」

「うぅ……返す言葉もないよ」

「レイジ。レディの部屋に行くのはきちんと段階を踏むものだよ？　酔ったときとかその場の勢いに任せてなんて無責任なやり方じゃいけない。きちんと押し倒しに行く気で臨まないと、ティータニア殿下に失礼だ」

「ちょ、君は一体何を言っているんだ!?」

「当然レディに対する心構えのことだけど？」

「僕はそんなつもりじゃなくて！」

「それならもっとダメじゃないか。男としてきちんと責任を取らないと」

「それは……」

エリオットからそんな話をされたあと、黎二はティータニアの方を向く。

「れ、レイジ様……」

「ティア、その……」

黎二がティータニアと見つめ合い何かしら雰囲気が高まった折のこと。

瑞樹とグラツィエラは何を思ったのか、すかさずくちばしを容《い》れた。

「ま、まあ別に？　そこまで責め立ててやることもあるまい」

どこか上擦った調子で言うのは、グラツィエラ。

「そうだよ。不幸な事故事故。わざとじゃないんだから許してあげないと」

焦った様子で話を終わらせに掛かったのは、瑞樹。

どちらも、先ほど責めていたとは思えないような手のひらの返しぶりだ。

「っ、お二人とも！　折角雰囲気がよくなったというのにっ！」

「ティア、いまも雰囲気いいままだよ？　なにか勘違いしてない？」

「そうだぞティータニア殿下。被害妄想はやめてもらおう」

瑞樹は突然機嫌をもとに戻し、グラツィエラに至ってはなぜかしてやったりと言った笑みを浮かべている。その一方で、ティータニアは悔しげだ。まるで重要なシュートの場面を邪魔されたときのように、歯の音を鳴らしている。

グラツィエラが再び黎二の顔を見る。

「それにしても、本当にひどい寝ぼすけだな。いままでそんなことはなかったのに一体どうしたのだ？」

「まったくグラツィエラさんの言う通りだよ。本当に今日はどうしたんだか」

眠気が取れず、頭もぼうっとしたまま。覚醒したのにそれとはまるで程遠い頭の調子。

そんなこちらの困惑から、グラツィエラは何かを感じ取ったのか。

「……ふむ、受け答えはきちんとしているのに、顔色が冴《さ》えないのはどういうわけだ？」

「うん、ちょっとね」

寝不足の理由は黎二自身もわからないため、ここは適当に濁すしかない。

そんな話をしている中、ふとグラツィエラの身綺麗《みぎれい》さに気付く。髪はしっかりと整えられ、薄く化粧も乗っているという具合。朝の手入れに時間を掛けていることが窺《うかが》えるということは、かなり早起きをしているのだろう。

寝起きで簡単にまとめてきただけのこちらとしては、頭が下がる思いだ。

瑞樹が可愛《かわい》らしく小首を傾《かし》げる。

「黎二くん、寝不足なの？」

「うん、そうみたいなんだ。十分寝ているはずなんだけどね」

「あ！　もしかしたらそれ、スリープアプニアシンドロームかもしれないよ？　スリープアプニアシンドローム！」

「はい？」

こちらがピンと来ないでいる一方で、瑞樹は腕を組んで軽く反り返り、ドヤ顔を見せる。ふいに彼女の口から飛び出してきた外来語。はて、その難解な言葉は一体なんだろうか。それに当てはまりそうな文言をしばし考えてみる。

横文字が飛び出してきたということは、きちんと日本語訳があるはずだとあたりを付けて。

「……もしかしてそれ、睡眠時無呼吸症候群のこと？」

「さすが黎二くん博識だね！　その通りだよ！」

「というか瑞樹、単に横文字言いたかっただけじゃない？」

「えへへ……だってここにいるとそんなに言える機会ないから」

瑞樹は、バレたか……というように誤魔化し笑いをする。こうして時折中二病の名残が出て来るのは、なんとも彼女らしい。

……それが全面的に出てきた場合の恐怖は、少し前に嫌というほど味わったが。

だが、こちらとしてもそんな生活習慣病の代表的な病気に罹《かか》ったという心当たりはない。

年齢も若いし、そもそも原因になるような生活習慣をしているわけではないのだ。

太っている痩せているなどは関係ないが、この病気は首回り顔回りなどの肉の付き方が関係していると聞く。

再び思い悩んでいると、グラツィエラが隣の椅子を引いて声を掛けてくる。

「レイジ、そろそろ座ったらどうだ？　こっちへ来い」

「え？　ええ……」

グラツィエラに誘われ、彼女の隣の椅子に赴こうとすると、一瞬ティータニアの瞳が鋭い光を帯びた気がした。

「レイジ様、こちらも空いていますよ。どうぞ」

「え？　え？　えっと……」

ティータニアが、静々と自分の隣の椅子を引く。

これはどちらの席に行けばいいのか。一瞬では判断が付かず戸惑っていると、何故《なぜ》か二人は視線をぶつけ合って、火花を激しく散らし始めた。

それを見かねた瑞樹が、すぐに間に割って入る。

「二人とも、黎二くんが困るようなことしたらダメだよ」

「ミズキ。そんなことを言っているだけで良いのか？　お前はいま、競争に出遅れているのだぞ？」

「そうですよミズキ。その鷹揚《おうよう》さは褒められる美点だとは思いますが、いささか悠長すぎるのでは？」

二人は、そう言って余裕そうな顔を瑞樹に見せ付ける。

「べ、べべべ別に私はききき気にしてないもん！　そんな隣に座るか座らないか程度のことで周回遅れになっちゃうとかないもん！」

「……そんな狼狽《ろうばい》した調子でそんなことを言うのか」

「っていうか二人とも、そんなので気が引けるくらい簡単だったら、いまごろ取り合いしてるような余地なんてないでしょ？」

「…………」

「…………」

「そうでしょ？　二人だってそう思うよね？」

「……確かにそうだな。この辺り手ごわい相手ということを失念していた」

「……ですね。これについては私たちの方が浅はかだったかもしれません」

何故かその主語のない曖昧な説明で、ティータニアもグラツィエラも納得している様子。

「ねえ三人とも、なんの話？」

「常に鈍感な寝ぼすけには一生理解できん話だ。気にするな」

「うん。気にしないで」

「そうですね。お気になさらず、レイジ様」

「えぇ……」

何故かそんな風に、手厳しく返された。

こちらが責められる口実が増えたような気がしてならない。

助けを求めてエリオットの方を向くと、彼は紅茶の入ったカップを優雅に一口。

その後、ふっと嘲笑めいた息を吐き出す。

「あれかな、実は君とあの男って、血のつながった兄弟とかなんじゃないかな？」

「それ、もしかして水明《すいめい》のこと？　いや、なんでそうなるのさ？」

「いや……うん、いま言ったことは気にしないでくれ」

エリオットは大きなため息を吐いてから、「これは相当だね」「みんな苦労しそうだ」など
ぶつぶつ独り言を口にする。

一体全体なんのことか。頭が上手《うま》く働いていないせいか、さっきから何の話をしている
のかまったくもってよくわからない。

適当な椅子に腰を掛けると、ティータニアもグラツィエラも不満そうな顔を見せる。

ティータニアがこちらを向き、畏《かしこ》まった様子で切り出した。

「レイジ様に一つ提案……と言いますか、お願いしたいことがあります」

「お願い？　あっ……」

お願いと聞いて、すぐに思いいたる。やっぱり、先ほどのことだろう、と。

「いやごめん！　本当にごめん！　今度から気を付けるから！　開ける前はきちんとノックして確認する！　もし間違ったらすぐに出て行くから！」

「そっ！　そちらの話ではありません！　それとは別の話です！」

「ご、ごめん！」

「あのことは私は気にしていませんから！」

ティータニアは話を切り替えるため、咳《せき》ばらいを一つしてから再び口を開く。

「その、なるべく早く、我が国へ……メテールに戻っていただきたいのです」

「王都に？」

「はい。私はハドリアス公爵の件を、お父様にご報告しなければなりません。それに関係して、レイジ様にもご同行いただければと思いまして」

「確かに、それは必要だよね」

そう、今回エリオットが不当に拘束されたということで、水明たちと一緒にハドリアス公爵邸に乗り込むことになったのだが、そこで公爵が普遍《ウニベルシタス》の使徒なる集団と繋《つな》がりを持っていたことが判明した。

これについては、上位者である国王に報告しておかなければならないことだし、公爵のことも彼から聞いておく必要がある。

遠方との通信手段がない以上、一度王都メテールに戻る必要があるのだ。

「取って返す形になり、申し訳ございませんが、何卒《なにとぞ》」

「うん。構わないよ。むしろ、なるべく早く行かないといけないね」

一方で、グラツィエラが忌々しそうに呟《つぶや》く。

「ルーカス・ド・ハドリアスか。厄介な相手だ」

テーブルに人差し指をしきりに打ち付ける仕草から、相当に苛立《いらだ》っていると言うことが窺える。彼女も公爵にしてやられたことがあるため、他人事《ひとごと》ではないのだろう。

「帝国と隣接する領主で、大きな軍事力を有し、おまけに本人も強いときた。正直、厄介な相手だね。向こうを張るのは並大抵のことじゃない」

「えっと確か……ティアと同じ七剣《しちけん》の一人だったっけ？」

「はい。舞踏剣を操る七剣《しちけん》最優の剣士。『七曜《しちよう》の刃爵《じんしゃく》』の異名を持つ男です」

「……あのときは水明がいたから押せてたけど」

「敵に回せば相当厄介な相手だ。帝国が大きく出られないのも、あの男の力が大きいせいだからな」

クラント市はアステルとネルフェリアの境にある防衛の要だ。そこを任されているということを考えれば、公爵の有能さも容易に想像がつく。

グラツィエラも、公爵のことをかなり評価しているらしい。

「ティア。あのときは、裏切りは絶対にないって話だったけど、本当に大丈夫なのかな？」

「ええ。それは私が保証いたします。あの男に限って裏切りなどはないでしょう」

「勇者の動きを縛ったうえ、別の勇者にも刃を向けた相手を随分信頼しているのだな」

「いえ。信頼というよりは、これは剣士としての確信です」

「ほう？」

「ティア、それは？」

「心に迷いや曇りがあれば、剣にそれが反映されます。それが二君を戴《いただ》くとなればなおのこと。ですが、あの男が剣を曇らせたことは、これまでに一度もありません」

ティータニアはそう言って、言葉を続ける。

「あの男が普遍の使徒《ウニベルシタス》と繋がりがあるというのなら、ここ二、三年の話ではないでしょう。もっと前に接触していたはずです。私はその間に何度かあの男と剣を合わせていますが」

「剣を合わせたとき、公爵にそんな素振りはなかったってこと？」

「はい。あの男の剣閃《けんせん》は、それは澄み切ったものでした……私としては腹立たしいことではありますが」

その感覚は、剣士同士にしかわからないものなのだろう。戦いに身を置いたばかりの自分では、まだまだ理解できないものだ。

ティータニアはハドリアスへの対抗心を燃やしているらしく、利き手を強く握りしめている。

そんな中、エリオットが口を開いた。

「それで、レイジ。メテールにはいつ向かうんだい？」

「そうだね。相談する必要が出て来たから、すぐにでも向かおうと思うよ」

「なら、僕たちも報告が終わったら追い駆けることにしようか」

「え？　エリオットたちもアステルに？」

「僕たちも本来なら、アステルの王様に挨拶しに行く予定でもあったしね」

そう言えば、そうだ。エリオットはメテールに向かう道中で、ハドリアス公爵に捕まってしまったのだ。

そのため、救出後はアステル行きを一時取りやめて西に引き返し、帝国に留《とど》まっていたのだ。

「……ハドリアス公爵の処遇がどうであれ、僕もこの件でアステルの王様に話を聞いておかないといけない。あの男が何者で、どういった考えを持つ者なのか、僕も知る必要があるからさ」

「……そうだね」

思うことは、彼も同じなのだろう。情報を集めなければ、その人物の人間性は見えてこないし、それが見えなければ、相手の目的にも辿《たど》り着くことはできないからだ。

「落ち着けるところに戻ってきたばかりなのにね」

「それは君たちだって同じだ。王国から戻って、また王国へとんぼ返りだ」

そんな話をする中、ふと瑞樹《みずき》が何かに気付いたように手を叩《たた》く。

「あ！　でもそうなると猫ちゃんたちの面倒を見る人がいなくなっちゃうよ！　どうしよう……」

「そっか。猫のことはリリアナちゃんに頼まれてたよね」

家の周りに住みつく猫たちの面倒は、リリアナ・ザンダイクから頼まれていたことだ。

猫たちは元々野良であり、無理に世話をしなくてもいいということだったが、協力者であるためできる限り見ておいて欲しいとは言われていた。

瑞樹と共にどうしようかと考えを巡らせるに難渋していると、グラツィエラが口を開く。

「なら、それは私の方で手配しておこう」

「いいの？」

「ここに通うのは数匹ほどだろう？　なんのことはない」

「さすがグラツィエラさん！　頼りになる！」

「当然だ」

そんな風に話が決着した折、エリオットが視線を向けてくる。

それは、いつも以上に真剣なまなざしだった。

「レイジ。これは僕のお節介みたいなものだけどさ」

「なにか？」

「最近、魔族の方に動きがない。念のため気を付けておいた方がいい」

「鳴りを潜めてるときこそ、裏で動いているってこと？」

「常に動けるのに、動かないっていうのはやっぱり不気味なことだからね」

「やっぱりそういうのって、実際あるものなんだ」

「相手が小物であれば無駄に時間を費やしている……なんてこともあるけど、魔族のバックに邪神なんてものが控えている以上、油断はできない。きちんとした鋳型を持っている場合に限るけど、そういった連中は碌《ろく》でもないことばかり考える」

「碌でもないこと？」

「真綿で首を絞めるようにじわじわとか、一気に叩き潰そうとして力を溜《た》めているとかさ」

「だから、裏で動いていることは間違いない、か」

「そうだ。なら、その暗躍はなんなのかということになるんだけど……」

そこで、ふとした引っかかりを覚える。

（ん？　あれ……？）

そう、自分にはいまのエリオットの発言に関して、思い当たることがあったはずだ、と。

以前誰かとそんな話をして、何をしているかについても答えを得られていたはずだ、と。

そう考えて、記憶の奥底を浚《さら》おうとした折――ふいに意識が飛んだ。

「黎二《れいじ》くん!?」

「レイジ様!?」

「おい、レイジ！」

……ふとした暗闇に襲われる。

目蓋が帳《とばり》のように閉じられ、さながら深い水底に吸い込まれるように意識が沈んでいく。

そのただ中にあって、どこからともなく悲鳴のような叫び声が聞こえてくる。

自分の名前を呼ぶ声が、どこか遠くから、何度も、何度も、繰り返し。

やがて、グラツィエラに抱えられていることに気が付いた。

聞こえていた悲鳴さながらの呼び声は、彼女たちのものだったのだ。

どうやらバランスを崩して、椅子から落ちてしまっていたらしい。

「気を付けろ。一体どうした？」

「え？　ああ、すみません」

「いや、構わないが。本当に大丈夫か？」

「大丈夫。ちょっと目眩《めまい》がしたくらいだから」

グラツィエラに支えられながら立ち上がると、ティータニアが心配そうな視線を向けてくる。

「レイジ様、少しお休みになられた方がいいかもしれません」

「いや、大丈夫だよ。本当に、いまのはなんでもないんだ」

「黎二くん、ホントに？　貧血みたいな倒れ方には見えなかったよ？　なんていうか、電池が切れたって言うか、スイッチがオンだったのを急にオフに切り替えたような……」

「大丈夫だって。ほら、いまはもうなんともないし」

少女たちを心配させまいと、腕を大きく広げて笑顔を見せる。

そんな中、自分が何かを握っていることに気が付いた。

（え――？）

手のひらに感じられる固い感触。言い知れぬ不安に襲われ、視線をゆっくりと手元へ動かしていく。その動作は、まさに油を差し忘れたブリキの人形が如《ごと》くというほど、ぎこちなかったのではなかろうか。

目の焦点を合わせ、手をゆっくりと開いていくとやがて、指の隙間から白い金属質の部分と、蒼《あお》い輝きを放つ宝石が見えてくる。

「黎二くん。それって、イシャールクラスタ？」

「……うん」

「いつの間に持ってたの？」

「それは……」

瑞樹の疑問の通り、いまのいままで手に持ってはいなかった。

ずっと上着のポケットにしまってあったはずなのだ。

そのはずなのに、いまはこうして手元にある。

その蒼い輝きに、視線を落とした。

――その話は、水明《すいめい》としたはずだ。

そんな誰かの囁《ささや》きが、自分の声でどこからともなく聞こえてくる。

あのとき、彼とした話を思い出せと言うように。

それがいまの自分には最も重要なのではないのかと言うように。

「……エリオット」

「なんだい？」

「魔族に大きな動きがないのは、彼らが新しい魔族を創っているからなんだ。強い魔族を生み出すために、弱い魔族を減らして、邪神が力を注ぎ込む分の枠を空けているんだ」

「それは本当かい？」

「うん。いまはまだ準備期間で、そのうちそれが投入される。それを行っている魔族が、水明にそう語っていたんだ」

その話は、以前に魔族が帝国に攻め込んだときに聞いたものだ。

水明の推測もそうだったし、リシャバームとかいう魔族の言っていた話とも辻褄《つじつま》が合う。

エリオットのお付きであるクリスタが、不安そうに瞳を揺らす。

「エリオット様。いまのお話は、どういう……？」

「魔族は邪神の力で生み出され、その数も質も邪神の力の容量によって決定される。邪神の力っていうのは限られているから、それを既存の『相応《ふさわ》しくないもの』から、相応しくなるよう再設計して投入しようってことなんだろう。すでに粗雑な兵隊が大量にいるよりも、もっと規模が少なくても質のいい魔族を生み出す段階にきているんだろうね」

「では、今後もっと強力な魔族が現れるということなのですか!?」

「そうだ」

このことについて、あの魔族は戦争ゲームなどと言っていた。

確かに、開発費がかかるユニットには相応の資金《リソース》をつぎ込まなければならないし、マップに台数制限があればその枠を空けなければならない。ある意味、いい得て妙ではないか。

ふと、瑞樹が万歳をするかのように両手を挙げて、疑問を口にする。

「でもでも、どうして質にこだわるのかな？　こういうスケールの大きな戦いなら、数の有利の方が強そうに思うけど」

「国はすでに三つほど落ちているということを考えれば、そこまで物量を頼みにしなくてもいいと判断したんだろうね。雑魚は手に余るけど、質のいい兵はやり方次第では工夫が利く」

　エリオットはそう推測を述べて、改めてその危機感をあらわにする。

「……マズい話だ。そうなると僕たちは彼らの思惑に協力しているということになる」

「だからといって倒さないわけにもいくまい。思惑に乗るのが癪《しゃく》だからと言って、やり過ごしていれば被害が増えるばかりだ」

「そうですね。今後は一層上手《うま》く立ち回らなければならないでしょう」

「だけど、悪いことばかりじゃないよ。量から質に転じるってことは、手が回らない場所が減ることになる。各個撃破できるようになるのなら、やりようだと思う」

　だがそれには、相応の力が必要になる。自分の力が、質の良くなった魔族を圧倒できるのか。

「だが、その質のいい魔族が増えればそうも言っていられないだろう」

「まだその魔族を揃《そろ》えられていない、いまが勝負ってわけだね」

「軍備を整えて、備えておかないといけませんね」

「もっと迅速にやりたいところだけど、実際僕らは魔族の本拠地すらわからないわけだし」

　それも今後調べる必要があるだろう。根っこを断つのが一番良い。

　それをどうやってやるのかと訊《たず》ねられれば、まだ案らしい案は出せないのだが。

「……今後は、戦いがより厳しくなるだろうね」

「ああ。お互い」

黎二はエリオットと握手をして、それぞれ準備に取り掛かった。

第一章　黎二に呼びかけるもの

蠟燭《ろうそく》の灯《とも》る部屋の中で、一人の女が立っていた。

艶《なま》めかしいふくらみのある肢体を騎士装束のような衣服に包み込み、腰には剣を差している。髪は白く、鮮血を思わせる赤い瞳を持ち、肌は褐色。それだけなら、王国や帝国でも珍しくない女騎士や女戦士とも言えるだろうが、それらと決定的に違うのは、頭に小さな角を生やしているところと、その尖《とが》った耳だろう。

魔族の女だ。魔族の将軍格の中では、もっとも人型に近い造形を取っていると言っても過言ではないだろう。

――ここに来たのは、やはり間違いだったのかもしれない。

魔王の軍の将の一人である女剣士ムーラは、この場に訪れたことをひどく後悔していた。

こんな呼び出しになどに応じなければ良かった。

そのまま城を発《た》って、戦のことだけに専念すれば良かった。

それができなかった生真面目な自分に呆《あき》れ、辟易《へきえき》した吐息を漏らす。

このため息と憂慮の根源は、とある者に呼び出されたからだ。

そのムーラを呼び出した者は、魔王の軍で参謀的な役割を果たす男、リシャバームだ。

金の髪から巻き角を生やした、痩身の男。どこから現れたのかも不明、考えもさることながら、力量もまったくの不明。同じ邪神の落とし子であるなら、ある程度は把握できるが、不明ずくめの身の上だ。

先ごろ、魔王ナクシャトラより人間の国への侵攻を言い渡されたのも記憶に新しい。頃合いを見計らってやっと侵攻の日取りが決まった折、ムーラはこの胡散《うさん》極まる者に呼び出されたのだ。

「おや、先に来られていましたか」

部屋の外から、そんなとぼけた声が響いてくる。

扉越しに敵意を向けるが、しかしリシャバームはどこ吹く風といった様子。遅いお出ましに対する不満げな応対を気にした様子もない。

「ごきげんよう。ムーラ殿」

「……ふん」

「これはこれは、随分と嫌われていますね私も」

「当然だろう。お前の存在をよく思っているのは、あの方くらいのものだ」

「一体何が嫌われる要因なのか、まったく想像もできませんよ」

「よく言う。自分の胸に手を当てて考えてみるのだな」

ムーラはそう吐き捨てると、改めてリシャバームに問いかける。

「それで、私をこんなところに呼び出して今日は一体何用だ？」

「今度の戦は、あなたが指揮を執るのでしたね」

「そんなもの今更確認しなくともわかりきったことだろう？　この策をナクシャトラ様に奏上したのは貴様だと聞いているぞ」

「気分を害されたのであれば申し訳ありません。いえ、この度あなたに、新しい邪神の落とし子を連れて行っていただきたいと思いまして」

「この前貴様が披露したあれか」

「はい」

「ナクシャトラ様のご許可は？」

「いただいております」

「……ならば構わん。それで、その新しい落とし子はどこにいるのだ？」

「すでにここに」

「なに？」

ムーラがリシャバームに聞き返すと、室内に目に見えた変化が現れる。

ふと、薄暗がりが支配していた一角から、暗闇のヴェールが取り払われた。

まるでそこに、あらかじめ暗幕でも仕込んでいたかのようなひどく演出じみた変化だ。

やがて、ムーラの目に明らかになったのは――

「…………」

それは、まったく異形の怪物だった。

造形は、左右非対称。

知性を感じさせないほどのどう猛さと獰悪《どうあく》さを兼ね備えた姿形。

もし人間がこれを見れば、そのまま卒倒してしまうだろう不気味さと、おぞましさがそこにあった。

ムーラがこうしてこれを見るのは二度目だが、何度見ても慣れるものではないのだなと再確認する。邪神に産み落とされた魔族ですら、こうしてひどくおぞましく思うほど。あまりに醜悪なフォルムは、魔族であるムーラにさえ不可逆な破滅を感じさせるものだった。

しかし、内包している力は比べるまでもない。いままで配下として動かしてきた魔族たちが、まるで赤子のように思えるほどの強大な力が感じられた。

そう、目の前のものがあまりに強すぎるほどに。

「それと、此度《こたび》の戦いに関して、いくつか変更があります」

「変更だと？」

「私の独断ではありませんよ？　これはすべてあの方の御意志です」

そう言われれば、否と言うわけにもいかない。

「あなたには直接、人間の国へと出向いていただきます」

「直接だと？　それはどういう意味だ？　行軍は翼持ちでも一月はかかる――」

「いえ。私の魔術で空間をつなげてしまえばすぐにでも攻め入ることが可能です。それも、中枢である首都に直接です」

「バカな。そんなことなどできるわけがない。大言も大概にすることだ」

「これは、私の力を侮られては困りますね。まあ、すぐにそれは目の当たりにすることになるでしょうが」

「……本当なのか」

ムーラの問いかけに、リシャバームは「ええ」と言って頷《うなず》く。

だが、その自信に満ちた言いようには、いまだ疑問が残る。

そんなことができるのなら、何故《なぜ》これまで使わなかったのか、と。

……いや、不要になった魔族どもに消耗を課して、減らしやすくしていたのだろう。

それはわかる。わかるのだが、やはり腑《ふ》に落ちない部分もある。

やり方があまりにも回りくどいのだ。そんな力があるなら、そんなことをせずとも、もっと早く人間の国を攻め落とすことができたはずだ。

敢《あ》えてそれをしなかったことに、何かしらの思惑を感じずにはいられない。

「……リシャバーム、貴様の目的はなんだ」

「目的ですか。人間の国の一つを攻め落とすことですよ。それはナクシャトラ様も望むことだ。そうでしょう？」

「そうではない」

「それ以外に何があるというのですか？　私は、人間を滅ぼすために尽力しているつもりですが」

「…………」

確かにそうだ。我らが魔族の大望である『邪神の悲願を叶《かな》えるために、人間をこの世から一人残らず滅ぼし尽くす』というものだ。そのために、国という団結を崩しにかかるのは、当然の動きだと言えよう。

間違ってはいない。間違ってはいないのだが、何か別の思惑があるように思えて仕方がない。無論それは、自分たちに不利をもたらすようなものではないと理解しているが、それでもこの男の考えは、終局的な破滅を宿しているようでやけに気味が悪かった。

人間の破滅ではなく、まるですべての破滅を予期させるような、そんな気さえしてくる。

「そうやって敵意を向けられては困ります」

「ならばその胡散臭い演技をするのをいますぐやめろ。虫唾《むしず》が走る」

「では仕方ありませんね。貴女《あなた》の敵意は我慢しましょう」

ムーラはリシャバームの玩弄《がんろう》するような物言いに対し、さらに敵意を強める。

ほぼ殺意に等しくなったそれに、しかしリシャバームはどこ吹く風か。微笑《ほほえ》ましいものでも見ているかのように笑みを穏やかに浮かべている。

「よくもそこまで余裕でいられる。あの魔族をけしかければよいとでも考えているのか？」

「いいえ。いまの貴女では、私を脅かすにはいささか足りないと思いまして」

「私に貴様が殺せないとでも？」

「ええ。私の場合ただ殺すのではなく、殺し切る必要がありますから」

リシャバームはそう言うと、何が面白かったのか不気味な忍び笑いを漏らす。

「殺し切る、だと？」

「ええ。その通り」

そして、やけに勿体付《もったいつ》けた様子で、こう語り始める。

「――魔術師は一度や二度殺された程度では、死ぬようなものではない、ということですよ」

その言葉の意味は、一体なんなのか。物言いではない。

「ではなにか？　貴様は死なぬとでもいうのか？」

「いえいえ、決して死なないというわけではありません。ですが、殺しにくいものであるということは間違いないでしょうね」

「………」

「私の存在を許せぬと言うのなら、いまの言葉をよく覚えておくとよいでしょう」

……そう、この男の不気味さの根源はこれにある。得体の知れない万能感。こちらが及ばぬ独自の常識。共通しない共通言語。あまりに不鮮明で、底が見えない。大海に手を突っ込んで、浅い部分だけをまさぐって底に何があるのか調べているような、そんな無為や途方もなさを感じさせる。

ムーラはリシャバームから視線を魔族へと移す。

「……来い」

そう一言告げると、リシャバームの作った魔族は従順なのか、付いてくる素振りを見せる。

それを見たリシャバームが、笑顔を作った。

にこやかで、やけに胡散臭い笑み。裏に一つも二つも隠していると公言し、それを見た相手の反応を面白がっているような、そんな不遜さがそこにはあった。

「行ってらっしゃいませ。戦果を期待します」

「……貴様に言われずとも」

やがてムーラが室内を辞したあと、リシャバームの呟《つぶや》きが室内に響く。

「……新たなものを迎えるためには、まだまだ枠を空けないといけません。新たな創造のため、古きに滅びを。生まれるための苦しみを。たとえそれが、すべての滅びに繋《つな》がるのだとしてもね」

リシャバームの口の端から漏れ出た忍び笑いが、部屋にわだかまった闇をさらに色濃くさせていった。

ネルフェリア帝国からアステル王国までの道のりは、駆け足だった。

魔族の動向なども鑑みて、なるべく早く動いた方がいいだろうという結論に至り、身体《からだ》にも馬にもかなり無理をさせながらの移動を行った。

この世界に来た当初であれば、そんな強行軍などまず不可能だっただろう。

馬での移動は意外と体力を消耗する。確かに徒歩に比べればその差は歴然だが、馬は乗り続けているだけでも体力を使うため、折々の休憩は必須のものと言える。

旅の当初は、移動の合間によく休憩を挟んでいたし、乗馬に伴う足腰の痛みに悩まされた。

しかし、いまはイシャールクラスタを手に入れたおかげでさらに身体能力が向上しているし、瑞樹《みずき》も旅のおかげで以前よりも体力が付いている。そのため、強行軍にも耐えることができ、馬上であってものほほんとしていられるようになった。

グラツィエラの入国手続きなどで多少の時間は取られたものの、以前の移動を半分に詰めるほどの早さでアステル王国の首都メテールに到着することができていた。

街の内外を隔てる城門をくぐると、王都の街並みが視界に広がる。

穏やかな色合いの建物や、敷き詰められた石畳、植えられた木々や花壇。真《ま》っ直《す》ぐに延びた大通りの先には、さらにもう一つ高い城壁がそびえており、王城の全貌を隠している。

アラバスターを吹き付け、目に痛かった帝都の街並みと比べると、随分と目に優しいように感じられた。

「王都メテール……なんだか懐かしいね」

「うん。私たち、ここで呼ばれたんだよね……」

瑞樹とそんな風に感慨に浸りながら、辺りを見回す。

メテール大通りの喧騒《けんそう》は、フィラス・フィリアの大通りよりも控えめだ。

活気はあるものの通りの規模が違うため、決して閑散とはしていないのだが、どうしても見劣りしてしまう。

グラツィエラはそれを代弁するかのように、厳しい指摘の言葉を口にする。

「ふん。帝都に比べれば随分と貧相なことだ。メインストリートが狭いせいで屋台の種類も少ない」

「あら、アステルは歴史を重んじる国です。文化を節操なく受け入れるなどというみだりな政策を良しとはしていないのですよ」

「流行《はや》りの強みを舐《な》めていてはそのうち置いて行かれるぞ？」

「そちらは国を移民に乗っ取られないようお気を付けを」

見下ろす皇女と、見上げる王女。どちらもその目は、穏やかなものからまなじり鋭く変わっている。国の方針でも二人はバチバチらしい。

最近ではこれが二人のじゃれ合いだということに瑞樹共々気付いているので、仲裁に入ることもないのだが。

「そういえば、お出迎えとかはあるのかな？」

瑞樹がそう言うと控えてきた衛士《えじ》が「迎えはあちらに」と。案内の人間らしき者が一人おり、こちらの視線に気づいて頭を下げた。

ティータニアが口を開く。

「大使館伝手《づて》にできる限り自重して欲しいと連絡していますので、規模は。騒ぎになれば煩わしいですし、出立したときのように大仰なものにもなりません」

「よかった。あれはあれで大変だからね」

「うん。パレードは一回二回でおなか一杯だよ……」

黎二《れいじ》は瑞樹と二人、大きなため息を吐く。パレードで注目されるなど、見世物のようなものだ。動物園のライオンやパンダの気持ちというのはきっとこんなものなんだろうというのがよくわかった。人に見られるというのは、それだけ疲れるということだ。

そんな中、黎二はふと気になっていたことを口にする。

「そういえば、グレゴリーさんたちはどうしてるのかな？」

「グレゴリーたちも王都にいるはずです。おそらくはまだ療養中だと思いますが」

出立時から付き従ってくれていたグレゴリーたちは、連合自治州での一件から療養していたのだが、ティータニアの話を聞くに、そのまま真っ直ぐアステルに戻ったらしい。

「あとで三人のお見舞いにいかないとね」

「そうだね。元気にしてるといいね」

瑞樹とそんなことを言い合っていたときのこと、ティータニアが背中辺りを眺めていたことに気付いた。

「ティア？」

「そう言えばレイジ様。あのマントはお着けにならないのですか？」

「マント……？　あっ……」

その言葉で、思い出したくないことを思い出してしまった。

以前に魔法使いギルドの全属性のスペシャリストたちに勝利した後、ギルドマスターから二つ名と一緒に貰《もら》った悪趣味なマントのことを。

何とも言えない表情で、ティータニアに声を掛ける。

「あれはその、あまり……ね？」

「……？」

「良いではないか。なぜ着けないのだ？」

「うん。それにはね、すごく深い事情があるんだよ」

「お前はどうしてそう深刻な顔をする」

「そんな顔もしたくなるよ」

黎二は投げやりな様子でそう言うと、すぐに意味ありげに遠い目をしてたそがれる。別にマントはいい。だが、あの妙なカラフルさはいただけない。大昔のヒーローが身に着けるようなただただ派手さだけを求めたようなデザインに、どうしても痛々しさが感じられて仕方がなかった。

ここはこんな感じで有耶無耶《うやむや》にしてしまおう。

そんな黎二の思惑を阻止したのは、空気を読めなかった子、瑞樹だった。

「黎二くん。あれ、私は格好いいと思うよ？」

「あ、ありがとう。でも、その、ね？」

わかるだろう。そんなニュアンスの同意を求めた折、ティータニアが無慈悲な宣告を行う。

「あまりいい気分をお持ちでないのは承知していますが、いずれにせよ、公式の場では着用を求められると思いますよ？」

「嘘《うそ》ぉおおおおおおおお!?　そんなぁあああああああ!!」

王都の大通りに、黎二の悲痛な絶叫が響く。

王城を訪れるということについては事前に伝えてあったため、アステル王国国王アルマディヤウスとは、すぐに謁見できる運びとなった。

調整のため控室でわずかな時間を過ごしたあと、黎二たちは謁見の間に案内される。

しかしてそこには、二人の人物がいた。

玉座に座る国王アルマディヤウスと、その隣に控えるこの国の宰相だ。

宰相と話したのは数回程度に収まるため、申し訳ないが名前は失念した。

ただ水明《すいめい》が「宰相は嫌みったらしそうなバーコードハゲ」と言っていたので、特徴はなんとなく覚えていた。

黎二はアルマディヤウスに目を向ける。

白髪の交じった初老の男性だ。頭に王冠を載せ、権威の象徴である王笏《おうしやく》を携えている。

優しげな雰囲気を持った王だ。帝国皇帝やハドリアスなどは常に厳格な雰囲気をまとっていたように思うが、召喚された当初と同様、厳格さに柔らかな雰囲気が同居しており、どことなくだが親しみが感じられる。

本来なら国王というものは、もっと近寄りがたいものでなければならないはず。「舐められる」ようであれば、やはりそれは王に相応《ふさわ》しくないというのが、一般的な国家元首に対するイメージだ。

だが、そんなこちらの憂慮に反して、アルマディャウスはほぼすべての者から敬意を持たれているように見える。それが彼の手腕なのか。それとも、彼には権威を保てる別の何かがあるのか。

黎二はアルマディャウスの前で礼を執ると、やがて一段高い場所から声をかけられた。

「レイジ殿、ミズキ殿。久方ぶりだな」

「陛下。ご無沙汰しております。この度は突然の訪問を受けていただき、感謝いたします」

「ご、ご無沙汰しております！　陛下！」

瑞樹はいまだこういうやり取りは慣れないらしい。控室でも謁見に対する気負いや緊張はなかったはずだが、言葉遣いで少しパニックを起こしたらしい。

その辺りは、グラツィエラが上手《うま》く間を埋めてくれた。

「アルマディャウス陛下におかれましては、ご機嫌麗しゅうございます。こうして拝謁の栄に浴することができたのは、まこと慶賀の至りにて」

「うむ。グラツィエラ皇女殿下も息災そうでなによりだ」

「陛下はあまりお変わりないようですな」

「ははは！　これは手厳しい」

アルマディィヤウスはそう返答して、朗らかに笑っている。年齢差を考えれば、彼にとってグラツィエラなどまだまだ小娘のようなもの。彼女の口にした嫌みにも似た当てつけなど、アルマディィヤウスにとってはなんの痛痒《つうよう》にもならないのだろう。右から左に、柳が風を受けるように、自然な様子で受け流している。

「こうしてわざわざご足労をかけたこと、私の方からも感謝する」

「いえ、僕たちにもここへ来る理由がありましたので」

「ふむ。そうだ。ときにスイメイ殿はどうしているかな？」

アルマディィヤウスが訊《たず》ねると、それにはティータニアが答える。

「お父様。スイメイは元の世界に戻りました」

「なに？　ではスイメイ殿は帰る方法を見つけたのか……！」

「はい。ですが……」

アルマディィヤウスの驚きの声を聞いたティータニアは、どこか不思議そうな表情を見せる。ふとした引っかかりに気付いたような、そんな顔だ。

一方で黎二も同じようにアルマディィヤウスの言いように、違和感を覚えた。その言いようでは、水明が現代日本に帰還する方法を見つければ帰れるような、確信があるような言い方だからだ。

「もしや、陛下は水明が魔術を使えることを知っていたのですか？」

「うむ。出立前にいろいろとあってな。だがその様子では、レイジ殿やミズキ殿も知っているようだ」

アルマディヤウスと認識を共有する。やはり、彼は水明が魔術師であるということを知っており、自分たちがこの城にいる間に、何やらひと悶着《もんちゃく》あったらしい。

肝心の何があったかについては、以前に水明と話したときと同様、はぐらかされたが。

「ふーん。水明くん、王様には言ってたんだ。ふーん……」

瑞樹《みずき》は教えられていなかったことを思い出したのだろう。頬をぷっくりと膨らませて、あからさまな不機嫌さを表現する。「お土産ないと許さない」「お米とお味噌《みそ》は最低限」そんなことをぶつぶつと口にしながら、彼女で言う『暗黒面《ダークサイド》』を感じさせる負のオーラを発していた。

「ということは、フェルメニアもそちらの世界に行ったのか？」

「はい。帰還には白炎殿も付き添いました」

「そうか。では、違う世界の在り方に目を回している姿が目に浮かぶな」

アルマディヤウスはフェルメニアの立ち回りを予想したのか、機嫌良さそうに笑っている。

「先生なら大丈夫だと思います」

「ええ。白炎殿は優秀ですので」

ティータニアと二人、自信満々にそう言う。

そんな中、ふとグラツィエラが訝《いぶか》しげな視線を向けてきた。

「……前々からお前たちに聞きたかったのだが、随分と白炎殿を評価しているのだな」

「当然です。白炎殿は、できる方ですから」

「確かに白炎は器用で才能があるということも認めるが、あのなんとも言えない残念感はどう説明する？」

「残念？　先生が？」

グラツィエラの物言いに眉をひそめると、ティータニアもそれに追随する。

「……グラツィエラ殿下は何か勘違いをしているのではありませんか？　スイメイならまだしも白炎殿が残念とは聞き捨てなりません」

「おい貴様ら本気か？　それは本気で言っているのか？」

自身とティータニアの言い分に対し、グラツィエラはひどく戸惑っている。その様子はまるで、自分たちとは別の視点からものを見ているということに、いまさら気付いたかのよう。

グラツィエラが戸惑いと困惑をさらに強めると、ふいに誰かが盛大に噴き出した。

「――ぶふっ！」

いまのは誰が——と周りを見回しても、それらしい者はどこにもおらず。

ふと前を向くと、アルマディヤウスが大きく顔を背けていた。肩は小刻みに震えており、声が漏れないよう手のひらを口に当てている。

どうやら笑いをこらえているらしいことが窺《うかが》えるが、ということは、だ。

「……どうやらアルマディヤウス陛下は把握しておられるらしいな」

「お父様？　一体どういう……？」

「ふむ。スイメイ殿は確か、フェルメニアのことをぽ、ん、こ、つ、などと評していたな」

「は……？」

「ぽんこっ!?」

「つぅー!?」

瑞樹と顔を見合わせるが、彼女も心当たりはないというように首を横に振る。

一方で、ティータニアが怒りをあらわにする。

「なんという。物覚えが良いと褒めている裏でそんなことを言っていたとは」

「うーん。水明って基本そういうことは関係が悪い相手じゃなきゃ言わないのに……」

「許せません。戻ってきたらその辺り白黒つけなければ……」

「……？　ティータニア。そなた随分とスイメイ殿に対して当たりが強くなったな。出立前はそんな調子ではなかったはずだが？」

「え？　いえ、それは……」

アルマディヤウスの訊ねに対し、ティータニアが誤魔化すように視線を背ける。

ともあれ娘が問いかけに一向に答えないことを不毛と思ったのか、アルマディヤウスは話の路線を変えた。

「まあ、再会の雑談もこれくらいにしておいて、そろそろ本題に入ろうか。レイジ殿が私に訊ねたいことがある、ということはすでに書状で把握している」

一体何を聞きたいのか。アルマディヤウスがそ油断ない視線を向けてくる一方、ティータニアが周囲に指示を出して、人払いを行う。

「お父様。お伺いしたいのは、ハドリアス公爵についてです」

「……ルーカスか。商隊を囮《おとり》に使ったというのはすでに報告を受けている。すまぬがそれに関して、私から大きな罰を与えるということはできない。一定の制限を与えることはできるが、スイメイ殿が実力者だとわかっている以上は難しい」

「いえ、その件ではないのです」

「ふむ。ではなんのことだ？」

ティータニアに代わって、口を開く。

「ハドリアス公爵がエル・メイデの勇者エリオット・オースティンを監禁したことについてはご存じでしょうか？」

「ルーカスがエル・メイデの勇者殿を監禁？　いや、報告では勇者殿の疲れを癒すため、しばらく逗留《とうりゅう》していただくということだったが？」

「いえ、実際は彼を脅し、足止めをさせていた。それはいまは置いておきます。僕たちには気になっていることがあるのです」

「なるほど、レイジ殿には別の懸念がおありということか」

「お父様。普遍の使徒《ウニベルシタス》という言葉を耳にしたことはございますか？」

「いや、寡聞にして知らぬな」

「この北部大陸の裏で暗躍する者たちの呼び名です。以前にネルフェリアでの魔族との戦争のときには助けにもなりましたが、先ほどのエル・メイデの勇者エリオットのときは、僕たちの前に立ちはだかりました」

「話の流れからすると、それにルーカスが関係しているというのか？」

「はい。普遍の使徒《ウニベルシタス》の盟主であるゴットフリートと繋《つな》がり、エリオットを監禁したのも何かのたくらみあってのものと存じます」

ティータニアは懸念を伝えるが、しかしアルマディヤウスは信じられないというように目を細める。

「……ルーカスは私の盟友だ。庇《かば》うわけではないが、そんなことをするのには何かしら意味があったと思われるが……ティータニア」

「はい。私もそう思います。ですが、動向には注視しておかなければならないと存じます」

「そうだな。ときにレイジ殿。ルーカスからなにか話を聞いたことはなかったのか？」

「公爵からの話ですか？」

黎二《れいじ》が訊ね返すと、アルマディヤウスは頷《うなず》く。

話と言えば、ある。それは、随分と前のこと。

「……一度、クラント市を訪れた折に、公爵の館に呼ばれて話をしたことがあります」

「そのとき、ルーカスはなんと？」

「僕が戦う理由と、女神のことについてお話がありました」

「ルーカスが理由をまったく伝えないということはないだろう。おそらくはそれが関係しているのかもしれん。しかし、女神について、か……」

アルマディヤウスはそう呟《つぶや》くと、ふとした思案顔を見せる。

やがて、何かしらの答えが出たのか。

「いまの世のありように、ルーカスも不安を抱いているからだろう。その不安は、やがてアステルを巻き込むことになる。だから暗躍しているのだろう」

「……おそらく公爵は、女神に対する不安があるのかもしれません」

「そうか。ならばこの話は、他の者には明かせぬな」

「はい」

「レイジ殿がルーカスを疑う気持ちはわかる。だが、ルーカスはレイジ殿を邪魔なものだと思っていたか？」

「いえ、積極的に僕を試し、何かを諭そうとしていたように思います」

「だろう。あの男が本気でレイジ殿を排そうとするなら、ただでは済まないはずだ」

「……はい。それはよく思い知らされました」

「では、レイジ殿に刃を向けたか」

「試すようなものでしたが」

「それは聞き捨てならん事実だな。だが……ふむ、ルーカスならば『勇者に手合わせをしてもらった』というていで押し通すだろうな」

アルマディヤウスはハドリアスの言い訳を予想すると、ふいにこちらの様子を眺める。

「ルーカスと戦ったにしては、何事もなさそうな様子だが」

「いえ、そのときは水明《すいめい》もいたので、一緒に」

「なるほどな」

するとティータニアが口を開く。

「……正直、スイメイであればたとえ公爵であろうとも圧倒できるかと。剣の腕はそこまでではありませんが、戦い方が……アレですので」

「ほう？　ではティータニア、スイメイ殿と手合わせでもしたのか？」

「え、ええ。まあ、はい……」

「それで、結果はどうだったのだ？」

アルマディヤウスが訊《たず》ねると、ティータニアは目に見えて挙動不審になる。

「べべべ、別に、お伝えしなければならないほどの話ではありませんので……」

「だが、私は気になる」

誤魔化そうとするティータニアをアルマディヤウスは逃がそうとしない。どことなく、娘の反応を楽しんでいるようなものにも見える。

一方でティータニアは、嚙《か》み潰した苦虫が舌の上に残ったかのように、ひどく苦そうだ。

「……負けました。ですがあれは卑怯《ひきょう》な手を使われたからで」

「スイメイ殿は剣士ではなかろう。そなたの考える『堂々と』では戦ってくれまい。使い手それぞれの戦術がある」

「それは承知しておりますが！」

ティータニアが食い下がる一方、アルマディヤウスは娘の至らなさにため息を吐く。

「そなたの負けず嫌いはいつまで経《た》っても直らぬな」

「お、お父様！」

アルマディヤウスとの会談は、ここで一度区切りとなった。

国王アルマディヤウスとの謁見を終えたあと。

黎二たちは王城キャメリアのとある一室に案内された。といっても、以前に黎二たちがキャメリアに逗留していたときに使っていた部屋だ。広々としたゲストルームであり、寝具なども揃《そろ》えられている。ベッドは二つ。クローゼットに、執務机のような大型のデスクが一つ。ソファが二つにローテーブルも揃えられている。ホテルの一室と客間を合体させたような内装だ。

入る前に活《い》けられたのか、遅咲きのガーデニアの甘やかな香気が、部屋の中に穏やかに広がっている。

一行は部屋に入るなり、それぞれ思い思いの位置へ。

ティータニアはソファに腰を預けて紅茶の入ったカップを傾け、グラツィエラはその対面のソファに座って両腕を広げるように頭の上、背もたれの上に載せ、足組み。瑞樹《みずき》は椅子に逆向きに腰掛け、背もたれに腕を乗せてぐでりとしている。

窓から外を眺めると、兵士たちが訓練をしているのが見えた。

木剣を打ち合わせる音と気合の入った声が、気障りにならない程度に聞こえてくる。

その様子をひとしきり眺めたあと、ベッドの上に腰を下ろした。

「国王陛下、お変わりなさそうだったね」

「そうだね。ああいう優しそうな雰囲気ってやっぱり安心するよね」

しかして、アルマディヤウス評。

厳格さがまったくないわけではないが、懐の深そうな態度がこちらを安心させてくれる。

黎二と瑞樹がそんな話をする中、グラツィエラは組んだ足を組み替えて、ティータニアを見る。

「いや、あれで強者《つわもの》とは、まったく見えないな。その辺りは父親譲りということか？」

「別に私もお父様も普通にしているだけですが」

グラツィエラが含みのある視線を向ける一方で、ティータニアはお澄まし。静かな様子で紅茶を口に含む。

「え？　ティア、陛下も強いの？」

「ええ。剣の腕前は相当のもの。お立場上、七剣《しちけん》の儀には出られませんが」

「それで代わりに出たのがハドリアス公爵だな」

確かに、グラツィエラの言葉通り、そんな風にはまったく見えない。

一方で瑞樹も、同じことを思ったのか。

「黎二くん。強そうに見える？」

「僕じゃあ全然わからないよ。水明なら……いや、水明もそんな感じに見てなかったし、どういうことなんだろうね」

「剣士としては引退してからすでにかなり経っていますので、現役のときに比べればかなり落ちるのでしょう……私はそうは思いませんが」

ティータニアがそんなことを言っていると、ふと、瑞樹が。

「……なんか水明くん、狸親父《たぬきおやじ》とか言ってそうだね」

「み、瑞樹、さすがにそれは失礼じゃ……確かに水明なら言いそうだけどさ」

「でしょー？　水明君なら絶対裏で言ってるよ。間違いない」

だが、それだけの腕前があるのなら、アルマディヤウスの威厳のことも納得だ。

相手を威圧してその威厳を保っているのではなく、確固とした武力を背景にしている。

だからこそ、上下関係がきちんと保たれているのだろう。

「それよりも話はスイメイのことです！　あろうことか白炎殿にポンコツなど……日々の家事を白炎殿に頼っているというのにそんな物言いをしているとは！」

ふとしたティータニアの激昂《げきこう》に、呆《あき》れた声を上げたのはグラツィエラだ。

「それは過去の話だろう。それにいまは奴《やつ》の術を教えられている。剣士であるティータニア殿下とて、家事をこなす程度で秘術や秘技を教えてもらえるとなれば喜んでやるだろう？」

「それでは王家の権威が下がります」

「その程度で下がるような権威であればない方がマシだな」

「あら？　ではグラツィエラ殿下も、スイメイに魔術を教えてもらえるなら代わりに家事をするとでも？」

「奴の弟子になるという部分にいささかの抵抗もないと言えば嘘《うそ》になるが……」

「……意外ですね」

「当然だ。わがままは言えん。特にそれが国益に直結するとなればな。あの男の持つ力にはそれだけの価値がある」

黎二は意外に高いグラツィエラの水明評に内心驚く。

いつもはティータニアに負けないくらい憎まれ口を叩《たた》いているのに、これほど褒めるとは思わなかった。

「グラツィエラさんは水明のこと評価しているんですね」

「お前とて、奴の実力の程度がわからんわけではないだろう。おそらく、向こうの世界の者たちと比較したとしてもかなりの腕のはずだ。付いて行った連中が周囲の評価の高さに驚いている姿が目に浮かぶ」

「グラツィエラ殿下、それは評価が行き過ぎているのではないのですか？　あのスイメイが大人物とは到底思えません。まあ、少し……ほんの少しですが、英雄像が垣間《かいま》見《み》える程度にはそれらしさはありますが」

「それが嘘か真実かは、帰ってきたあとに確かめるべきだろう。みなその点に関しては怒り心頭のはずだ。リリアナならすぐに教えてくれるだろう。あれにもティータニア殿下と同じように負けず嫌いの気がある」

「わ、私は負けず嫌いではありません！」

そんな風にわいきゃい話をしている中、ふと室内にノックの音が響く。

次いで「ご報告のため参りました」とドアの外から声を掛けられた。

「何か？」

「は！　陛下からのお言葉を頂戴して参りました。夜にささやかながら宴《うたげ》を開くとのことです。皆様にはぜひ出席していただきたく存じます」

城の侍従の言葉に、瑞樹が顔を輝かせる。

「わぁ、パーティーかぁ……」

「たまにはこういうのもいいかもね」

「そうだよね！　最近バタバタしてたし。大変なことの連続だったもんね……」

「そうだね。瑞樹もやっと自覚してくれたんだね……」

しみじみと息を吐く瑞樹に、黎二がまるで涙がちょちょぎれるような素振りを見せながらそう言う。

本当に大変だった……。そんな感慨を言葉に強くにじませると、瑞樹は顔に般若《はんにゃ》の面を張り付ける。

「れーいーじーくーんー？」

「あ、いやごめん！　いまのはちょっと口が滑って」

「滑り過ぎだよ！　雨でもないのにハイドロプレーニング現象起こして事故ってるよ！」

瑞樹は寄り掛かった椅子を前後に大きく揺らしながら、ぷんぷんと怒った顔を見せる。

「ははは……でも、こんな状況で本当にこんなことしてていいのかな？」

降って湧いた喜びも、長くは続かない。

黎二《れいじ》にとり憑《つ》いたのは、現状に対する憂慮だ。魔族を倒すべく動かなければならない自分たちが、こんなことをしていていいのか。もっとやるべきことがあるのではないか。そんな責任感が、楽をしようとする心を圧迫する。

「レイジ。英気を養うのも勇者の務めだ。どうせ向こうに行った連中も、息抜きくらいはしてるだろうしな」

「レイジ様。レイジ様はご自身で考えている以上に精力的に動かれています。ラジャスという魔族の将や自治州に現れた鬼の魔族、ネルフェリアに侵攻した魔族の大軍、エリオット様の救出など、ほぼ戦い詰めではありませんか」

「そうだよ！　やっぱり楽しむのも必要だよ！」

「そっか……うん。そうだね」

にわかに自身を襲った不安は三人の言葉で随分と和らいだ。

憂慮を取り払ってくれようと言葉をかけてくれる三人に感謝をしつつ、この話を受けようと口にしようとしたそんな折。

ふと、目の前が真っ暗になった。

「――え？」

世界が闇に包まれる。それはまるで夜に蛍光灯の電源を落としたかのような突然の暗闇だった。いや、闇の中に残像すら残らない。モニターの電源を強制的にシャットダウンしても、こうはならないだろう。自分の身体《からだ》すら見えない。闇と自分が同化してしまったのか。そんな錯覚を覚えてしまう。

ふと、耳から垂れる白い紐《ひも》の都市伝説を思い出してしまうほどだ。

「みんな!?　ティア、瑞樹、グラツィエラさん！」

焦りに急《せ》かされながら、先ほどまで一緒にいた者たちに大声で呼びかける。しかし声は返らない。何度呼びかけを繰り返しても、自分の声は暗闇の中に虚《むな》しく消えていくばかり。

外界から完全にシャットアウトされてしまった。

「っ、これはどういうことなんだ……？」

自分の身体の異変か。それとも何者かの襲撃なのか。様々な可能性が頭の中を巡る。

暗闇で藻掻《もが》くそんな中、ふいに軽度の頭痛に襲われた。

「っ――!?」

ジンジンと外側から染みてくるような痛みだ。それが、片方の耳にまで広がってきた折。どこからともなく、聞き覚えのある声が聞こえてくる。

――自分に歓待されるような価値があるのか。

「え？」

――自分はこの世界に来て、一つでも何かを成したことがあるのか。

「それは……」

――目に見えた成果を上げているわけではないのに、どうしてあんな申し出が受けられる。

「…………」

虚空から聞こえてくる、己を糾弾する声。己の不甲斐《ふがい》なさを指摘するような辛辣な言葉の数々に、しかし自分は何も言い返せなかった。そう、言い返せるはずもなかった。だってそうだ。それが、違えようもない真実なのだから。

ラジャスを倒したのは、事前に水明《すいめい》が弱らせていたためだし。

人食いの鬼神イルザールにはまるで敵《かな》わず。

魔族の侵攻のときも、フェルメニアが来なければ窮地に陥っていた。

ハドリアス公爵との戦いでも、水明が来なければあのまま負けていただろう。

……いや、あとの三つについては厳密に言えば違う。

イルザールとの戦いでも、グララジラスとの戦いでも、ハドリアスとの戦いでも、状況を打開する手を打った。

己の力とは違う、偶然という名の力を使って。

どこからともなく聞こえてくる、呼び声を縁《よすが》にして。

……ふと、右手に硬質なものを感じる。

そういえば、帝都を発《た》つ前の朝にも同じことがあった。

握られていた右手を開くと、暗闇の中に突き刺すような蒼《あお》い輝きが解放される。

宝石自体が発光しているかのような、そんな強い輝きがそこにはあった。

まるで、これを見ろというように。

これはここにあると、そう主張するかのように。

なにかあれば使えというように。

――そうだ。欲すれば願え。呼びかけろ。さらなる力を求めて。どん欲に。どん欲に。

揺るぎなき未来を勝ち取るために。可能性を切り開くために。

　さらなる力を砕けた紺碧《ラピス・ユーダイクス》に希《こいねが》えと、そう。

　求めろと言うのか。自分に。頭の中で思い描くような英雄に見合うようになるためには、

「僕は、僕は……」

　口がひとりでに動き出す。まるで操り人形の繰り糸が、口角に直接つながっているかのように、自分以外の誰かに無理やり動かされているような感覚に陥る。

　言ってはダメだ。

　踏み越えてはいけない。

　そこを越えたら、もう元には戻れなくなる。

　そう思っても、口は言うことを聞いてくれない。

「僕は、力が……」

　黎二が求めの声を口にしかけた、そのときだ。

「黎二くん？　黎二くん？　ぼーっとして一体どうしたの？」

　ふいに、瑞樹《みずき》の声が聞こえてくる。

直後、自分を包んでいた闇がなくなり、もと居た場所の情景が目の前に広がった。

一体どうしたのか。いまのは幻だったのか。

心配そうにこちらを見る三人に、慌てて声を掛けた。

「え？　いや、ごめん。なんでもない。大丈夫だよ」

「そうなの？　ベッドに座り込むなりぼーっとしちゃって、やっぱりまだ寝不足なの？」

「いや、全然！　いまのはちょっと考え事をしてただけなんだ。それに、今日も昨日もきちんと寝られてるし」

「……やはりレイジ様にはしばらくお休みいただいた方がよろしいかもしれませんね」

「本当に大丈夫だから！」

「いえ、苦労を掛けているのは私たちです。無理をしていただくわけには参りません」

どうやらいまのでひどい心配をかけることになってしまったらしい。瑞樹やティータニアだけでなく、あのグラツィエラでさえも、深刻そうな顔をしている。

「えっと……そうだ。確か夜にやるっていうパーティーの話をしてたんだよね？」

黎二が話を戻そうとすると、瑞樹は不思議そうに小首を傾《かし》げる。

「ほえ？　パーティー？　なにそれ？　黎二くん、パーティーって一体なんの話？」

「え？　なんの話って、ついさっきお城の人が来てささやかだけど宴を開くからって言ってたじゃないか」

「レイジ様、それはなんのことでしょう？　私もそのような話は聞いておりませんが……」

「え？　いやだって、僕たちがこの部屋に来て、陛下の話や水明の話をしたあと、ノックがして……」

「レイジ。私たちはいましがたこの部屋に来たばかりだぞ？　確かに私もアルマディヤウス陛下の話をしようとはしたが……」

「これは……どういうことでしょうか？」

三人の心配がさらに強まる。

すると、瑞樹が一転して何かを思いついたように手を叩《たた》き、目をキラキラと輝かせながら近寄ってくる。

「もしかしてもしかして黎二くん！　予知能力を手に入れたんじゃないかな!?」

「え？　いや……いくらなんでもさすがにそれはないでしょ」

そう言って、改めて考える。うん。それはないだろう、と。

再度、部屋に到着したあと何があったかを思い出して、三人に述べていく。

「うん。部屋に来たあと、陛下は強いけど、立場上七剣《しちけん》の儀には出られないとか、水明が陛下のことを狸親父《たぬきおやじ》って言ってそうだとか、先生の話とかをしたんだ」

「……確かにお父様はお立場上七剣《しちけん》の儀には出られません」

「それで、代わりに出たのがハドリアス公爵で――」

「はい。レイジ様のおっしゃる通りです……」

ティータニアは驚くというよりは、どこか心配しているというような表情を見せる。

「ふむ……妄想にしては、随分と内容に詳しく踏み込んでいるな」

「確かに水明くんなら狸親父って裏で言ってそうだよ！」

「それで、そんな話をしてたら、部屋のドアがノックされて……」

黎二がそう言った直後だった。

室内にノックの音が響く。

当然のように、全員に緊張が走った。

「ご報告のため参りました」

ドアの外から掛けられた声を聞いて、一同が顔を見合わせる。

そして、ティータニアがおもむろに立ち上がって応えた。

「宴《うたげ》の件ですね？」

「……！　はい、すでにご存じでありましたか！　申し訳ありません！」

「いえ、構いません。詳しいことについては決まっていますか？」

「はい。いいえ。それにつきましてはあとで侍従が改めて説明に上がるということですので」

ていった。

「承知しました。連絡ご苦労でした。下がりなさい」

ティータニアがそう言うと、報告に訪れた侍従は扉の外で「失礼します」と言って去っていった。

室内に、驚きの沈黙が広がる。

再び、瑞樹の目がキラキラと輝いた。

「黎二《れいじ》くんすごいよ！　すごい武器だけじゃなくてエスパーまで手に入れるなんて！」

「いや……」

「レイジ様、どういう力が働いたのかは存じませんが、先々のことを知ることができるというのはとてつもないことだと思います」

「そうだな。それをうまく利用できれば、これからうまく立ち回れるかもしれないな」

「それは……」

周りの者は、期待を寄せているようだが、自分としては不吉なものに思えて仕方がない。

右手を開く。やはりそこには、砕けた紺碧《ラピス・ユーダイクス》を埋め込んだ、サクラメントがあった。

ただの幻か。それとも本当に未来でも見てしまったのか。

その事実に、黎二は言い知れぬ焦燥を感じずにはいられなかった。

少し先の未来を体験するという奇妙なことはあったものの、黎二たちは素直にパーティーに参加することにした。

今回の催しは疲れを癒すためというのを念頭に置いたものだが、やはりある程度の規模は避けられなかったらしい。

パーティーは立食形式でアステルの貴族たちも参加するという形に落ち着いた。

グラツィエラいわく。

「ここに来た連中はお前に顔を売っておきたいというところだろう」

らしい。どうやらパーティー開催にあたり横やりを食らったようで、貴族たちにごり押しされてやむなく……といったところなのだろう。

正直なところを言うと。

「僕なんかに顔を売ってもどうしようもないと思うんだけどなぁ」

グラツィエラの話を聞いた黎二は、苦笑が抑えられなかった。多少自虐のような部分もあったが、どう考えても自分と繋《つな》がりを持ったとしても、彼らの得になるようには思えなかったからだ。

お金もなければ、権力もない。そんな人間と繋がりを持って一体どうするのか。

そうでなくても自分は異世界の人間なのだ。いずれ帰ることを念頭に置けば、そこまで躍起になる必要はないだろうに、と。

黎二がそんなことを考えていると、隣にいた瑞樹が口を開く。

いつもは制服姿にマフラーだが、いまは顔に化粧を施しており、借り物のドレスを着用しているため一段大人びた風貌だ。友人の意外な一面を目の当たりにして一瞬ドキリとしてしまうが――着ているのが黒のドレスなのは、やはり趣味なのだろう。

「貴族さんたちは黎二くんがここに居付くって考えてるのかな？」

「僕がアステルに？」

「うん。そうじゃなかったら、こんな風にパーティーに参加なんてしないかなって思って」

「普通に考えれば、そうなんだろうね」

確かに瑞樹の言う通り、そう思っていなければ、顔を売る、コネを作るなどのことはしないだろう。

ふと、瑞樹が焦ったような素振りを見せる。

「れ、黎二くんはその辺のことどう考えてるの？　や、やっぱりこの世界に残りたいって思う？」

「え？　いや、僕は戻るつもりだよ？　家族もいるしね」

「だ、だよね！　そうだよね！」

瑞樹はどこか安堵《あんど》したように声を上げ、胸を撫《な》で下ろすかのように大きく息を吐いている。

「でも、月に何度かは顔を出そうかなとは考えてるよ。水明《すいめい》に行き来するための魔術を教えてもらえれば、行ったり来たりもできるだろうし」

「そうだね。あとは水明くんに送り迎えしてもらうとか」

「そんなことさせたら、『俺をタクシー扱いするんじゃねえよ！』って言いそう」

「あ、わかるー」

瑞樹と一緒に共通の友人のことを、きゃいきゃい言いながらイジリ倒す。

黎二が、月に何度か訪れようと考えているのは本当のことだ。もちろんそれは魔族を倒してこの世界が平和になったらの話ではあるのだが。

「それに、ここで会った人たちとも、魔族を倒し終わったからはいさようなら……っていうのも寂しいからね」

「そうだよね。折角ティアやグラツィエラさんとも仲良くなったのに、お別れしなくちゃならないのは嫌だよね」

「うん」

特にティータニアとはこれまでずっと一緒に旅をしてきたのだ。瑞樹共々三人、苦労を分かち合い支え合ってきた。会えなくなるというのはあまりにも寂しい。

瑞樹とそんな話をしていた折、ふいに見覚えのある人たちが近づいてきていることに気が付いた。

壮年の男性と凜々《りり》しい女性、年若い男性で、三人とも騎士の着る装束に身を包んでいる。

護衛という形で付いてきてくれていた、グレゴリー、ルカ、ロフリーだった。

黎二たちの目の前までくると、まずグレゴリーが敬礼を行う。

まるで鋳型に嵌《は》められたかのように、きっちりとした礼の執り方だ。

「勇者レイジ様、ご無沙汰しております」

「グレゴリーさん！　ルカさんにロフリーさんも！」

「お久しぶりです」

「レイジ様！　ご迷惑をおかけしました！」

グレゴリーに続いて、ルカやロフリーも礼を執る。

自治州の一件で療養のため離れていた三人だが、顔を出してくれたのだろう。

「お身体《からだ》の具合はどうです？」

「この通り、もう怪我《けが》も癒えてなんともありません」

「よかった」

「うん……みんな何事もなく治ってよかったよ」

瑞樹《みずき》は心底ほっとしたというように、安堵の表情を見せる。イオ・クザミという人格に変わったため、グレゴリーたちのことはあとから聞いた形だが、そのときもかなり心配していた様子だった。

黎二も瑞樹がルカと手を握り合うのを見て、頬が緩む。

そんな中、グレゴリーが頭を深々と下げた。

「この度のこと、お付きとして皆様のお傍《そば》にいながら、面目次第もございません」

「いえ、皆さんご無事で本当に良かった」

黎二がそう声をかけると、三人は再び申し訳なさそうにして頭を下げる。

三人とも真面目な気質であるため、心苦しく思っているのだろう。

黎二が三人に訊《たず》ねる。

「グレゴリーさんたちもパーティーに参加するんですか？」

「いえ。我らはこれから会場の警備に当たります」

「うーん。もっとお話ししたかったのに」

「ははは、ありがとうございます。今後も話す機会もありましょう。それに、ここで私たちと話しては、口が疲れてしまいます」

「……そうですね」

それは貴族たちと話をしなければならないからということか。

察したというように微妙そうな顔をすると、瑞樹や三人が一斉に噴き出した。

そんなやり取りのあと、グレゴリーたちは大広間を後にした。

「貴族の人たちとお話かぁ。瑞樹はどうするの？」

「私はオマケだから、あんまり気にしないことにしようかなって。緊張しちゃうし。黎二くんの隣で頷《うなず》くだけの置物になってようかなー」

　瑞樹は明るく元気なイメージだが、どちらかというと人見知りな方だ。下手に対応すれば、パニックにはならなくとも挙動不審を起こしてしまう可能性も否めない。そういった失態を見せないよう、自衛しようというところだろう。

　そんな風に、貴族たちが近づいてきそうな雰囲気を感じ取っていた折のこと。

　別の方向から人影が現れる。

　すると、こちらに近づこうとしていた貴族たちはその人影に遠慮するかのように、不自然な様子で方向転換をしていった。

　しかしてふいに現れたその人物は、ドレスに身を包んだグラツィエラだった。

　彼女も瑞樹のように衣装を借り受けたのだろう。普段は白を基調とした軍服を羽織っているが、いまはボディラインをくっきりと強調する赤いドレスに身を包んでおり、ともすれば一国の姫という形容が似つかわしい。

　ギャザーグローブに髪飾り。どこかダンサーのような艶《なま》めかしさがある。

　迷いなく近づいてくるグラツィエラに対し、黎二たちも歩み寄った。

「グラツィエラさん」

「ドレスは着ないのだが、着替えのときにこの城の侍女たちがうるさくてな……あまり似合ってはいないだろう？」

「いいえ、とてもよく似合っていますよ」

「そ、そうか？　うむ、なら良かった……」

グラツィエラは面映《おもは》ゆそうに頰を掻《か》く。

どうやら褒められたことで少し照れているらしい。

するとふいに、彼女はいつもの調子で胸の下で腕を組んだ。手持ち無沙汰であったため、本当に何の気なくやってしまったのだろうが、ドレスのおかげで主張がさらに強まった胸が持ち上がって、黎二の目に飛び込んできた。

ふよん。

「わっ!?」

「い、いやこれは……」

グラツィエラはすぐに胸を隠すように腕の位置を変える。

瑞樹の目が厳しいものになったが、それはともあれ。

グラツィエラは一度咳払《せきばら》いを挟んだあと、何事もなかったように話題を変えた。

「主役がこんな端に居てどうするのだ？　壁の花を気取るにしても、それが男では恰好《かっこう》がつかんぞ？」

「でも、真ん中に行けば気が抜けませんし、どうしたものかと思いまして……」

「回数をこなせば慣れるものだ」

グラツィエラがそう言うと、瑞樹が訊ねる。

「じゃあグラツィエラさんも、慣れてないときがあったの？」

「いいや。私にとってパーティーとは戦いの場の一つだからな。気を抜いていれば取って食われる。慣れる慣れない以前の問題だ」

「あうう、そんなの絶対慣れないよう……」

瑞樹が絶望に嘆く。ハードルがさらに上がったが、しかしそんな機会も今回だけであり、サポートや配慮があるため、あまり気にすることもないだろう。

「それほどまでに嫌なのであれば、周囲を威圧していればいい。そうすればよほどの者しか寄ってこないからな。応対する回数は減るだろう」

「それって近づいてくる人は結構なくせ者だから、もっと疲れることになるんじゃ……」

「それは考え方次第だ」

グラツィエラはそう言って、黎二《れいじ》の憂慮を流してしまう。

そんな中、会場の入り口から見覚えのある姿が現れる。

ドレスを着たティータニアだ。優雅な足取りで近づいてくる。

「お待たせしました」

彼女はそう言って、遠慮がちに輪に加わる。すると、グラツィエラが苦言を漏らした。

「主役を待たせて最後に登場とは、開催国の王女の心構えとしてはどうなのだ？」

「あら、その分レイジ様を楽しませられるように準備してきたのです。その点は差し引きでちょうどよくなっているかと」

「ほう？」

ティータニアが、その場でくるりと回って見せる。

彼女が着ているのはグラツィエラとは対照的に、水色や青色を使ったドレスだ。ホルターネックのため、背中は大きく開かれており、スマートさや均整の取れたスタイルがよく際立っている。

ティータニアは出《い》で立《た》ちを披露すると、目の前に滑り込むように歩み寄って上目遣いで訊ねてくる。

「ど、どうでしょうか？」

「う、うん。綺麗《きれい》だよ……よく似合ってる」

「……！　ありがとうございます！」

さっきと似たような誉《ほ》め言葉《ことば》を口にすると、ティータニアの顔がぱあっと華やぐ。

黎二が自分の語彙の少なさに反省していた折のこと、ふとグラツィエラが忍び笑いを漏らしていることに気付いた。

ティータニアと共に怪訝《けげん》な表情を向けると。

「くく、見事な背筋だな」

「え？　え？　せ、背中の筋肉はそれほど付いていないかとっ！」

「そうか？　想像以上に瘤《こぶ》でごつごつとしていると思うが」

「そんなことはありません！　レ、レイジ様！　筋肉は付いていませんよね？」

ティータニアは焦ったように背中を向け、確認してくれというように突きつけてくる。

「あ、うん。大丈夫だよ。綺麗に引き締まった背中だなって」

「ほら！　レイジ様もそうおっしゃっているではないですか⁉」

「それは、場に合わせているだけに決まっているだろう」

ティータニアと共に訴えるが、グラツィエラの笑みはそのままだ。

どうやら背中が見えないのをいいことに、ティータニアをからかっているらしい。

一方で瑞樹はと言えば「あー、またやってるこの二人ー」というような呆《あき》れの交じった視線を送っている。

そんな中、ティータニアの反撃が炸裂《さくれつ》する。

「ぐ、グラツィエラ殿下の見事な腹筋に比べれば、私の背中など、些細《ささい》なものでしょう⁉」

「わ、私は腹筋などついていない！　そもそも見たこともないのに勝手なことを言うな！」

「あら？　そうでしょうか？　近接戦対策のため、六つに割れているのではありませんか？」

「そ、そんなわけがっ……」

グラツィエラは否定するが、しかし反応が思った以上に過剰だ。

取り乱し方と誤魔化し方。そして、しっかりと据え付けられたコルセット。

ティータニアの顔から笑みが消える。

「……もしかしてグラツィエラ殿下？」

「この話は終わりだ！　もうするな！」

グラツィエラは強引に会話を終わらせようとする。

さすがに黎二もここで踏み込むほど鈍い男ではない。

別の話題を探そうとした折、ふとグラツィエラが近づいてくる。

「その……お前は筋肉の付いた女は嫌いか？」

「え？　いえ、良いと思いますよ？」

「そ、そうか！　それは良かった……」

「え？　何か言いました？」

「いや、何でもない！　ゴホン！　そろそろ行くぞ」

「やっぱり行かなきゃいけないんですね……」

黎二はグラツィエラに引きずられるようにして、会場の中心へと引っ張り出される。

ともあれ、実際それを目の当たりにしたら自分はどう思うのだろうか。

黎二はそんなことを考えながら、胃の痛くなりそうな会食に臨むのだった。

……パーティーが執り行われたその翌日のこと。

黎二たちがアルマディヤウスと朝の会食をしていた折、耳を疑うような情報が飛び込んできた。

駆け込んできた城の侍従は、ひどく慌てた様子だった。

侍従はノックや礼も忘れるほどだったらしく、扉を乱暴に開け放ち、床に崩れ落ちるように膝を突いた。

「一体何事だ？」

「ご、ご報告いたします！　国内への魔族の侵攻を確認いたしました！」

侍従の口から飛び出したその言葉に「ついに来たか」と、そんな緊張が全員に走る。

確かにそんな事態であれば、こうして部屋に飛び込んでくる無礼も仕方なしか。

まだ焦りが落ち着かない侍従に対し、アルマディヤウスが冷静に返答する。

「承知した。して、北部の守りはどうなっているか？」

「いえそれが、事態はすでに急を要するところにまで及んでおり……」

「なんだと？　率直に申せ」

「は！　すでに魔族の軍は王都の付近にまで到達しているとのことですっ！」

――一瞬、侍従が何を言っているのかわからなかった。

魔族の軍は、王都の付近にまで、到達している。

脳内で反芻《はんすう》した言葉を分解して再度繋《つな》げ合わせたとき、やっと言っていることが認知できたくらいだ。

同じようなタイミングで気付いたティータニアが、椅子から勢いよく立ち上がる。

「王都の付近とはどういうことです？」

「は！　すでに魔族の軍は、王都から十八里（約七十キロメートル）の位置にまで軍を動かしているということで、いま軍の規模の詳細を調査しているとのこと！」

「なんだと!?」

「そんなバカな話が……」

さすがのアルマディヤウスも荒い声を禁じ得ず、グラツィエラも瞠目《どうもく》する。

その場にいた者は皆、あり得べからざる事態のせいで絶句してしまった。

再びティータニアが訊《たず》ねる。

「そ……それは本当に、事実なのですか？」

「は！　このままの速度で進軍すれば、王都まで二日とかからないかと」

「国境警備の辺境伯は何をしていたのだ……？　まさか魔族の侵入に気付けなかったなどとは……」

「そちらは現在連絡を待っている状況ですが、確認した者の話では、まるで長い距離を飛び越えて突然現れたようだと……」

「一体どういうことだ……いや、もう下がってよい。何かわかったことがあれば逐一報告せよ」

「はは！」

飛び込んできた侍従は、アルマディヤウスの許可を得て部屋を辞する。

しばしの沈黙のあと、やがて瑞樹《みずき》が動揺した様子で声を上げた。

「れ、黎二くん！　魔族の侵攻って！」

「……うん。わからないけど、本当のことなんだろうね」

「十八里ってことは、たぶん百キロメートルもないよね!?」

「ええと……うん、そのはずだよ」

いくら整備されていない道とはいえ、一刻の猶予もない。

黎二はアルマディヤウスに視線を向ける。

「陛下」

「考えにくいことだが、これが嘘《うそ》だとも思えん。見間違うにしても無理がある」

「冗談だったのなら、悪趣味すぎて首を刎《は》ねたくなりましょうな」

グラツィエラの手厳しい言葉に、アルマディヤウスは曖昧に頷《うなず》く。

「食事をしている場合じゃない。ティア」

「はい。まず塔に向かいましょう。十八里ということなら、おそらくそこからなら見えるかと」

「レイジ殿。私は事実確認を急ぐ。いざというときは、お力をお貸しいただきたい」

「はい！　もちろんです！」

アルマディヤウスの表情は神妙で、そして硬い。

黎二たちはティータニアの発案に従い、食事の続きもあとにして、部屋から飛び出したのだった。


会食の最中、黎二たちのもとに王都の付近に魔族の大軍が現れたという一報が届いた。

あまりに突然な報告であったため、実感は乏しかったものの、黎二たちはすぐにティータニアの案内のもと、キャメリアで一番高い塔へと足を踏み入れた。

塔の窓から見えるのは、眼下にある王都の様子と、そのずっと先の山並《やまなみ》。

そして、

「あれが……」

「嘘……」

塔の窓から四角く切り取られた景色の先にあったもの。

遠間に、黒い塊が蠢《うごめ》いているのが見えた。無論山ではない。森でもない。

その黒い塊は、それぞれがそれぞれの動きを見せる、生き物の大群だ。冬場、寄り集まって暖を取る虫たちを思わせる。

その上空を覆うのも、雨雲や雷雲ではない。あれも、魔族の大群だろう。

黎二《れいじ》はさらに詳細を捉えようと、目を細める。

親指と人差し指で輪っかを作り、その真ん中に視線を通すと、強化された視力のおかげか、事細かとはいかずとも輪郭程度は浮かび上がってきた。

見えるのは、魔族の持つ黒く濁ったおどみのような力と、翼の生えた魔族のシルエット。

魔族の軍団に、間違いなかった。

グラツィエラが訊ねてくる。

「どうだ？」

「間違いない。魔族だ」

「進軍速度はどう思う？」

「それは……」

「ここからでは詳しいことはわかりませんが、あの位置ですと普通の軍なら一日から二日。魔族は様々な姿形の混成ですので、それを加味しても二日ないし三日か四日ほどかと」

言い淀《よど》むと、ティータニアが推測を口にする。

一方でそれを聞いたグラツィエラが怪訝な表情を見せた。

「だが連中は一体どこから現れたのだ？　誰にも知られずにここまで入り込まれるなど、常識的に考えても不可能だぞ……」

確かにそうだ。あれだけの大軍の侵攻があれば、まず辺境を防衛する貴族が気付き、報告を送ってくるはず。

報告を怠ったということや、報告を送る間もなく全滅したということはまず考えにくい。ならばなぜ。どうして。どうやって。

だが、黎二にはこの不可解な進軍に心当たりがあった。

そう、以前に水明《すいめい》が、空間を操る魔族がいるということを口にしていたからだ。

それがもし、魔族の領域の空間と、アステル領内の空間をつなげることができたのなら。

大軍を一瞬で移動させることも可能なのではないか、と。

そのときに消費する力の総量を考えれば、おいそれとできるようなものではないだろうが、あり得ない話ではない。

「……この前の戦争で出てきた魔族の仕業かもしれない」

「黎二くん黎二くん。その魔族って？」

「魔族がネルフェリアに侵攻してきたときに出てきた魔族のことだよ。金の髪で、角の生えた、あの」

「……あれか。水明と話していた魔族《あのおとこ》のことだな？」

グラツィエラにも覚えがあるのだろう。

あのとき、その魔族は確かリシャバームと名乗ったはず。一方で水明は、クドラックと呼んでいた。

「ですが、なぜ今頃？　こんなことができるのであればもっと早く侵攻しているのでは？　そもそもネルフェリアに攻め入るときにも使っているはずです」

「それはわからない。だけど、いま持っている情報で考えられるのはそれくらいだ」

「なぜ、どうしてを考えていても仕方あるまい。現に目の前にいるのだ。その事実は曲げられん。ティータニア殿下、アステルの軍はどうなっているのだ？」

「現在、軍を編成しているそうです。援軍要請のため、すでに地方にも人を遣っていますので、そのうち到着するでしょう」

「その『そのうち』がなるべく早いことを祈るばかりだ」

グラツィエラの表情は、以前の戦争のときよりもかなり険しい。

「グラツィエラさん……」

「おそらくこれから籠城戦になるだろう」

「籠城戦……ですか」

城や都市に引きこもって戦う。黎二にとっては初めてのものだ。

いつもの平地や山地で戦うのとは、まるで違う戦いになるだろう。

「そう心配するな。全滅させなければならないというわけではない。籠城戦は周辺の領主たちからの援軍が来るまで持ちこたえればいいのだ」

「ですが、あの数を凌《しの》ぐのは骨が折れますね」

「ティータニア殿下には、王都を守り通せる自信がないか？」

「王都が侵攻されるという事態は、数十年なかったことです。何が起きてもおかしくはありません」

つまり、この中には、経験者はいないということだ。

やはり、厳しい戦いになることは間違いないだろう。

「水明たちがいないときに……」

「水明くんたちが帰ってからもう一週間くらいだよね？　もしかしたらもう戻ってるかもしれないよ？」

「急ぎ帝都にも連絡を出しておきましょう」

「ふむ。急ぎの事態だ。奴《やつ》が戻っているならば、まあどうにかするだろう」

水明ならば、一瞬で……とまではいかないものの、魔術を使ってすぐにこちらに来てくれるという期待が抱ける。なんとなく、そんな風に思えるのだ。

ティータニアが口を開く。

「レイジ様。おそらく初戦は、先陣を切っていただくことになるかと」

「うん。兵士たちの士気を高めるために、だね？」

「え、ええ。その通りですが」

黎二の様子を見たグラツィエラが、意外そうな表情を作る。

「なんだ。思った以上に余裕があるな」

「ええ。僕にはこれがありますから」

黎二はそう言って、ポケットから武装化前のサクラメントを取り出した。

白銀の装飾品に、蒼《あお》色の輝きが埋まった神秘の品。知らない者が見れば、これが武器だと言われてもわからないだろう。

サクラメント。以前に英傑召喚の儀で召喚された者の一人が持っていたという、超常の武具だ。

「イシャールクラスタと言ったか？　凄《すさ》まじい武器だ。確かに、お前の強気も頷けるな」

「あっ、伝説の武器！」

「そう。これがあれば負けることはないと思う」

「そうだよね！　あんなにおっきなゴーレムも倒せたんだもん！　魔族の大軍だってなんとかなるよ！」

瑞樹の言う通りだ。この力を用いれば、大軍と渡り合うことも不可能ではない。

自分たちの世界では、それが実証されたということも以前に水明の口から聞いている。

これ一つで数々の現代兵器と渡り合ったというならば、魔族の軍を向こうに回しても引けは取らないだろう。

それに、これを持っていると、どこからともなく戦えるという自信が溢《あふ》れてくる。

まったく根拠はないが、誰を相手にしても無限に戦い続けていられるような、そんな士気が。

だが――

(…………)

サクラメントに嵌《は》め込められた『砕けた紺碧《ラピス・ユーダイクス》』を見詰める。

吸い込まれそうなほど蒼い輝きを湛《たた》える宝石。それを見続けていると、ふとした瞬間まるで懐深い水底か、どこまでも青い蒼穹《そうきゆう》を見詰めているかのような錯覚に陥ってしまう。

一連の呼びかけの声は、この戦いを予期したものだったのか。

求めろ。願え。手を伸ばせ。目を閉じると、そんな声が、頭の中に蘇《よみがえ》ってくる。

第二章　異形の魔族

魔族の軍はすぐに王都付近に迫った。

王都周辺の森は焼かれ、田畑は踏みつぶされ。

魔族の軍はすでに、二十キロメートルの位置に布陣していた。

すぐ攻めてこないのは、こちらの出方を窺《うかが》っているのか。

一方でアステル側も、周辺から兵士をかき集めて対応に当たっている。

正規の兵士のみならず、民兵や冒険者ギルドの人間たちまで動員するほどだ。

それでも、人員は足りない。

アステル王都メテールの周辺はほぼ平坦《へいたん》であるため、地形的な有利が取れない。

そのため、王都の周りに魔法で穴を掘ったり、陣やバリケードを敷いたりすることで対応している。しかし、すべて急造であるため、頼りなさは否めない。相手が魔族ということを考えれば、効果があるのかどうかも不明だ。押し寄せられれば、簡単に踏みつぶされてしまうだろう。

「ないよりもあった方がマシということだ」

とは、それらの防衛装置を見たグラツィエラの言だ。

籠城戦の戦略目的は、都市を守り抜き、時間を稼ぐことにある。

相手の侵攻を遅らせることによって、救援が到着する時間を稼ぎ、戦力が揃《そろ》ったところで攻勢をかけるのだ。敵軍は二方向からの攻撃に対応しなければならないため、苦戦を強いられるだろう。敵軍は攻めている間も補給の損耗を避けられず、やがては撤退する羽目になる。

魔族の軍の補給がどうなっているのかは不明だが、ここはセオリー通り戦うのが堅実らしい。

ただ、最初に平地で戦う部分だけ、違うのだそうだ。

「どうしてなんですか？　街の中にこもってしまえば、戦いやすいと思うんですが」

「市街戦になれば、魔法使いをまとめて運用できなくなる。城壁の上から魔法を放つという手もあるが、魔族共は空を飛ぶ連中もいるからな。それはそれで的になる可能性もある」

「それで」

以前のネルフェリアの戦いでは、攻めてきた魔族を山地で迎え撃った。

確かにそのときも、魔法を一斉に使った記憶がある。都市部でそんな規模の魔法を使えば、建造物に被害が及ぶし、建造物が壁になって十全に威力を伝えきれない恐れがある。

それらのことを考えると、遮蔽物のない場所で魔法を使用し、敵の戦力を削れるだけ削ってから城壁内に退《ひ》くというのが一般的なのだと思われる。

……現在、黎二《れいじ》たちは、布陣した一角にいた。

魔族との衝突に備える中、ティータニアとグラツィエラの会話が聞こえてくる。

「なぜ魔族たちは包囲をしようとしないのでしょうか？」

「さあな。魔族どもの考えることなどわからん」

二人の会話に、瑞樹《みずき》が加わる。

「それっておかしいの？」

「ええ。おかしすぎます」

「ティア、どうして？」

「簡単です。軍を三つから四つに分けて王都をぐるりと取り囲めば、私たちは王都に引きこもらざるを得なくなりますし、友軍に逐一報《しら》せを送ることも難しくなります」

「向こうも壁の内にこもらせたくないとか？　引きこもられると魔族も戦いにくいからじゃない？」

「確かに考えられないことではないが、包囲はそれ以上に攻める側の旨《うま》みが多い。もちろん守る方が有利だということには変わりないが」

「うーん」

「そもそも民が避難できる状況にあるのが解せんのだ。これではまるで逃げてくれと言っているようなものだ。連中は一体なんのためにこうして攻めてきた？」

「領土を欲しているわけでもありませんし、魔族の目的と言えば人間を滅ぼすこと……なのに、攻め方も緩いうえ包囲もしない」

ティータニアもグラツィエラも、魔族の不可解な攻め方を訝《いぶか》しんでいる様子。

彼女たちからすれば、魔族が手を抜いているように思えて仕方ないだろう。

現在、魔族は正面に横陣を敷いている。アステルの軍もそれに対応するべく、バリケードを作って準備をしているが、魔族の方が圧倒的に多いため、若干の心もとなさがある。

……以前のように、バラバラに攻めてくるということもない。

兵や時間が揃うのを待ち、一気に攻撃しようというのだろうか。

そのことから、統制がよく取れているということが窺えるが――

黎二はグレゴリーに訊《たず》ねる。

「街の人たちの避難状況はどうです？」

「避難の足が鈍く、思うように進んではおりません」

「どうして？　魔族がすぐそこまで来ているのに？」

「みな突然すぎて実感が湧いていないのです。そのせいで、怠惰から逃れられない。今頃やっとことの重大さに気付き焦り始めているという状況です」

この世界は向こうの世界のように、情報の伝達が迅速ではない。

それに拍車をかけたのが「突然すぎた」ことだろう。あまりに現実味のない侵攻のせいで、「大丈夫だろう」「一過性のものだ」そんな風に考えているのかもしれない。

国側が強制的に避難させるのにも限りがある。避難先への移動もかなりの距離になるし、男手には残ってもらわないといけないいため、混乱も大きいだろう。

そんなことを考えている中、ふいに地面が揺れ始める。

魔族たちが動き出したのだ。

それを感じ取った瑞樹が口を開く。

「いよいよ始まるんだね……」

「瑞樹、厳しいなら街の中に入っていてもいいんだよ？」

黎二がそう言うと、瑞樹は首をぶんぶんと横に振る。

「ううん。私も戦うよ。黎二くんだけ大変な目に合わせるわけにはいかないもん」

「瑞樹……」

「ミズキ様は私たちが命に代えてもお守りいたします」

黎二の不安は、グレゴリーたちが緩和してくれた。

グレゴリーの発言に合わせて頷《うなず》くルカとロフリーが頼もしい。

黎二は彼らに「よろしくお願いします」と言って、ティータニアの方を向く。

「僕が一撃入れる」

「レイジ様。よろしくお頼み申し上げます」

ティータニアがいつにも増した畏《かしこ》まりようで頭を下げると、黎二は先陣を切るため前に出る。

するとそれに気付いた兵士たちが、道を空けてくれた。

みな緊張の面持ちであったが、黎二が前に出るのを見て勇気が出たのか、表情に心なしか安堵《あんど》の色が浮かぶ。

黎二は自分の存在が他人の勇気になっていることに、嬉《うれ》しさを覚える。

兵士たちの声が届く中、やがて正面に出る。

ここだけは、何もない境界だ。

定規で真《ま》っ直《す》ぐ引かれたかのように、でこぼこや乱れもない。

……目の前には魔族の大軍だ。こんな規模の敵を相手にするのは、これで二回目。

なのにもかかわらず、震えるような感覚がまとわりつく。

どれだけ倒さなければいけないのか。どれだけ戦っていなければいけないのか。

そんな不安が、どっと胸に押し寄せてきた。

そんな不安に負けないように、頬を張る。

そのおかげだろうか、以前に見た映画の台詞《せりふ》を思い出す。

恐怖とは、己の頭の中にしかない幻覚なのだと。

恐怖は外から襲ってくるわけではない。自分が自分の頭の中で勝手に作り出すものであり、結局は自分の弱さを要因とするものだ。

そんなものに、怖気《おじけ》づいてはいられない。

そう、

（――僕はここで、証明するんだ）

自分の価値を問う声があった。

存在を疑問に思う声があった。

そんな、あのとき聞こえた糾弾の声に打ち勝つために。

……黎二がサクラメントを武装化しようとした折、一体の魔族が前に出てくる。

それは、角を生やした女の魔族だ。騎士装束のような衣服に包み込み、腰には剣を差している。髪は白く、鮮血を思わせる赤い瞳を持ち、肌は褐色。これまで見たどの魔族よりも、人間に近い姿をしていた。

女魔族は腰から剣を抜き、その切っ先を向けてくる。

「貴様がアステルの勇者レイジか」

「そうだ」

「私はムーラ。この魔族の軍を統べる将だ」

女魔族は、そう言って名乗りを上げる。こちらが前に出てくるのに合わせて来るということは、それだけ自分の力に自信を持っているということだろう。

だが、意外だった。

人の形をしている魔族は以前にも見たことはあるが、この女魔族は見た目がほぼほぼ人間なのだ。角があるだけ。邪神の力のおどみをまとうだけ。それらを取り除けば、美しい女だ。

だが、躊躇《ためら》ってはいられない。目の前の女はこれから人々を蹂躙《じゅうりん》しつくそうとする敵たちの頭ともいうべき存在なのだ。姿形は限りなく人間に似ているのかもしれないが、疑問の一切合切は捨てなければならない。

黎二がそう考える中、ムーラはわずか苛立《いらだ》った様子で鋭い視線を彼に向ける。

「これから戦だというのに丸腰とは、貴様一体どういう了見だ？　まさか自ら殺されにきたとでも？」

「僕はもう武器を持っている」

「なに――」

ムーラの困惑の声を聞きながら、黎二はある言葉を口にする。

そう、これを託した騎士ライゼアが教えてくれた、あの言葉を。

「――我がラピスの碧《あお》き煌《きら》めきに晶化せよ剣霊。結晶剣《イシャールクラスタ》……離界召喚！」

黎二の手から蒼《あお》い輝きが満ち溢《あふ》れると、それは彼自身を包み込むほど大きく広がり、やがて、手の中に武装化したイシャールクラスタの柄《つか》が収まった。

細身の直剣であり、凍えるような冷厳さを備えている。

「妙な武具だ……女神の力とも違う」

ムーラはサクラメントの存在を訝しんでいるらしい。

黎二は武装化後の余韻も残るままに、ムーラに勢い任せに斬りかかる。

「いくぞ!!」

「舐《な》めるなっ！」

対してムーラはそれを迎え撃つ。

直剣に黒いおどみがまとわりつくと、すぐにそれは色濃くなる。

まるで腐ってドス黒くなった腕に、浮き出た血管がミミズのように這《は》っているかのよう。

黎二が繰り出した上からの斬り下ろしの一撃は、横倒しにした剣に受け止められる。

剣と剣の衝突によって衝撃波《ソニックブーム》が生じ、余波によって生み出された突風が人間、魔族問わずに襲い掛かった。

片やイシャールクラスタの発する冷厳な圧力に凍《い》てつかせられ、片やムーラの濃密な邪神の力に、高揚した気分を萎えさせられる。

ふと始まった鍔《つば》迫《ぜ》り合《あ》いの中、黎二の剣がムーラを押し始める。

に考えを改めた。押し切れるかもしれないが、いまだ『かもしれない』という段階なのだ、と。


「……これは」

「まだまだ！」

やはり徐々に押している。このまま押し切れる。黎二はそんな予感を抱きつつも、すぐ
黎二はムーラの全身に高まる邪神の力を見て一旦距離を開け、次の強力な攻撃に移る。

「イシャールクラスタ！」

黎二は剣への呼びかけの声と共に、サクラメントの力を解放する。

蒼くわだかまった光が、空中に水晶や氷を思わせる結晶の塊をいくつも作り出す。

黎二はその結晶の塊を、剣を振ることによって撃ち出すと共に、周囲からさながらスパイクのように結晶を伸した。

殺到するクリスタルの雨と槍《やり》に、しかしムーラは見事にそれを防いで見せた。

あるいは斬り飛ばし。

あるいは受け流し。

彼女の剣技の力量のみで。

邪神の力など一切使わない。ほれぼれするような剣の冴《さ》えだ。

この腕前。接近戦となればティータニアレベルの実力がなければ太刀打ちなどできない

だろう。

その一方で、ムーラの背後にあった戦列の一角が、結晶の威力に巻き込まれる。

巨大な結晶の飛礫《つぶて》は破裂したかのように砕けると、細かくなってさらに拡散。多くの魔族を貫いていく。

まるで巨大なスプーンでえぐり取ったかのように、戦列に大きな穴が開いた。

広範囲の魔族を倒したことで、背後の兵士たちから大きな歓声が上がる。

戦列に開いた大きな穴は、すぐに魔族たちが寄り集まって塞がれた。

彼我の距離は開いている。

飛び道具じみた技は防がれる。

ならば、奥義《エストライク》に訴えるか。

黎二《れいじ》がそんなことを考えていた刹那のみぎり。

ムーラが恐るべき速度で詰め寄ってくる。

「くっ」

「戦いの最中に考え事など迂闊《うかつ》だぞ勇者ぁ!!」

黎二はムーラの繰り出したおどみごと叩《たた》きつけるような激しい剣撃に、弾《はじ》き飛ばされる。

だが、やられたままではいられない。弾き飛ばされながらも、ムーラに一撃を入れんとすぐさま結晶を生成する。

石礫《いしつぶて》のように小さな結晶が複数撃ち出され、ムーラの動きをけん制する。

ムーラの足が一瞬止まる中、こちらはすぐに体勢を立て直すと靴裏で地面を掻《か》き、その場に停止する。

目の前には結晶を払い終えて堂々と構える女魔族の姿があった。

「強い……」

それは黎二がムーラに抱いた正直な感想だ。

彼女の強さは、イルザールとは別種のものだ。あちらは力任せ感が強かったが、こちらは技量の高さが窺《うかが》える。もちろん、邪神の力もそこらの魔族とは比べ物にならないほどだ。

むしろこれまで戦った魔族よりも多いのではないか。

そんな風に思えてしまうほど、おどみの余波が手にしびれとなって残っている。

ふいに、ムーラは何を思ったのか剣を収めて踵《きびす》を返す。

まるで、見切りを付けて帰るかのように、無防備な背中を見せた。

その妙な行動に対し、黎二は叫ばずにはいられない。

「なんのつもりだ！」

「ひと当てはこのくらいにしておく」

「僕に背中を見せてそのまま戻れるとでも」

「ふん。お前は私を気にするよりも、もっと気にしなければいけないものがあるぞ？」

「なに――？」

ムーラがそう言った直後だった。魔族の軍が一斉に動き出す。

遅れて、背後に声が飛び交い始めた。

「魔法で迎撃しろ！」

「応戦準備！」

まるで合唱のように呪文が唱えられ、魔力が高まる。

巨大な魔力のうねりのあと、やがて炎がさながらカーテンのように空を覆った。

その炎が滝となって、魔族たちへ真っ逆さまに落ちて行く。

煙が上がる。黒煙、白煙、土煙などが混ざったあらゆる煙が曇り空を塗りつぶしていく。

直後、黎二を襲ったのは余波だ。手を少しでも前に出せば、火傷《やけど》はおろか炭化してしまいそうな熱量の突風が、熱波となって襲い掛かる。

そんな中、背後にティータニアの気配。

「レイジ様、一度お下がりを。魔法の攻撃はこれからさらに激しくなります」

「わかった」

黎二は強く頷《うなず》き、彼女と一緒に後退する。

魔法の一斉攻撃は強烈だ。向こうの世界の中世の戦争では、普通はまず弓矢を撃つのだろうが、この世界ではその前段階に魔法を撃つのだろう。大部分を吹き飛ばしてから、そのあとに攻勢に出るというわけだ。

そんな中、魔法を撃つのに出遅れた瑞樹《みずき》が、焦りの声を上げる。

「わ、私は撃たなくていいの？」

「温存です。ミズキはレイジ様の援護のために動いてください」

「う、うん！……でも、すごいね。これなら全部倒せるんじゃないかな？」

「いや、無理だ。正面の敵を燃やしただけですぐ終わる。効果が長続きすれば話は別だが、向こうもまるで無策というわけではないはずだ」

「あ、魔族にも邪神の力があるもんね……」

魔族たちはおそらくはそれを高めることでこちらの魔法に対抗するだろう。

「でも、使うのは火の魔法だけなんだ？　もっとこう、他のいろいろな魔法を使うとかはないの？」

「魔法の中では火の魔法や雷の魔法が強力ですから。それに、最初に撃ち出した魔法と違う属性の魔法を撃つと、反発しあって弱まり、最悪打ち消されます」

魔法の効果を高めるには、魔法を揃《そろ》えなければならないということだ。

「魔法が終われば弓。弓が終われば魔族が襲い掛かってきます。レイジ様、ミズキ、準備の方を」

「うん」

「わかったよ！」

黎二と瑞樹が返事をした折、グラツィエラが拳を打ち合わせる。

「レイジ。私の魔法は規模が大きいからな。下手に前に出過ぎて巻き込まれるなよ？」

「大丈夫です。僕の結晶も負けませんから」

「言ったな」

黎二はグラツィエラとそんなやり取りしつつ、砂塵《さじん》がもうもうと舞い上がる正面を見続ける。

ムーラに背中を見せられたのには反発心が芽生える。だが、どちらも全力ではなかったため、その辺はお互い様だろう。

黎二は自分にそう言い聞かせて苛立ちを抑えた折、魔族が土煙の中から飛び出してくる。

兵士たちは魔族の接近を阻止せんと、魔法や弓矢、投石を使って応戦。

黎二もイシャールクラスタの力を使って、魔族に結晶の塊を浴びせる。

（よし、大丈夫）

これまで戦った経験から、魔族の動きはある程度読めるようになっていた。

地を駆ける魔族は、イシャールクラスタを用いた剣技で応戦。空を飛ぶ翼付きの魔族は、地面から先の尖《とが》った結晶をいくつも伸ばして、その影に隠れながら撃ち落としていく。

おどみによる周囲の汚染にさえ気を付けていれば、よほどのことがない限り後れを取ることはない。

ここまで戦いを優位に運べるのは、イシャールクラスタを使えるようになったのが大きい。武装化が自在になり、サクラメントの能力を使うことができるようになったため攻撃の幅が広がったのだ。

「これなら……」

行ける。もちろんこの数の魔族たちを倒し切ることは不可能だが、籠城戦までに大きく減らすことが可能だろう。

自分は戦える。

後れを取ってはいない。

決して無価値な存在ではないのだ。

そんな風に、黎二が己の戦いに希望を見出《みいだ》したときだった。

突然、彼の胸に猛烈な吐き気がせり上がってくる。

「うっ——!?」

何事か。魔族からの攻撃か。それが判然としないまま、えずくように身体《からだ》を丸めたとき。

それに気付いたティータニアが焦ったように駆けよってくる。

「レイジ様！　いかがなさいましたか!?」

「い、いや……」

吐き気、その原因は気配だ。ひどくおぞましい気配。先ほどムーラが剣に蟠らせたおどみを、何十倍、何百倍にも濃縮したようなおぞましさが、どことも知れない場所から発せられた。

「どうしたのだ？　攻撃を受けたようには見えないが……」

「れ、黎二くん……」

グラツィエラと瑞樹も、心配そうに視線を送っている。

だが、同じ症状は出ていないらしい。

「三人とも、この気配を」

「気配、ですか？」

「あっちから……何かすごく嫌な気配がするんだ……」

黎二がそんなたどたどしい説明をした折のこと。

防衛線の一角から、爆発音じみた轟音《ごうおん》が響いてくる。

一拍遅れで黎二たちがそちらに目を向けると、陣地にぽっかりと穴が開いていた。

あったのは兵士ではなく、血だまりだ。

それを見て、すぐに理解する。何者かの攻撃によって、兵士たちが消し飛んだのだと。

原形もとどめず、消えてなくなった。その辺りには兵士だったものの一部が散らばるばかり。

だが、魔族はいまだ兵士たちの迎撃を突破できておらず、陣地に取り付くこともできていない。であれば、なにか強力な攻撃を撃ち出したのか。

「うっ……」

混乱が周囲に伝播《でんぱ》する間もなく、さらに強烈な嫌悪感と強い力が感じられる。

舞い上がった土煙と血煙が晴れた先。そこにいたのは、これまで見たどの魔族よりもおぞましい姿形を持った魔族だった。

それはさながら昆虫と獣を掛け合わせたようなフォルムだ。プラモデルを寄せ集めのパーツだけで作ったような、そんないびつさを想起させる。

身の丈は、二メートル半はあろうかという巨軀《きょく》であり、爪がびっしりと生えた手と、長い腕を持っている。

「あれは……」

「ちぃ、まずい予感がぷんぷんするぞ」

ティータニアとグラツィエラも遅ればせながらその気配を感じ取ったのか、額や首筋に汗をにじませる。

黎二たちが異変に身を硬直させる中、異形の魔族が近場の兵士に向かって動き出した。

兵士たちはその異形の魔族に複数で応戦しようとするが、腕の一振りでバラバラに砕け散ってしまう。

それはまるで小虫を手で払うような仕草にも似た動きだ。

相手になっていない。そもそも、眼中にすらないのではないか。そんな風に思わせられるほど、ひどく雑で無造作な動きだった。

アステルの軍の兵士は突如現れた異形の魔族に、なすすべもなく蹂躙《じゅうりん》されていく。

一方的で絶望的。戦いなどとは決して言えない、それは紛《まご》うことなき虐殺だった。

「うわぁあああああ!?」

「くっ、来るな！　来るなぁああああああ！」

兵士の悲鳴が、他の兵士に恐怖を伝染させていく。その周囲は一気に恐慌状態に陥った。

兵士たちが恐怖で後退《あとずさ》る中、異形の魔族が次の群れへと向かう。

ふいに、黎二《れいじ》の目に先ほどと同じような光景が見えた。

血を噴き出しながら千切れ飛ぶ腕、足、頭の数々。それらはすべて黎二の脳が勝手に予測した幻であり、いまなお着々と迫ってきている現実だった。

そんな幻覚に現実が追いつこうと彼の目の前数秒後に迫って来ようとしていたそのとき。

「やめろぉおおおおおおおおおお！」

気が付けば、叫び声を上げて異形の魔族に向かって駆け出していた。

兵士たちの隙間を縫うように。それでいて速く、力強く。

身体に充溢《じゅういつ》する女神の力と、サクラメントの力を最大限に発揮して。

光速にも迫るほどの驚異的な速度で異形の魔族と兵士たちの間に割り込み、イシャールクラスタを振るわんと大きく振りかぶる。

しかし、それよりもなお速く、いびつな爪が振りかぶられた。

――速い。

黎二は考えをすぐさま切り替え、イシャールクラスタを盾にして、異形の魔族の爪を受け止めようと試みる。

サクラメントの力を使えば、受け止められるはず。所持した者の力を飛躍的に向上させるこれならば、たとえ巨軀の魔族相手でも引けを取ることはない。

そう、絶対に受け止められるはず……だった。

「ぐふっ――!?」

インパクトの瞬間、黎二を襲ったのは途轍《とてつ》もない衝撃だ。

力を受け止めきれず、黎二はイシャールクラスタに対する盲信ごと、大きく吹き飛ばされる。意識を一瞬持っていかれたせいで、受け身を取ることもままならない。

「ぐ――はっ――」

肺から空気がすべて出て行った。急激に酸素が足りなくなる。しかし、呼吸はままならない。全身のすべての毛穴から、冷たい脂汗が噴き出てくる。

さながら眩暈《めまい》のように視界がマーブル状に蠢《うごめ》く最中、異形の魔族が迫ってくる姿が見えた。まずい。まずい。まずい。体勢が立て直せない。このままでは死んでしまう。

黎二が恐れを抱いたそのとき、イシャールクラスタの砕けた紺碧《ラピス・ユーダイクス》がなお色濃く輝き――

「――我求む。彼方《かなた》より飛来し、此方《こなた》に相見《あいまみ》えんものを。我が呼び声は世に纏綿《てんめん》と離れぬ理《ことわり》を乖離《かいり》させ、如何《いか》なる条理も飛び越える力とならん――開け！　ディヴィーギコネクティ！」

天に穴が開いた。すぐにそこから、巨大な岩石の一角が顔を出す。

まるで山の頂を逆さまにしたかのようなそれが、異形の魔族に巨大な質量となって襲い掛かる。

大地震でも起きたかのような震動が辺りをどよめかせ、異形の魔族の姿が巨大な岩塊の灰色にすぐさま塗りつぶされた。

一方で黎二は駆け寄ってきたティータニアに抱え起こされる。

「レイジ様！　ご無事で！」

「あ、ああ……うん。なんとか」

黎二はその場で、はあはあと肩で息をする。いまだ呼吸が落ち着かない。動悸《どうき》が収まらない。グラツィエラの魔法がもう少し遅ければ、いまここで死んでいたのだから。

すぐに体勢を立て直して、周囲に気を配る。

いまだ異形の魔族が発していた嫌な気配は消えていない。

「っ、ティア、来る！」

「っ——はい！」

ティータニアが返事をしたその直後、グラツィエラの呼び出した巨大な岩石の塊が、まるでダイナマイトで発破されたかのように爆散する。

黎二はすぐにティータニアと前後を入れ替わり、イシャールクラスタを用いて結晶の盾を作った。

正面に生まれる、ガラスのように透き通ったクリスタルの障壁。ともすれば岩塊に負けて砕け散ってしまいそうな心許《こころもと》なさそうなそれは、どれだけの勢いの付いた飛礫《つぶて》を受けても、ヒビ一つ入らない。逆にぶち当てられた岩塊の方が砕けてしまうほどだ。

岩塊の飛礫を受ける中も、猛然と迫る異形の魔族。

黎二はそれを見据えながら、クリスタルの盾をさらに厚くした。

「レイジ様っ!?」

「ティアは下がって！　早く！」

繰り出されるのは異形の魔族の無策の突進。それは単純であるがゆえに、最も威力の大きな攻撃だ。

しかし、クリスタルの盾は倍以上に厚くした。

これならちょっとやそっとでは砕けない。

だが、そんな黎二の予想あえなく、クリスタルの盾にひびが入った。

「――っく!?　これもダメなのか！」

黎二はすぐさま方針を変更する。

盾を横になだらかに伸ばしてルートを作り出し、体当たりを逸《そ》らそうと試みる。

さながらそれは横倒しにした滑り台。しかして異形の魔族は黎二の思惑通り、力を制御し切れず横にそれて、バランスを崩して地面の上を転がっていった。

間髪容《い》れずに、周囲の兵士に訴えかける。

「離れて！　あれを相手にするのはマズい！」

周囲にいた兵士たちに警戒を促し、分散させる。

大質量が地面を削ったせいで土煙が上がり、視界の一部が覆われる。

「レイジ！」

「レイジ様！」

駆け寄ってきたグラツィエラ、体勢を立て直したティータニアが、脇を固めた。

やがて大きくえぐれた地面からゆっくりと這《は》い出て来るかのように、異形の魔族が動き出す。土煙の向こうに、おどみに塗《まみ》れた目の妖しい輝きが、ゆらゆらと揺れていた。

背筋を上から下に駆け抜ける冷たい怖気《おぞけ》。

それはまるで背中に巨大な氷柱《つらら》でも差し込まれたかのよう。

「なんだというのだあれは。あのときの魔族の将軍並みだぞ」

「いえ、正直それよりも恐ろしいものだと思います。なんと言いますか、身体《からだ》の奥底から湧き上がってくる嫌悪感が他の魔族たちに増しても強いかと」

黎二もティータニアと同意見だ。

この異形の魔族は、強すぎる。他の魔族と比べて知能に乏しい分、膂力《りょりょく》や力の気配はそれ以上だと言っていい。

だが、先ほどの、体当たりの攻撃を見るに、力を完全に制御できているわけではないらしい。戦いに必要な力加減がなく、ただ目に付いたものをがむしゃらに攻撃する暴走機械のようだ。

それがもっとも厄介なのだが。

(どうする!?　あんなの相手に、僕はどうすればいい!?)

力を見せつけられたせいか、思考がうまくまとまらない。

どうする。どうする。どうする。そんな単調な言葉が脳内で繰り返し反芻《はんすう》される。

こんなときに、水明《すいめい》がいたら――

そう水明がいれば、何かしら良い案を出してくれるのではないか。

黎二はそんなこと考えてすぐ、ハッと気づく。

この期に及んで、彼を頼りにするのか、と。

いつまでも彼に頼るようでは、本当に自分の価値がなくなってしまうのではないか、と。

黎二はふとした考えを振り払うように、ぶんぶんと首を横に振る。

「レイジ様！　時間です！　一旦退《ひ》きます！」

はっと顔を上げる。

刻限だ。魔族に一定の損耗を強いたあと、少しずつ城門の内へ退く。

そんな当初の予定通り、黎二たちは撤退のために遅滞戦闘に移行した。


そこは、魔王の城の一角だ。

薄暗い部屋。出入り口のない石窟。

そこに、リシャバームが佇《たたず》んでいる。

彼以外は、他に誰もいない。

足元に敷かれた魔法陣の淡い輝きが、室内を妖しく照らしている。

リシャバームの視線の先にあるのは、とある映像だ。黒い石壁に、まるでスクリーンに投影したかのように、人の軍勢と魔族の軍勢の衝突が映し出されている。

「……始まりましたか」

衝突後は両軍が押し合っていたものの、やがてリシャバームが生み出した魔族の一体が投入され、人間たちを一方的に蹂躙していった。

それはまさにゾウに立ち向かうアリの構図だ。兵士たちの抵抗は、異形の魔族になんの痛手も与えられず、ただひたすらに踏みつぶされていくのみ。

そこに、黎二が飛び込んでくる。

彼は異形の魔族に対し、イシャールクラスタを振るい応戦するものの、劣勢は否めない。サクラメントの尋常ならざる力を以《もっ》てしても、異形の魔族と五分の戦いすらできていないのだ。

それは、サクラメントの力が異形の魔族に及ばないのか。

それとも、黎二がいまだその力を十全に引き出し切れていないのか。

無論リシャバームは後者だと考えているが、果たして。

「ふむ……ある程度の実力を持つ者ならば、力に依《よ》らない戦いもできるのでしょうが……」

黎二は異形の魔族の強大な力に翻弄される一方だ。一向に戦いの主導権を握れない。

その点は、やはり黎二《れいじ》がもともと素人だったということが大きいだろう。

いくら才能に富んでいても、経験を覆すためには相応の努力が必要だということだ。

……異形の魔族も、確かに持っている力は強力だ。しかし、リシャバームから言わせれば出来の拙《つたな》い欠陥品。いや、ゴミにも等しい。確かに彼が作った存在《もの》ではあるが、彼の考える『強さ』が、それには一切反映されていないのだ。

それも、そのはず。

「──力だ。わかりやすい力にせよ。お前の趣味ではなかろうがな」

この魔族を作るにあたって、ナクシャトラがリシャバームに「厳守せよ」という言葉と共に付けた注文だ。

人間に、目に見えた純粋な恐怖を与えろ、と。

だが、単純に力で乗り越えられるものでなければいけない、と。

そんな、神が人に課すような試練めいた思惑のあるものにしなければならない、と。

（まあ、そういうことなのでしょうね）

リシャバームはナクシャトラの、ひいてはその後ろにいる邪神の考えを察し、一人納得する。

彼女や邪神が何を考えているのかを、彼は明確に見通していた。

これも布石だ。邪神が今後の女神との一つの世界を賭けた争いを優位に進めるための、回りくどい事前策。

だがそれは、いまだ邪神が人間というものの可能性を甘く見ているという証左でもある。

おそらく今後も、様々なイレギュラーに呻《うめ》くことになるだろう。

それは女神の方にも言えることではあるのだが。

リシャバームが辟易《へきえき》した息を吐く中、彼の耳元に小さな魔法陣が発現する。

それは、この世界の特有の魔法陣だ。邪神を信奉する者にのみ扱える、伝声の術だった。

リシャバームが小さな魔法陣に指を当てると、どことなく苛立《いらだ》ちの混じった女の声が聞こえてくる。

「リシャバーム」

「これは……ムーラ殿ですか。戦の最中に伝声とは、何か問題でも？」

「そうではない。貴様に聞きたいことがある」

「なんでしょうか？」

「なぜ今回の戦、このような攻め方をさせるのだ？」

「このような、とは？」

「とぼけるな！　この中途半端な攻め方のことを言っているのだ！」

伝声の魔法陣の向こうから、ムーラの怒声が伝わってくる。

「一国を攻め落とすためと言っておきながら、こんな戦いをするなど甚だ矛盾している！」

確かに、彼女の言う通りだろう。

人間の国の一つを攻め落とすために大軍を動かし、それを首都に転移させるという大規模な手段にも出た。にもかかわらず、蓋を開けてみれば包囲すらも行わない漫然とした攻めだ。ともすれば、やっていることがちぐはぐであり、矛盾だらけに感じられる。

本気で攻め落としたければ、防備を整える間もなく、速度を重視し一気に攻勢をかけるのが最善手と言える。ムーラにもそれがわかっているゆえに、怒りをリシャバームにぶつけているのだ。

しかし、彼女から文句が飛び出すのも、リシャバームにとっては想定内のこと。

「それも、ナクシャトラ様のご命令だからです」

「……なに？」

「聞こえませんでしたか？　ナクシャトラ様のご命令だからです」

魔法陣から、伝わらないはずの疑念と静かな怒りが届く。

「……貴様、ナクシャトラ様の名を騙《かた》って偽りを言っているのではないだろうな？」

「まさか。そもそも私にそんなことをする理由はありません。私からすれば、このやり方は回りくどい上に手ぬるいですからね。私が同じ結果を得たいならば、もっと他の手立てを講じますよ」

「…………」

多少冷静になったのだろう。ムーラは静かになる。だが、疑いは晴れていない。わずかに聞こえてくる押し殺したような息遣いが、それを如実に教えてくれる。

まるで、息をひそめて獲物を窺《うかが》う肉食獣のようだ。

「それほどまでにお疑いになるのでしたら、ナクシャトラ様に直接お繋《つな》げいたしますが？」

「む……」

さすがにそうまで言われれば、ムーラとて信じざるを得ないだろう。

口の中に残った苦さを我慢するように、言葉を口内までに止《とど》めている。

だが、攻め方の矛盾に対する疑問は止められなかったらしい。

「それについては承知した。だが、ナクシャトラ様はなぜそのような命令を？」

「あの方は、『女神の力の偏重のため』とおっしゃいました。それに関しては私も概《おおむ》ね同意です」

「女神の力の偏重だと？」

「そうです。女神が力を注ぐ対象が、一人の勇者に偏るようにする。それがここで言う偏重です」

ムーラもそれが意味するところに思い至ったのだろう。

女神の力は現在、四人の勇者に分散している。

それが一人の勇者に偏るということは、だ。

「バカな！　それでは勇者の力が増すだけではないか！」

「その通りです」

「ならば何故《なぜ》！　敢《あ》えてこちらが不利になるようなことをするなど……やはり貴様がよからぬたくらみをしているのでは――」

　ムーラはリシャバームに対する不信感をさらに強める。だが、その『偏重』がどんな結果をもたらすのか、ムーラは複数あるうちの一つの答えしか想像ができていないのだ。

「お待ちください」

「この期に及んで待てだと？」

「よく考えてごらんなさい。答えがそれ一つだけしかないというのはただの決めつけですよ」

「それは……貴様がそう言ったからで」

「いいえ。安直な答えに寄ろうとするのは、思考の放棄。つまり怠惰です。別の側面も考えることがなければ、熟慮したとは言えませんよ？」

「私には考えが足りないと、貴様はそう言いたいのか」

「そこまでは申しませんが、さらに考えを巡らすのも重要だということです」

「同じことだ」

　業腹だというムーラの態度に対し、リシャバームはヒントを口にする。

「……おそらくですが、我らが神は今回のことで決着をつけるつもりなのでしょう。犠牲はやむを得ない。これはそれを踏まえたうえでのことかと」

「今回？　この戦いでか？」

「いいえ。ここで言う今回は、ムーラ殿が関わっている戦ではなく『当代の争い』のことです」

「今回の戦いも、そのときのための布石だとでもいうのか？」

「邪神にとってはこれまでのことなどすべて布石でしょう。私やあなただけではありません。もちろんナクシャトラ様もそうです」

「…………」

「駒のように使われるのは、あなたとしても納得のいかないものかと存じますが」

「……そんなことはない」

考えと言葉が反しているのは、すぐに読み取れた。

リシャバームは、だが、とも思う。

ムーラは他の魔族とはかなり違う、と。

上位者に対するやたらと強い忠誠心を持つが、反面、感情的な部分がかなり強い。

それこそ目的と手段が逆になってしまわないか危惧を抱いてしまうほどに。

無論他にも感情的になる魔族はいるが、それこそ彼女のそれは人間に近いとさえ言える。

となれば、これもまた邪神の仕掛けたたくらみなのだろう。

ではその矛先が誰に向かうのかというのは、いまだリシャバームにも読めないが。

（やはり、彼女もまた救済《ほろぼ》してあげなければならない者の一人なのでしょうね）

リシャバームはムーラに対し独りよがりな憐《あわれ》みを抱く中、ふと思い立つ。

「ムーラ殿。いま、戦場にいるのですね？」

「ああ。言った通りだ。いまは軍団の指揮、監督に従事している」

「ではちょうどいい。一つ、ムーラ殿にお訊《たず》ねしたいことが」

「なんだ？」

「そこに、黒い髪と黒い服を持った人間の少年の姿はありませんか？」

「黒髪の？　いや、そのようなものはいないし、見た覚えもない」

「ふむ……こちらの魔法とは違うものを扱うので、見れば忘れないでしょう。ということは、そこに星落としはいないということですか……」

あの男のことならば、一度見れば見忘れるはずもないだろう。それだけこちらの世界の戦力と比較すれば強力であり、よほどの力がない限り暴れ出せば止められない。

そもそも、アレは砲台のようなものだ。あの男がいれば、最初の衝突前に、魔族の軍勢は四分の一、いや、その半分は壊滅していただろう。

たとえ最大の力が発揮できなくても、だ。

（そのためのあの三体なのですが……ふむ。これでは少し戦力が過剰になりすぎますね）

今回の目的の一つは、偏重だ。女神の力を一人の勇者へ注がれるように仕向けるもの。程よい危険。程よい刺激。それらによって意図的に勇者を覚醒させ、その進化を促し、ひいては女神の誤算を誘う。もちろん、人間の数を減らすことで、信仰のパワーバランスを崩すという目的もあるが、それはどうしても二の次だ。

だが、それが過剰すぎれば、その計画も頓挫してしまう。勇者が倒されてしまえば、その分の分け与えた力は失われてしまう。女神による力の移動が介在しなければ、偏重させることはできないのだ。

「で？　その人間の小僧がどうしたというのだ？」

「いえ、もしそこにいるのであれば、十分にお気を付けをとご忠告いたしたく思いましてね」

「貴様……まさか私が勇者でもないただの人間に負けるなどと言うのではないだろうな？」

「そういった可能性も考慮しておいた方がいいかと」

「その小僧が、それほど強いというのか？」

「ええ。ですが、あなたほどの力があれば……」

リシャバームはそう言い掛けつつも、考える。ムーラの持つ力は絶大なものだ。単純な力だけなら、魔王ナクシャトラに勝るとも劣らない。ならば、打倒することも難しい話ではないのではないか、と。

「それは、貴様が私の力を見くびっているということか？」

「そうではありません。油断すれば足を掬《すく》われるということを念頭に置いていただきたいのですよ。相手はそういうのが得意な男ですので」

「そんなものは単に小細工が巧《うま》いだけと相場が決まっている。気にするまでもない」

「そうですか……」

やはりムーラは、魔法陣の向こう側で怒気を募らせているらしい。

大層な自信だが、しかし実際にムーラほど力があるのならば、彼を倒してしまうということも考えられた。もちろん、八鍵水明《やかぎすいめい》がこちらの世界で完全に力を振るえるようになればまた話は変わるだろうが。ムーラの持つ奥の手も侮れないものがある。

……リシャバームはムーラとの通信を終えたあと、再び映像に目を向ける。

彼が飛ばした『目』からの映像には、目的の人物は映っていない。

「八鍵水明。お前はいまどこにいる？」

リシャバームは淡々と映し出される映像に向かって、そう言葉を放つ。

リシャバームは八鍵水明のことを格下だと思って舐《な》めてはいない。

むしろ位置づけは最初から脅威の分類だ。

現代でも最高格に位置する魔術師、八鍵風光《かざみつ》が作り出した『純粋な魔術師』。その力は、文明に対する明確な滅びを消滅させてしまうほどの力を持つ。終末事象啓示録第二大禍を退けたのは伊達《だて》ではない。ある意味人類が自然や真理に対して持ちうる最大の兵器の一つでもあるのだ。

畏れるべきは、それをたったの十五年で実現した八鍵風光の手腕だろう。

——水爆に善良な脳みそを取り付けたら、あんな感じになるんじゃないかな？

それは、あの男のファンを自称する魔術師の言葉だ。

あの男が持っている力が強すぎることへの皮肉が混ざった称賛である。

リシャバームは映し出された戦場の映像を見据えながら、八鍵水明の姿を探したのだった。

開戦から二日。すでにアステル王都メテールでの籠城戦は始まっていた。

最初のひと当てを行ったあと、遅滞戦闘を行い、住民の避難や防衛設備の設営などを強化。王都を守る高い城壁の後ろに下がり、いまは城壁の上から、城壁に張り付いてくる魔族や飛んでくる魔族を迎撃してその侵入を阻止している。

だが、いかんせん数が多い。

黎二《れいじ》たちは部隊の隊長や指揮官と共に仮設の指揮所に入って、状況を確認し合っていた。

「いまのところ魔族の侵攻は散発的ですが、攻めに関してはかなり激しく、予断を許さない状況です」

「これでは最初の壁が破られるのも時間の問題だな……」

指揮官の言葉を聞いたグラツィエラが、苦々しげに口にする。

その一方で、黎二がティータニアに訊ねた。

「他に、街に残った人たちは？」

「そちらはすでに第二の壁の内側に避難させています。当面の間は心配しなくても大丈夫でしょう」

「メテールの造りが旧来の設計思想で助かったな。でなければ、これで終わりだった」

「歴史ある国も、バカにできないでしょう？」

「改築の遅れにたまたま助けられたというだけだろう？　偶然の幸運を図に当たったというように吹聴《ふいちょう》するのは」

「あら？　運も実力です」

ティータニアもグラツィエラも、お互い皮肉を言い合う余裕はあるらしい。

……王都メテールは帝都フィラス・フィリア同様、都市内にも城壁を構築している。

そのため、最初の壁を破られても、第二、第三の壁が敵軍をせき止める役割を果たしてくれるのだ。

だが、ティータニアの表情はいささか硬い。やはり、自分の生まれ育った都市が、侵攻を受けているからだろう。街が蹂躙《じゅうりん》されるのはもう避けられない状況にある。であればその心中は、いかばかりか。

「避難できたのはどれくらいかな？」

「半数はいまだ壁の内側に残っています。仕方ありません。ですが、いまも避難は続けているので、被害は減らせるかと」

「え？　この状況で避難って、一体どこから？」

「地下だ。魔法で坑道を掘って複数の避難路を作っている」

「そんなことしてたんだ……」

黎二は素直に感心する。

土を掘ってトンネルを作るのにはかなりの時間がかかるが、この世界には魔法がある。安全な場所まで掘り進めれば、逃げることも可能だということだ。

だが、それはやはり、魔族側の包囲の手が緩いせいということでもあるのだろう。

「あの女魔族に、異形の魔族か……問題は山積みだな」

「そうですね……グラツィエラさんも、あの女魔族のことはやはり？」

「ああして名乗りをあげるほどだ。それに、あの色濃い邪神の力……相当なものだろう」

「レイジ様も危険視されているのですね？」

「ムーラはあのとき『ひと当て』と言っていた。おそらくはまだ力を隠しているんだと思うよ」

「だろうな。やれ頭の痛い話だ……」

「例の魔族はどうかな？　動いてる？」

黎二が各部隊の隊長に訊ねると、すでにそれぞれ確認し合っていたのか。

「まだ動いてはいないようです。各方面の部隊も、それらしい姿は見ていないとのこと」

「……あれが動き出したらことだ。城壁など簡単に破られるぞ」

「そうですね。いまはすぐに対応できるよう、注視しておくということしかできないでしょう……」

みなが異形の魔族を強く警戒する中、瑞樹《みずき》が口を開く。

「なんていうか、すごく気持ち悪かった。あんなの魔族って言われても信じられない感じだよ……」

黎二も、瑞樹が語った印象と同意見だ。まるでファンタジーのモンスターの中に、ＳＦのクリーチャーが紛れ込んだかのような違和感があった。

「レイジ、あちらに関しては、お前はどう思う？」

「ものすごい強さだった……正直、殺されないようにするのでやっとだったよ」

「お前もそう思うか……」

グラツィエラがティータニアの方を向く。

「ティータニア殿下。兵士たちの状態はどうだ?」

「あの強さですし、その……レイジ様が押されている場面を見てしまいましたから、やはり動揺は抑えきれずで……」

「だろうな」

「………………」

黎二は自分の不甲斐《ふがい》なさに歯噛《はが》みする。

最初の衝突で多くの魔族を倒して奮戦したものの、異形の魔族に対しては劣勢を余儀なくされた。無論それは兵士たちの目の前であったため、多くの者に不安を与えてしまうことになった。

なれば、どうするか。

その不安を覆すには、やはり力だ。こちらの力で、あの異形の魔族を圧倒し返すしかない。

黎二は決意を口にする。

「あの魔族とは僕が戦うよ」

「れ、黎二くん……?」

「瑞樹。大丈夫、次はもっとうまく戦うから」

「本当に？　本当に大丈夫……なんだよね？」

「うん」

不安そうな瑞樹に、黎二は強く頷《うなず》いて見せる。もちろんそれは根拠のない肯定であったが、彼女の不安を取り除き、そして自分はあの異形の魔族と戦うには、こうするしかなかった。

グラツィエラが指摘する。

「今回の戦の救いは普通の戦と違って、封鎖網が敷かれていないことだな。物流や人の流入が途切れないだけ、かなり余裕がある」

「魔族たちがそこに気付いていないのか、する必要がないと思っているのか……」

「この力任せの攻めだ。する必要がないと思っているのだろう」

ティータニアとグラツィエラの二人とも、やはり表情には怪訝《けげん》さが浮かんでいる。それだけ、彼女たちにはこの戦が懐疑的に映っているのだろう。

「おかしいの？」

「ええ。攻め方が散漫なのです。籠城する相手には戦力を即座に一気にぶつけるべきなのです」

「それをしないってことは、動かせない理由があるとかだけど……」

「それにしては向こうはあの異形の魔族共々余力ある段階で下げた。やはり動かし方がちぐはぐだ」

二人は理由を探って頭を悩ませるが、答えはいつになっても出てこない。

やはり、魔族という別種の相手の考えを探るというのは、それだけ難しいということなのだろう。

ふと黎二は指揮所の外に視線を向ける。

なんとなくだが、胸騒ぎが強くなったような気がした。

「……そろそろ出る。壁が破られるのを少しでも遅らせないと」

「承知いたしました。私も行きましょう」

ティータニアの言葉に、瑞樹やグラツィエラも頷く。

黎二たちは指揮所を出て、再び戦場へと戻っていった。

城壁の上を、二剣が舞う。

黎二の目に映るのは、ティータニアの剣技だ。城壁にまとわりつこうとしている羽付きの魔族を、ティータニアが跳躍技を用いて斬り落としている。

相手の空の有利を思わせないほどの立ち回りだ。まるで空を舞っているかのよう。

だがそのせいか、兵士たちが援護に入れない。彼女の周りでは、拙《つたな》いものはすべて邪魔になるのだ。

魔族の金切り声が届く。

二体の魔族が悲鳴にも似た叫びをあげて、ティータニアに挑みかからんとしていた。

「剣も使えないような拙劣な輩《やから》に、この私が後れを取るとでも……」

魔族に対し、ティータニアが冷え切った言葉をぶつける。

一方で魔族たちは彼女を中心に円を描くように、その周囲を旋回。翻弄しようとでもいうのだろうが、やはりティータニアが口にした通り、拙劣な輩だったのだろう。

鷹揚《おうよう》な動きのティータニアから、隙という名の幻を見出《みいだ》した魔族が飛来する。

その動きに対し、ティータニアが送るのはやはり冷めた視線だった。

彼女はすぐさま片方の攻撃をいなして、もう片方の攻撃の邪魔になるように動かす。すると魔族たちはお互いが衝突し、体勢を大きく崩してしまった。

そこへ、ティータニアの二剣が突き刺さる。二体の魔族はあえなく絶命。

まるで演奏会の指揮者が、奏者たちを操っているかのようだ。

やはり二対一の不利を思わせない余裕があった。

恐るべき腕前だ。

（僕にも、ティアみたいな剣技があれば……）

少しは、あの魔族の将軍に焦りを感じさせることができたのだろうか。

黎二は頭の片隅でそんなことを考えながら、イシャールクラスタの力を確かめる。

目を瞑《つぶ》って俯《うつむ》くと、闇の奥に蒼《あお》い輝きが見えてくる。

それに対し、井戸の底に落としたつるべ桶《おけ》を引き上げるようなイメージを持つ。

直後、身体《からだ》に満ちる全能感と、充溢《じゅういつ》する魔力の感覚。

問題なく力を引き出せることを確認したあと、後ろにいた瑞樹に声をかけた。

「瑞樹、行ってくるよ」

「う、うん……危なくなったらすぐに戻って来てね？」

「大丈夫。心配しないで」

瑞樹とそんな会話をしたあと、城壁の上から眼下を見下ろす。

見えるのは、魔族たちが城壁の周囲に隈《くま》なく取り付いている光景だ。

まるでフナ虫を見ているかのよう。海岸に置かれた消波ブロックに群がる様が目に浮かぶ。

「……勇者様？」

かたわらにいた兵士が、疑問の声を口にする。

それは「どうしたのか？」という問いかけだろう。

黎二《れいじ》は兵士たちの疑問へ答えることはなく、壁の下へと降り立った。

十メートル以上の垂直落下を見た兵士たちが、驚きの声を上げる。

引き延ばされる時間の中、やはり黎二の眼下には魔族の姿。

壁に張り付く魔族。

壁を登ろうとする魔族。

壁を壊そうとしていた魔族。

それらに対し、強烈な一撃を叩《たた》き込む。

刃筋など知らぬ存ぜぬという剣撃だ。もはや鈍器で殴り付けるというような意識のもと、イシャールクラスタが湛《たた》えたエネルギーを、そのまま一気に叩きつけた。

魔族が爆発に巻き込まれたように吹き飛ぶ。

一方で、黎二は何事もない。サクラメントによって強化されたゆえか、それとも自動的に所有者を守る力を備えているのか。勇者としての力がさらに高まったのか。

城壁前の空間が半円状に切り取られる。

黎二はその空いた空間を起点にして、戦闘を開始。イシャールクラスタの結晶の力を用いて先日の焼き直しのように魔族たちを圧倒していく。

そんな中、城壁の上から悲鳴にも似た声が落ちてくる。

「勇者様！　城壁が突破されました！」

「くっ……もうなのか」

穴の開いた場所を探して周囲を見回すと、城壁の一部に向かって進軍する魔族たちの流れが見えた。

突破されてしまった。だが、それはもとから予測されていたことだ。都市を防衛する第一の城壁前では、魔族を撃退することはまず不可能だと。ならばこれは予定通りだと言える。こちらの予測を上回るような事態には、いまだ陥ってはいない。

黎二はすぐさま、自分の足元から結晶の柱を伸ばす。それに乗るような形で一気に城壁の上まで伸長。そんな中、背後から魔族の気配。すぐに振り向いて迎撃しようとした折。

「――風よ荒れよ。大きく荒れよ。我が意に従い、その形無きを自在と成せ。蟠《わだかま》っては打ち砕け。暴走を良しとせよ。敵は我が眼前にあるあらゆるものだ――暴風衝《ランペイジエア》！」

聞こえてきたのは瑞樹の声だ。

追ってすぐ、風の魔法が背後に迫っていた魔族たちに襲い掛かる。

さながらそれは凝縮させた暴風を直接ぶつけるような魔法だった。以前にフェルメニアがグラツィエラとの戦いで使った風の魔術《グラウネック・エア》を想起させるほどの威力である。

周囲の空気が結集し、突風が質量となって黎二の右脇を駆け抜けていく。

背後に迫っていた魔族は巨大なハンマーで殴り付けられ、さらにそのうえ切り刻まれるという攻撃に晒《さら》され、墜落する。

黎二はその隙に、城壁に飛び乗った。

「瑞樹《みずき》ありがとう。助かったよ」

「ううん。私にはこれくらいしかできないから」

「すごい魔法だったじゃないか。謙遜することないよ。でも、いつの間にそんな強力な魔法が使えるようになったの？」

「え？　うん、なんていうかいつの間にか使えるようになってたっていうか、いまどんな魔法を使えばいいか考えたらすぐに浮かんできたって言うか……」

瑞樹はこちらの問いかけに戸惑っている様子。

だが、黎二はさして不思議には思わなかった。

これがイオ・クザミだったならば、問題なく使えるはずなのだから。

ともあれ、瑞樹の護衛に付いてくれていたグレゴリーが状況を説明してくれる。

「レイジ様。魔族はすでに城壁内部に侵攻しております」

「わかりました。僕もこれから内側で戦います。ティアとグラツィエラさんは？」

「姫殿下とグラツィエラ殿下は城壁の上で魔族の撃退に尽力されています」

「黎二くん、私はどうしよう？」

瑞樹の相談に、黎二は一度周囲を見回して戦況を確認したあと、

「瑞樹はグレゴリーさんたちと第二の城壁まで下がって欲しい」

「え……でもそれじゃあ」

「僕が言えることじゃないけど、瑞樹はこういった戦いに慣れていない。下手に粘って取り残されたら終わりだ。そうなる前に下がっておいて欲しいんだ」

「う、うん。わかった……」

瑞樹は悩みながらも頷く。

そして、

「黎二くんはどうするの？」

「城壁とその内側はすぐに押し寄せてきた魔族でいっぱいになる。僕は兵士たちの避難路を作る」

黎二はそう言うと、城壁の内側に飛び降りた。

今後はすぐにでも城壁の上が奪取されるだろう。その前に、なるべく多くの兵士を第二の城壁まで退避させなければならない。

上から落ちてくる瑞樹の声援《エール》を聞きながら、黎二は地面に降り立つ。

見えたすぐ内側の景色、つい先日メテールに入ったときは美しかったそれは、開戦からの騒ぎと侵入してきた魔族のせいで、見るも無残なものになり果てていた。

「これは……」

言いかけて、次の言葉が思い浮かばない。

まさか言葉を失うという表現が、ここまで似つかわしい状況に遭遇するとは夢にも思わなかった。

こんなことがあっていいのか。

そんな思いを胸に抱き、黎二は手近な魔族に向かって斬りかかる。サクラメントの働きによるものか。視界に移る魔族の動きは遅々としており、まるでこちらがチートでも使っているのかという気分にさせられる。

そんな中も、黎二の耳に聞こえてくるのは戦いに呼応する声だ。

魔族を斬り倒すごとに、アステルの兵士たちが雄叫《おたけ》びを上げながら魔族と戦っている。うまく撤退できるだろう。そんなことを考えていた折、背中に予感が舞い降りる。

不吉な予感だ。

背中を虫が蠢《うごめ》くような気味の悪い感覚が、うなじから腰までを駆け下ったあと。

黎二は背後を振り向いた。

しかしてそこにいたのは、あの異形の魔族だった。

魔族たちを引き連れるような形で、城壁の内部に立っていた。

どこから現れたのか。見れば城壁には先ほど開けられたものとは比べ物にならない巨大な穴が開いていた。

「侵入を許した……」

途端に口の中が苦くなる。つい先日苦戦した相手と、これほど早く戦うことになるとは。

だが、あの女魔族ムーラはいない。

一緒に出てこないのであれば、まだまだやりようはあった。

「こっちだ！」

黎二は異形の魔族を引き連れるかのように、大声を張り上げる。乏しい知性のせいでその言葉を聞き届けるかどうかはわからないが、それでもやらないよりはマシだ。

その思惑は図に当たったらしく、異形の魔族は黎二の方へと誘引される。

猛追。不気味な気配が突風となって襲ってくる。黎二は決して追い風ではないそれに急《せ》き立てられながら、後退しつつの戦闘に移る。

立体的な戦闘だ。家の屋根に乗り相手を見上げさせ、飛び回って視線を切る。敵の視界に長く止《とど》まっていては、あの強烈な突進が襲い掛かってくる。少しでも止まれば、家ごと破壊され、足場を崩される形で大きな不利を被ることになるだろう。

屋根から屋根に飛び移り、あるいは滑り、後方から追いかけてくる異形の魔族を、兵士たちから引き離す。

異形の魔族とある程度距離を作ったことを確認した黎二は、地面へと飛び降りる。

そして、イシャールクラスタを強く握った。

そう、砕けた紺碧《ラピス・ユーダイクス》から力を引き出す量が、時間に影響されるのならば、かければかけるほどに強くなるということに他ならない。

力が十全に身体に溢《あふ》れたことを確認した黎二は、一気に異形の魔族の背後に回り込み、無防備な背中に向かって、上から下への斬撃を叩きつけた。

「やぁあああああああああああああ!!」

「――――!」

全力を賭けた一声に、声にならない叫びが同期する。

イシャールクラスタを使った全力の一撃だ。

それでも背中にできたのは、引っ掻《か》いたような切り傷一つのみだった。

「これでもダメなのかっ!!」

黎二は呻《うめ》くような叫び声を上げる。

そんな彼に対し、魔族が振り向いた。

(なっ――?)

そう、異形の魔族は振り向いただけ。振り向いただけで、黎二は予想外の衝撃に横殴りに遭う。どうしてそうなったか。そんなこともわからないまま、黎二はさながら後ろから大型の木槌《きづち》を振り回されたかのように、大きく撥《は》ね飛ばされてしまった。

「うっ、ぐっ、がはっ!」

勢いが強すぎたせいか、黎二《れいじ》は地面を数度バウンドする。

まるでゴムまりにでもなったような気分だった。
呼吸の乱れも直せぬまま、黎二はぜいぜいという呼吸音を響かせて立ち上がる。
立ち上がらなければすぐにでもあの魔族の餌食になってしまうからだ。
……黎二は悔しさでイシャールクラスタの柄《つか》を強く握り締める。
自分は、この相手に対してこんなにも無力なのか。
いや、まだ力が足りないのだ。まだなのだ。
（なら……）
ならば、それをさらに引き出すには、どうすればいいか。
答えはそう、簡単だ。そのやり方はもうすでに、出ているのだから。
願え。
求めろ。
手を伸ばせ。
己の内にある扉を、開け放て。
黎二が耳を傾けると、頭の中にそんな声が響いてくる。
もう躊躇《ためら》ってはいられなかった。
「……僕に、僕に力を寄越《よこ》せぇええええええええええ！」
直後、目の前に蒼《あお》い輝きが広がり、先ほど力を引き出したよりもさらに強い力が、黎二の身体に流れ込んでくる。黎二はその規模に驚くのもつかの間、すぐに目の前に迫る異形の魔族に対し、イシャールクラスタを振りかぶった。

「はぁああああああああああ！」

巨大な爪で受けようとする異形の魔族に、黎二の剣撃がぶち当たる。

しかして今度は、黎二の方が異形の魔族を力で圧倒。片腕を大きく弾《はじ》き飛ばす。

黎二はそのまま、攻めに出る。彼の剣撃に魔族も応じて、苦し紛れの一撃を貰《もら》うも、受け止めることができた。

以前は大きく撥ね飛ばされるだけだったのに。

「できる……できる！　やれる！　はははは！」

都度都度、力を引き出さずともこの魔族と戦える。その爽快感。その全能感に、黎二の心はいつになく高揚していった。

強い敵を後手にまわせることが、こんなにも心躍るのか。こんなにも楽しいことだったのか。

「倒れろ！　僕の力に！」

援軍に来たのだろう。市街に侵入した魔族たちの一部が進路を変えて向かってくるのが見えた。

「うっとうしい……！」

黎二は押し寄せてくる魔族に対し、いつにない苛立《いらだ》ちが現れる。
もう少しで勝てるというのに。
もう少し圧倒していたかったのに。
その邪魔をされたことで、黎二を溢れるほどの怒りが焦がそうとする。
許さない。
どうしてくれようか。
そう、黎二は怒りに、気を取られてしまった。
黎二の視界に、異形の魔族の影が映る。
(しまっ――)
それは致命的な隙だ。
降って湧いた怒りに気を取られ、異形の魔族から目を離してしまった。
痛手は覚悟しなければならないような一撃が、黎二に迫る。
さながら走馬灯を見るときのように周りの動きが遅れ始めた。
しかし、それは視覚だけだ。周囲の動きは遅いのに、黎二は小指の先一つ動かせない。
後悔が黎二の頭を占有する。どうしてあんな怒りに、囚《とら》われてしまったのか。
そんな中、黎二の視界に光が映る。
「――え?」

光。それは、天に突き立つ光の柱だ。

強力な力を湛《たた》えた光、それは稲妻だ。

それが天に向かって突き刺さると、やがて大きく弾けて、魔族の背後から文字通り『走ってくる』。黎二に向かって押し寄せる魔族の波を真っ二つに割って通り過ぎ、彼を害せんと腕を振るった異形の魔族に突き刺さった。

その勢いのまま、稲妻は異形の魔族を吹き飛ばす。

「これは……？」

黎二は疑問を抱いたまま、体勢を立て直す。

そして、弾かれたように稲妻が走ってきた方向を向いた。

視界には、黒焦げになった魔族。衝撃に吹き飛ばされた魔族。

そして、魔族の死体で舗装された一本道の先には二つの影。

しかして、そこに立っていたのは――

「レイジ、大丈夫そうかい？」

鎧《よろい》姿の金髪の少年。そして黒髪の神官少女の姿だった。

「エリオット!?」

「悪いね。遅くなった」

「どうして君がここに!?」

「どうしてって、追ってアステルに行くってあらかじめ言っておいたじゃないか？　ね？クリスタ」

「はい」

肩をすくめるエリオットと、彼の言い分を肯定するクリスタ。二人はすぐに黎二のもとに駆け寄ってくる。

「ありがとう。助かったよ」

「いいや、無事でなにより……とは言い難いかな？」

「ボロボロに見えるけど、そこまでダメージは受けていないよ」

「ふうん？　そうかい？　ならまだ戦えるね？」

「ああ」

黎二はエリオットに大きく頷《うなず》いてみせ、同時に異形の魔族の方を向く。

異形の魔族は先ほどの稲妻を腕で受けたらしい。表面が黒く焦げてはいるが、問題なく動かしているためダメージになったのかは判然としない。

「出力が足りなかったかな？　手加減した覚えはないんだけどね……それで、あれは何だい？」

「わからない。戦いが始まってすぐに出てきたんだ。だけどいままでの魔族とは比べ物にならない強さを持ってる」

「……なるほど。じゃああれが例の新しく生み出された魔族ということか」

「……うん。たぶん」

エリオットがクリスタに言う。

「クリスタ、君は他の兵士たちがこちらに来ないよう動いてくれ。こいつの相手は僕とレイジでやる」

「しかし援護は」

「いい。行くんだ。これは僕の命令だ」

いつになく強い言葉に、クリスタの表情が引き締まる。彼女はすぐに「承知いたしました」と言うと、いまも群れた魔族と戦っている兵士たちの援護へと向かっていった。

「連携して叩《たた》くよ？　準備はいいかい？」

「――！　もちろん！」

エリオットはバケツ形のヘルメットを被《かぶ》り、迫りくる異形の魔族と斬り結ぶ。

異形の魔族が繰り出す恐るべき速度の爪撃を、しかしエリオットは回避。自分よりも大きい者、自分よりも強い者との戦いを繰り返してきた者にしかできないような恐れのないその動きに、黎二はただただ感嘆の息を漏らすばかりだ。

動きに経験を窺《うかが》わせるものの、しかしそれ以上に異形の魔族の膂力《りょりょく》が強く、動きも速いのか。やがて、エリオットの方に受けが増えてくる。

「っ――！　これは効くね……」

弾き飛ばされたエリオットは、着地しつつも勢いを殺せず、踵《かかと》で地面をざざざと引っ掻く。

黎二はそんな彼の動きをよく見ながら、タイミングを見計らってカバーに入る。

「エリオット！」

「っ、すまない！」

自分が標的になるよう、すぐに前に躍り出る。

黎二の方は先ほど力を引き出したときから変わらない。攻撃をはじき返せるままだ。足を踏み出せば後退させ、防御に回ればその場にとどまったまま受けていられる。

このまま、自分が主攻に回れば――。

黎二がそんな風に思った折、突然魔力の喪失感に襲われる。

「う……」

次いで襲ってきたのは、激しい息切れだ。

まるで状態を突然切り替えられたかのように、肩が勝手に上下する。

「レイジ、大丈夫かい？」

「ご、ごめん。急に力を使った影響が出て……」

「いや、仕方ないさ」

「そっちは？」

「腕のしびれがやっと取れてきたところだ」

エリオットはそう言うが、額からは脂汗が垂れている。

ということは、かなり焦りを抱いているのだろう。消耗している、していないにかかわらず、それだけ異形の魔族の持つ力に危惧を抱いているということだ。

それを証明するように、エリオットが言う。

「あれと長く戦うのは遠慮したいね。次の連携で終わらせよう」

「僕も次の一撃に全力を込めるよ」

いましばらく相談が終わったあと、エリオットが剣を持った左手を後ろにして、ガントレットを嵌《は》めた右手を前に出すように構えを取った。

ガントレットの一部がまるで天使の翼のように大きく広がり、先ほどのように天へ向かって光の柱が突き立った。

直後、異形の魔族へ向かって稲妻の先鋭が、その矛先を向ける。

「――さ、次の奴《やつ》はもっと強いよ」

ガントレットが激甚な咆哮《ほうこう》を上げると、再び天へ稲妻が立ち上る。

ガントレット自体がエネルギーを放出しているのか。それともエリオットの力なのかはわからないが、それらが甚大な余波を周囲に振りまいた直後、異形の魔族に稲妻が突き刺さった。

異形の魔族の周囲に結界のように広がる雷の檻《おり》。

しかしてその衝撃はかなりのものだ。異形の魔族が前に出ようとするたびに、稲妻の威力に弾かれ撥《は》ね飛ばされる。

「レイジ、頼めるかい？」

「っ、ああ!!」

呼応する。エリオットが作ってくれた絶好の機会だ。最初で最後かもしれないそれに傾けるのは、無論全力。残ったすべての魔力を呼び水にして、砕けた紺碧《ラピス・ユーダイクス》から、いま引き出すことができるすべての力を引き出し、イシャールクラスタの刀身に注ぎ込んだ。

エリオットが発生させたものとは別種の、蒼い稲妻が周囲を蹂躙《じゅうりん》。

余波なのか、その稲妻に触発された辺りのものがたちどころに結晶へと変じていく。

「あぁあああああああああああああ!!」

力を、寄越せ。

向こう側から、繋《つな》がれた鎖を全力で引っ張り出すようなイメージを持ちながら、さながら弓を引き絞るように、柄《つか》を握った右手を後ろに引く。イシャールクラスタの柄がじりじりと後ろに下がるごとに、内包する魔力も、周囲へ与える影響も、強く大きくなっていった。

異形の魔族を、結晶が取り囲み、包み込まんと凝縮する。

使うは、イシャールクラスタの奥義《エストライク》。

「結晶封殺剣《クリスタリオス》、破　獄《ゼウド・ラス・シアラ》――!!」

黎二《れいじ》が引き絞った弓を解き放ち、しかして異形の魔族が結晶の柱に包み込まれるか否かのそのみぎり。

異形の魔族が身体《からだ》にまとっていた濃色のおどみが膨れ上がり、その身体を封じようとしていた結晶を破砕。粉々に砕いて弾《はじ》き飛ばす。

だが、それでも無傷ではいられない。直後に黎二が繰り出した巨大な結晶の突きに打たれ、身体にえぐれたような大きな傷が生まれる。

「GAぎぎギ――!!」

口腔《こうこう》から、酷《ひど》く耳障りな悲鳴を発する。長く聞いていれば精神が汚染されてしまいそうな狂気を孕《はら》んだ絶叫は、さながらマンドラゴラの上げる死の悲鳴か。

だが、かなりのダメージを与えることができた。

これならば、大きく力を消費した甲斐《かい》があった。

エリオットの方も、いまの一撃にかなりの力を投じたのか、消耗した様子。こちらもいきぎれがいまだ収まらない。

エリオットが大きく息を吐き出す。

「ふう。なんとか行けそうだね」

「ああ、このまま押せば――」

「――このまま押せば、行けるとでも思ったのか？」

明るい会話になりそうだったその折だ。どこからともなくそんな声が降ってくる。

「――ッ!?」

「まったく浅はかなことだな……」

黎二とエリオットが呆《あき》れの声が降ってきた方を向くと、そこには剣を携えた女魔族、ムーラの姿があった。

黎二はそれを見て、驚きで硬直する。

驚きの理由は、『いつの間にそこにいたのか』という、突然の出現に対してではない。

そう、彼女の脇に二体。いま戦っている異形の魔族と全く同じ姿形をした存在がいたからだ。

「そんな……」

「……こりゃ参ったね。こんなのがまだ二体もいるのか……」

この戦が始まってから、都合何度目の絶句だろうか。

異形の魔族とうまく立ち回っていたはずのエリオットも、この状況に表情を硬くさせている。たった一体と戦うのにもこれだけ苦労したというのに、さらに二体。ここでそれらをけしかけられれば、どうなるかは容易に想像できるだろう。

迂闊《うかつ》だった。どうして自分はあの異形の魔族が一体だけしかいないと思い込んでいたのか。黎二は奥歯を強く噛《か》み締める。

「別の勇者の援軍か」

「君……いや、お前は何者だ？　ああ、魔族っていう揚げ足取りみたいなつまらない返答はいらないよ？」

「魔族の将の一人、この軍団を率いる軍団長、ムーラだ」

「そうか。まあそれくらいの力をもった相手だとは予想はできるけど……ちなみにここにはなにしに？」

「決まっている」

ということは、ここで共々撃滅せんと企《たくら》むか。

（……レイジ、そっちはまだ戦えるかい？）

（……僕の方はイシャールクラスタがあるからなんとか。そっちは？）

（……余力は残してあるけど、結構消耗しちゃったね。ちょっと厳しい戦いになりそうかな？）

やはり、先ほどの技を使うには、かなり力を消費するのだろう。

ムーラはまるで号令でもかけるかのように腕を振り上げ、そして――

「……いや、つまらんな」

それを下げるのではなく、引っ込めてしまった。

結晶で腹部をえぐられた異形の魔族が、ムーラのもとへと戻る。

どういうことなのか、いまここで号令一下。異形の魔族をけしかければ、二人まとめて倒すことも可能だろうに、何故《なぜ》それを取りやめたのか。

「なんのつもりだ？」

「そのまま、お前たちが見ているままだ」

「なに？」

黎二が再度訊《たず》ねると、ムーラはしばし思案するような顔を見せ、やがて口を開いた。

「いや、私からも趣向を凝らそうと思ってな。貴様らも、誰かの手のひらの上で踊る羽目になるのは業腹だろう？」

「それは一体どういう……」

「これからは私の戦いだ。楽しみにしているがいい」

ムーラはそう言うと、マントを翻してその場から去っていった。

彼女の背後に続き、異形の魔族たちも付き従って去っていく。

一体どういうことなのか。趣向とは、誰かの手のひらの上とはどういう意味なのか。

黎二とエリオットが困惑する中、市街の方でも異変があった。

エリオットお付きのクリスタが、息せき切って駆けてくる。

「エリオット様！」

「クリスタ、どうした？　兵士たちの避難の援護は？」

「いえ、それが……魔族たちが撤退を開始しています」

「撤退だって!?」

黎二は市街の方に視線を向ける。

確かにクリスタの言う通り、羽付きの魔族たちが市街から退《ひ》いているのが見えた。

「……どういうことだ？」

「さあ、なんだろう。折角城壁を突破したのに、その成果をドブに捨てるような真似《まね》をするなんて不可解だ」

よくわからない引き際には、黎二もエリオット共々困惑するしかなかった。

ムーラは王都メテールを肩越しに見返った。

現在、攻め寄せた都市には勇者が二人。もう一人の登場は誤算だったが、これだけ戦力に余裕があれば、圧倒はさほど難しいものではない。

そう、確かに難しくはない。だが、倒してしまっては魔王ナクシャトラの意志にも、邪神の意志にもそぐわない。そして何より、リシャバームの手のひらの上というのが気に食わなかった。

「あのまま一息で倒せたはずなのにな……」

ただ倒すだけなら、最初の一体に加え、控えていた二体をけしかければ済むはずだった。

それができないから回りくどい。回りくどいが、やらねばならない仕事だ。

だからこそムーラは、それを自分の力で進めたかった。

突然現れた外様《とざま》の手を借りず、すべて、もとからあった魔族の主導で、だ。

「……私は私のやり方で、ことを進めるだけだ」

ナクシャトラの意に沿うためには、いずれにせよ勇者の意気や力を消耗させなければならない。いま勇者が二人いる以上、やり方を変えねば上手《うま》くはことが運ばないだろう。

調整のための一計として、ムーラがどこからともなく、おどみをまとった品を取り出す。

大角。剣の一部。肉の塊。

見る者が見れば、見覚えがあると言うだろうそれらを、彼女は配下の魔族に持たせる。

「――行け。細工をして来い」

これが成れば、王都など容易《たやす》く攻め落とせるだろう。たとえ勇者が二人もいようとも、あの異形の魔族に苦戦している以上、過剰な戦力になることは目に見えている。

他の者が聞けば、命令違反と言うのだろうか。

だが、『もしも』ということも念頭に置いて、行動しなければならない。

ムーラは一人、祈りを捧《ささ》げるように呟《つぶや》いた。

「すべては御心《みこころ》のままに……」


魔族の撤退を見届けた黎二とエリオットは、第二の城壁の内部まで下がっていた。

異形の魔族が退いたあと、クリスタに瑞樹《みずき》たちへの伝言を頼み、その場でしばしの休憩。

呼吸が戻り、体力や魔力がある程度回復したのち、瑞樹たちと合流するため、第二の城壁内部に入ったというわけだ。

やはり気になるのは、魔族たちの不可解な撤退についてだろう。

第一の壁を突破し、アステル側に大きな混乱を与え、攻勢はここからという状況にもかかわらず、仕事は果たしたとでも言うように撤退。黎二たちはそれを見て戸惑うばかりだった。

「一体どういうことだろう……」

これが、魔族側の作戦の一環なのか。もしかすれば、撤退する背中を追いかけさせて城から兵を釣り出す算段なのかと思ったが、しかしアステル側は定石通り城壁の修復、防備の調整に入っている。思惑通りにはいっていない。

黎二が呟いていると、エリオットがポンっと肩を叩《たた》く。

「連中がどういうつもりかはわからないけど、ここで悩んでも仕方ないと思うよ？　こういうのは身体を休めてから、頭が回る状態で考えた方がいい」

「そうか……うん。そうだね」

黎二はエリオットの提案を受け入れ、考えるのはやめにした。確かに彼の言う通り、回らない頭で下手に考えても、推測など立てられないからだ。それだけ異形の魔族との戦闘は、黎二にとって消耗著しいものだったからだ。

エリオットがそんな話をする中、ふと彼が何かを見つけたように背伸びをする。

「おっと、あそこにいるのはお姫様かな？」

「あ、ティア」

追って黎二もティータニアの姿を見つける。

いまは兵士たちに交ざって、物資配給の指揮を執っていた。

先ほどまで城壁の上で奮戦していたにもかかわらず、すぐに別の仕事とは。黎二も頭が下がる思いだった。

配給物資は、いまだ避難し切れずにいた者や、自らの意志で残っていた者たちに配られているらしい。みな肉体的にも精神的にも疲れた様子で、見た目からも元気がないことが如実にわかる。

ともあれと、黎二《れいじ》はすぐに歩み寄って、ティータニアに労《ねぎら》いの言葉をかける。

「ティア、お疲れ様」

「これはレイジ様。クリスタ殿から状況はお聞きしました。ご無事で何よりです」

「ありがとう。ティアは休まなくても大丈夫？」

「いいえ、そんなことは言っていられませんので」

「ほんと？　さっきまで戦ってたんだ。無理しない方がいいと思うけど」

「いえ、私など。周りにはもっと無理をしている者がいますから」

「ティア……」

真摯な眼差《まなざ》しを向けるティータニアに、黎二は心配を強める。

責任感が強い。だが、その責任感のせいで、彼女自身が潰れてしまうのではないだろうか、と。

「大丈夫です」

そんな中、どこからともなく荒々しい声が聞こえてくる。

何事かと思い、そちらに視線を向けると、物資の取り合いになっていたのが見えた。

「あれは……」

「いけません。すぐに止めないと」

ティータニアは焦ったような声を上げる。

彼女はすぐに兵士たちに指示を飛ばし、仲裁に向かわせた。

しかし、その騒ぎが伝播《でんぱ》したせいか、周囲では多くの者が混乱している様子。騒ぎを止めようにも、思うように制止できない。

それを見かねたティータニアが、毅然《きぜん》と動き出した。

「おやめなさい！」

騒ぎを起こした者たちに、ティータニアが一喝する。

普段ならば誰もが耳を傾けるところだろうが、ヒートアップした民衆には効果はない。

そもそもティータニアのことも誰と認識できていないのか、彼女に怒鳴り声を返す有様だった。

「うるせえ！」

「それどころじゃねえんだよ！」

「物資はまだ十分あります！　急がず騒がず順番を待ちなさい！」

「待てだと!?　それで俺たちの分がなくなったらどうするんだよ!?」

騒ぎを起こした集団の一人が、ティータニアに摑《つか》みかかろうとする。

「きゃっ!?」

ティータニアは相手の予想外の行動と、本人の疲れもあってか、かわしきれず体勢を崩してしまった。倒れ込むまではないものの、地面に手を付き、その間に尖《とが》った部分に引っ掛けてしまったらしい。その白く細い腕に、一本血の筋が出来ていた。

「ティア!!」

黎二が駆け寄り、兵士が堪《たま》らず声を上げる。

「貴様！　このお方を誰と心得るか！」

「知るかそんなこと！」

「俺たちにも物資を寄越《よこ》せ！」

ぎゃあぎゃあと、脇で騒ぎが加速する中、黎二はティータニアを抱え起こすようにして身体《からだ》を支える。

「怪我《けが》を……！」

「だ、大丈夫です……少し切っただけですから」

彼女が見せるのは心配させまいとする笑顔だ。だが、黎二の目の端には、白い腕から流れ出す真っ赤な血が、確かに映っていた。

「お前っ……！」

黎二は騒ぎを起こした者たちの一人に、睨《にら》みつけるような視線を向ける。

国のために戦い、いまも、民衆のために汗みずくになって働いているティータニアに、こんな仕打ちをするとは。

「なんだよ!?」

「なんだよ、だと……？　お前、何をしたかわかっているのか……？」

「あ？　そんなことどうでもいいんだよ！　それよりも——」

それよりも、なんだというのか。

自分が良ければ、他人を傷つけても構わないのか。

ふいに、どこからともなく呼び声が聞こえてくる。


——気に食わなければ叩き潰せ。

——いまのお前には簡単なことだろう。


そうだ。こんな人間など、叩き潰してしまえばいい。そう、簡単だ。自分にはそれだけの力があるのだから。先ほど戦ったあの異形の魔族に比べれば、赤子の手をひねるよりも容易いことだ。

黎二の手の中には、武装化されたイシャールクラスタがいつの間にか握られていた。

身体に満ちるのは怒気だ。

周囲も、そのただならぬ気配を察したのだろう。

しゃくりあげるような悲鳴が一つ上がったあと、辺りは水を打ったように静まり返った。

「れ、レイジ様……！　私は大丈夫です！　大丈夫ですから！」

「っ、でも」

「レイジ様、抑えてください！　お願いします！」

懇願するような悲鳴を聞いたせいか、段々と黎二に冷静さが戻ってくる。

「……わかった」

黎二はそう言うと、武装化されたイシャールクラスタをもとの状態に戻し、ポケットにしまい込む。

おかげもあってか騒ぎも鎮静化し、集まった者たちも兵士の誘導に従い始める。

兵士がティータニアに訊《たず》ねる。

「姫殿下、この者たちの処遇については」

「いいのです。追い詰められて気が立っている者をさらに追い詰めてはなりません。物資があれば安心して落ち着くでしょう」

「……は」

しかしてこの一件は、ティータニアの一声によってお咎《とが》めなしとなった。

事態が収まった折、黎二はため息を吐くように呟く。

「どうしてあんな風に奪い合いなんかするんだろう。こんな状況だからこそ、助け合うべきなんじゃないのか……」

そんな彼の呟きに答えたのは、エリオットだった。

「追い詰められる戦いっていうのは、こういうものだよ。いや、ここの方がまだいい。仲間同士での略奪を見たことはないのかい？」

「僕たちの国だと、災害が起こるとみんなで助け合うことの方が多いから」

「……そうか。随分と幸せな国なんだね。いや、勘違いしないでくれ。いまのは嫌みじゃない」

黎二はエリオットの言葉を聞いて、思う。

確かに国が豊かで平和だからということもあるのだろうが、こういった混乱や争いを見ないのは、自分たちの国が常に災害と隣合わせだったからだ。地震、台風。助け合わなければ生きていけない土地柄だからこその気質だと言える。

買占めなどはよくあるものの、こうして物資を巡って我先にと争う姿を見るのは初めてだった。

黎二にはその様が、心にトゲとなって残るのだった。

第三章　帰還というよりは出戻りです

現代日本への帰還を成功させた水明《すいめい》一行。

新たな仲間ハイデマリーを加え、八鍵《やかぎ》邸の庭に作った転移の魔法陣から再度異世界への転移を試みた。

魔力が電流のように陣の線を辿《たど》って流れ、ふとした発光に包まれた直後、水明、フェルメニア、レフィール、リリアナ、初美《はつみ》、ハイデマリーの六人は、暗がりの中に放り込まれた。

転移は……成功した。間違いなく。なのだが、なぜかやけに周囲が暗い。

水明は「はてこれはどういうことか……」と思いつつも、すぐに指先に火を灯《とも》す。

暖色の明かりが照らし出すのは、石造りの壁だ。まるで石レンガで作ったドームのような内観であり、上部には鉄製の燭台《しょくだい》が打ち付けられている。

すぐに燭台に火を移し、視界を確保する。

「えっと、ここってどこ……」

「ふむ、家の前の転移陣ではないな」

「猫さんの、お出迎えが、ありま、せん……」

初美はきょろきょろと周りを見回しつつ、刀の柄《つか》に手を掛けて周囲を警戒。

レフィールはどっしりと構えており、この中では誰よりも落ち着いた様子。

ペンギンのぬいぐるみを抱きしめるリリアナは、まったく別のことで嘆いている様子。

猫がいないことに俯《うつむ》いてしょんぼりしながら、ぬいぐるみに慰めを求めていた。

そんな中、ハイデマリーがステッキをくるくると弄んで、口を開く。

「場所に関してはボクにはわからないけど、ここが別の世界ってことはわかるね」

「そうなの？　マリーちゃん」

「うん。大気中のエーテル濃度が随分違うから。すごいね。エントロピーが違うから、法則バランスだいぶ変わりそう。これは再計算しとかないといけないね。三十秒で終わるけど」

「早い、です」

「だってボク、天才だから」

ハイデマリーはそう言って、『えっへん』とでもいうように胸を張る。表情の動きに乏しい彼女がやると、あまり自慢しているようには見えないため少し不思議に見えるのだが。

「ヘリオミット係数が$\sqrt{2}-2.02$だからっと。そこに現状のエーテル量、マナ量を……」

「ヘリオミットの理論値は-0.63にしとけ。安定するぞ」

「むー。答えを先に言わないでよー」

水明が先に答えを言ったためか、ハイデマリーは子どものように頰《ほ》っぺたを膨らませる。

そんなやり取りのせいか、彼女は細かな部分の計算を取りやめて、答えを聞きに走る。

「エントロピーはどう？　情報量はおんなじ？」

「それに関しては再計算が必要だ。ただ一定空間内の情報限界はどこも変わらないから、エーテル基礎値と神秘総量を変更してそっちも再計算する必要がある」

「………………」

「………………」

神秘関連の用語で話しているせいか、わからない者はちんぷんかんぷんの様子。特にレフィールと初美は『なにがなんだか』という感じらしい。

「うーん、基礎値が大きいね。これで安定してるとか文明的な進化できないよ？」

「ん？　進化？」

「そうでしょ？　文明の進化っていうのは科学的な側面のものなんだから、科学技術が進歩できなかったら文明は停滞しちゃうでしょ？　閉じてるんじゃないの？」

「あー、まあ、そうだな。これだけ世界が神秘に満ちてたら、科学的な原理も安定しないよな……」

水明がハイデマリーとそんな話をし続けていると、初美が非難がましい視線を向けてくる。別の場所に出たという危機感を置いてきぼりに、いつまでも別路線の話をしていたためだろう。

「ねえ水明」

「悪い悪い。魔術を使うにも、いろいろ必要な計算があるんだよ。すぐ終わるからもうちょっとだけ待っててくれ」

水明は初美を宥《なだ》めながら、周囲を見回す。

するとと、すぐに気付いたことがあった。

「……っていうかなんかすごく見覚えがあるなここ」

「はい、ここはキャメリアにある召喚室です。私が以前に使用した召喚陣に間違いありません」

「ん？　あれって確かブラックバスだかコクチバスだかのせいで派手にぶっ壊れただろ？」

「スイメイ殿、シーバスですよ」

「おっと、鈴木さんだったか。失敬失敬」

「修復作業が終わったのでしょう。あれからもう半年経《た》っていますから」

確かに、フェルメニアの言う通りだ。さすがに王城の一部が壊れたままでは据わりが悪いだろうし、城を出るときにも修復作業を行っていた。

だが、使う予定のない陣もそのまま修復されているとは意外だった。

（もしかしたらアルマディヤウス陛下が気を利かせておいてくれたのかもな……）

またアステルに戻ってくる可能性を考慮して残しておいてくれたのだろう。

水明がそんなことを考えていると、ふと、ハイデマリーがしゃがみながら召喚陣を人差し指でツンツン。

「つまり、これって引っ張られたってことかな？」

「だな。もしかしたら俺がここに紐《ひも》づけされてるんだろ。次からはこれも念頭に置いて転移の魔術を設計しないといけないな……」

すると、初美が疑問を口にする。

「でもそれならどうして私までここに？　こういった現象が起こるんなら、私は呼び出された縁のあるサーディアス連合に行くんじゃない？」

「いや、これは術を使ったのが俺だからだ。俺を起点にして、全員まとまって転移する方式にしたから、みんな一緒にここに来た」

水明はそう言いながら、自分の尻をさすり始める。

「……？　急にお尻なんかさすってどうしたの？」

「いや、呼び出されたときの記憶がなぁ……お前よりはだいぶマシだけど俺も痛い目に遭ったんだよ」

「巻き込まれたってだけじゃなくて？」

「そうそう」

そう、半年前に黎二《れいじ》や瑞樹《みずき》と共に呼び出され、尻をしこたまぶつけた記憶が蘇《よみがえ》る。

あれはなかなか痛かった。尻が余計に割れてしまうところだった。

初美とそんな話をしていた折のこと、ふいにフェルメニアが声を上げる。

「ですがこれは重大事件です！」

「ん？　なんかマズかったか？　まあ、帝国までの移動がめんどくさいだろうけど。問題って言ったらそれくらいじゃないか？」

「いえ姫殿下に献上するお菓子の数々がですね」

「あ、うん、そっちね」

あまり緊急でない憂慮に、水明は拍子抜けする。

確かにフェルメニアはついさっき、お菓子をティータニアに献上すると言って張り切っていた。転移すればすぐに渡せると思っていた手前、賞味期限や消費期限の危機に怯《おび》える必要が出てきたわけだ。

「生モノは廃棄するか魔術で保護するしかないな」

「これを廃棄するなんてとんでもないことです！」

「そう、です！」

「そうね。食べ物を粗末にするのはいけないわ」

「お、おう……」

　廃棄案は、三対一で否決された。まあ水明も本気で廃棄しようと思っていたわけではないため、別に構わないのだが。ともあれそういうわけで、ハイデマリーと手分けして食材を保存する魔術を掛けておくことになった。

「大丈夫なの？」

「腐敗を遅らせる魔術っていうのは、魔術師たちが昔に取り組んだものだからね。それに、ボクのはドクター直伝だから」

「コーヒーを三十年取っておいてヴィンテージ物って言い張る妖怪直伝か。なんか別の不安が湧き上がってくるんだが？」

「大丈夫だよ。それに風味の方もきちんと保存するから、任せておいてよ」

　ハイデマリーとそんな話をしつつ、一通り作業を終わらせる。

　そうしてやっと、ここから出るということになったわけだが。

「じゃメニア、案内の方よろしく頼む」

「お任せください。ではみなさん、こちらへ」

　フェルメニアを先導役にして、英傑召喚に使われた部屋から出る。

　部屋から出ると打って変わって、西洋風の廊下の内装が現れる。

　大きな窓が並ぶ通路にはシックな壁紙が貼られており、調度品も綺麗《きれい》に揃《そろ》っている。

それを見たハイデマリーが、なぜか意外そうな声を出した。

「なんていうか、das お城って感じだね」

「そりゃ城だからな」

「だって結社の古城《アルトシュロス》はもっとこうアレな感じが満載だよ？　奇抜って言うか、奇矯っていうかさ」

「あっちは魔術師に改造されまくった城だぞ？　そりゃ印象は違うだろうよ。あんなの魔境だ魔境。一緒にしたら他に申し訳が立たんて」

結社の拠点のことを思い出すハイデマリーに対し、水明はそう告げる。

そんな中、ふとレフィールが神妙そうな声を上げた。

「――何かおかしいな」

「ん？　おかしい？　どういうことだレフィ？」

「城の雰囲気というかな。誰もいないが、なんとなく伝わってくるものがある」

「……？」

水明がはっきりしないその物言いに困惑していると、追ってリリアナが口を開いた。

「空気が、ピリついている、感じが、します」

「まるで戦の最中のようだ。外の雰囲気も普通とは違うようだ」

「そうか？」

水明《すいめい》はリリアナとレフィールの話を聞いて、窓の外に視線を向ける。

外はどんよりとした曇り空だ。街が主に石畳や石壁などで構成されているせいもあって、やけに灰色に見える。

そんな風に外を遠目に眺めていると、城下町に人がほとんど出歩いていないことに気付く。以前はもっと活気に溢《あふ》れていたはずだ。これは確かにおかしい。しかも、外壁がところどころ破壊されているようにも見える。

すると、初美《はつみ》が何かに気付いたのか、焦ったように窓台に乗り出した。

「水明、あれ！　窓の外！　一番近い城壁！　見て！」

「城壁って――あ？　なんだありゃ」

初美の声を追って目を向けると、城壁に旗が立っているのが見えた。

遅ればせながらそれを見たフェルメニアが声を上げる。

「塔に翼旗が立っています！　これは……防衛!?」

「あれ、サーディアスが攻められたときと同じよ……前もあんな感じで旗が立ってたわ」

「じゃあつまり、王都で防衛戦を行っているということか？」

突然のことに焦りの声を上げたのは、水明、フェルメニア、初美の三人。

一方で平静としているのは、あまり焦りを顔に出さないリリアナと、表情に乏しいハイデマリー、予感があったレフィール程度のもの。

防衛戦とは言うものの、では一体何と戦っているのか……と訊《たず》ねるまでもない。人間が攻めてくることがほぼない以上、魔族しかないからだ。

フェルメニアの硬い表情と「急ぎましょう」という言葉で、一同は急ぎ足で廊下を進む。

城の人間を見つけた折、フェルメニアが凛々《りり》しい声で呼びつけた。

「そこの者！　状況はどうなっているか!?」

「こ、これは白炎様!?　いつお戻りになられたのですか!?」

「その話はいまはどうでもいい！　簡潔に状況を述べよ！　アルマディヤウス陛下はご健在か!?」

「はっ！　魔族が我が国内部に侵攻し、王都にまで到達！　現在その防衛の最中です！　国王陛下は作戦室に！　レイジ様やティータニア殿下、エル・メイデの勇者様もご一緒です！」

「魔族の侵攻だと!?」

「はい！　魔族が突然国内に攻め入ったのです！」

「北の辺境伯は何をしていたのだ？」

「街道を迂回《うかい》して報告に来た者によりますと、領内を通った形跡はないとのこと」

「そんなバカな……」

「魔族は王都から十八里ほどの地点に突然出現したのです。それにより、現在王都が直接攻められているという事態に……」

魔族が突然出現した。

あまりに突飛で無理筋な話だが――あり得ないことではない。

そう、魔族側にはあの男がいるのだから。

フェルメニアは城の者に「承知した。仕事に戻れ」と言葉をかける。

一方で城の者は軽く礼を執り、自分の持ち場へと戻っていった。

「やれやれ、とんだことになってるらしいな」

「……アステルでも他国との小規模な競り合いなどはありましたが、ここまでのことはありません」

フェルメニアが、事態を重く見る最中、レフィールと初美がそれぞれ覇気をにじませる。

「帰ってきてすぐに魔族を斬る機会が来るとはな」

「修練の期間は短かったけど、成果が出せますね」

「ああ」

二人が随分と頼もしい一方で、リリアナが心配そうな声を漏らす。

「みずき、が心配、です……」

「そうだな。あいつはこういうの初めてだろうからな……」

そうでなくても、あの状態から戻ったばかりなのだ。心身への負担が強く心配される。

だが、明るい話がないわけではない。

「エリオットの奴《やつ》がいるのは心強いな。あいつがいれば、まあ何とかなってるだろ」

「そうですね。エリオット殿であれば頼りになります」

水明とフェルメニアがそんな話をしていると、リリアナが彼にジト目を向ける。

「すいめーが、エル・メイデの勇者のことを評価、するのは、意外、です。いつもは、憎まれ口を、叩《たた》き合っている、のに」

「それとこれとは話は別だ。実力に関しては間違いないからな――それで、作戦室は？」

「はい、こちらです」

水明たちは、フェルメニアの先導で、黎二たちがいるという作戦室に向かう。

やがて一行は作戦室の前に到着。フェルメニアという礼状を盾に、近衛兵《このえへい》に入室を迫る。

「白炎殿！」

「任務ご苦労。陛下もレイジ様も中においでだな？」

「は、はい！」

「では私も中に入れてもらうぞ」

「いえ、その、白炎殿は構いませんが……他の方々は」

「問題ない。責任は私が持つ。何か問われれば私に押し切られたと言い訳しろ」

近衛兵たちを前に、フェルメニアにはいつになく威厳がある。

いつもの、ふにゃふにゃした感じはどこにいったのかというほどだ。

初美が、まるで幻覚でも見たかのように目をこする。

（……あれ、フェルメニアさん、よね？）

（……そうだなー）

（……確かに、意外な一面だよね）

ここにいるほとんどの者が、初めて見る姿だろう。

まあ、以前もあんな感じで背伸びしていたのだ。いや、この場合は背伸びが必要不可欠な社会生活だったからという方が正しいのだろうが。

水明たちはそのまま押し切って入室する。

しかして、作戦室内には、国王アルマディヤウスの他に、黎二、瑞樹、ティータニア、グラツィエラ。そしてエリオットとそのお付きの神官、武官らしき者たちが揃っていた。

王都の地図が載せられた大きなテーブルを囲んでいる。

「陛下！　フェルメニア・スティングレイ、ただいま帰参いたしました！」

「おお、フェルメニア。戻って来てくれたか」

「は。城の者に聞きましたが何やら一大事とか」

「うむ……予断を許さない状況だ」

フェルメニアとアルマディヤウスがそんな会話をしている一方、水明はまだ状況が摑《つか》めず目を白黒させている黎二《れいじ》たちに声をかける。

「よ、ただいま？」

「え!?　す、水明!?」

「水明くん!?　どうしてアステルに!?」

「ちょっと予定外のことがあってな。ほい、お土産」

水明はそう言って、呑《の》みの帰りのお父さんよろしく、お土産を提げて見せる。

「あ、うん。ありがとう……っていまはそんな場合じゃないよ！」

「らしいな。なんでも防衛戦してるとかって聞いたが？」

「そうなんだ。突然魔族が王都の近くに現れて……」

「まあ、なんだ。二人とも無事そうで何よりだ」

そう言うと、グラツィエラが憎まれ口を叩く。

「にしても、随分と遅い到着だ」

「こっちはこっちでいろいろあったんだよ。それに、向こうに行った成果ってのも必要だろ。ま、息抜きはしてたわけだけどよ」

「なるほど。英気は十分ということか。遠慮はいらんな」

「ですが、まさかグラツィエラ殿下がアステルの作戦室にいらっしゃるとは」

「私もだ。まったく魔族の連中は見境というものがない」

フェルメニアのあとに次いで、グラツィエラに声をかけたのはリリアナだ。

「グラツィエラ様。ご無沙汰、しており、ます」

「うむ。リリアナ・ザンダイクも壮健そうでなによりだ…………だが、そのぬいぐるみはなんだ？」

「これは、ぺんぎんさん、です。とても重要なの、です」

「あ、ああ。やたら可愛《かわい》らしいが、魔法に使う何かしらの道具なのか？　そういう術もあると聞く」

「え？　あ、はい。そう、です」

「そうか。やはりか」

リリアナが所在なげに視線を逸《そ》らす中、グラツィエラは妙な納得をしたらしい。彼女の実力を認めているため、そう誤解したのだろう。重要なのは魔術の方ではなく、心の安寧の方になのだが。

グラツィエラが差し出されたペンギンを撫《な》で撫《な》でする中、黎二が追加で増えた存在に気付いた。

瑞樹《みずき》共々、マジシャン姿のハイデマリーに視線を向ける。

「あれ？　君は確か水明の知り合いの……」

「マリーちゃん、だったよね？」

「うん。二人は久しぶりだね。前にマジックを披露して以来かな?」

「えーっと、君がここに居るってことは」

「まあ、そういうことだね。説明もする必要はないかな」

「うう……私の周りにこんなにオカルトがいっぱいあったなんて……ずるいずるいずるい」

瑞樹が文句を言いながら嘆く中、エリオットが口を開く。

「また、にぎやかになったようだね」

「いまはありがたいだろ」

「確かにそうだね。援軍はいま一番に必要なものだ」

「あと、それと……なんだ。その、黎二たちのこと、ありがとうな」

水明が照れ臭そうに言うと、エリオットはひどくおかしな顔を見せる。

「……なんだよ?」

「いや、君の口からそんな殊勝な言葉が出るなんて。今日は空から槍《やり》が降るかな」

「お礼くらいでそんな魔族に厳しい神秘が働くならいくらでも言ってやるよ。だが、そんなありがたいこと都合よく起こるわけないな」

「そうだね。魔族たちに突き刺さる槍は自分たちで降らせるしかない」

そんな中、武官の一人が声を上げる。

いきり立っている様子。それは彼だけでなく、他の者も同じらしい。

「陛下！　この者たちを参加させるのですか!?」

「そうだが？」

「その男は、戦いが嫌で逃げた者ではありませんか!?　それに、そこにいるのは帝国の魔導師では……」

「それを言うなら私も帝国の者だ。むしろその親玉に近い人間だが？」

「いえ、それは……」

グラツィエラの冷静な指摘に、武官はたじろぐ。

降って湧いた反対の声に、これまで黙って推移を見ていた初美《はつみ》が首を傾《かし》げた。

「水明《すいめい》、どういうこと？」

「あー」

「……？」

水明は手早く話を整理して、初美に手短に説明する。

「いやな召喚されたとき、俺そんなことしねえって駄々こねたんだよ」

「ちょ、ちょっとそれ……」

「ふうん？　なんだかんだお人よしの君らしくないね」

そんなことを口にしたのは、エリオットだ。

「俺はそんなお人よしをしてるつもりはないが」

「よく言うね。誰かのために女神にケンカを売るようなことや、リリアナちゃんにお節介を焼いているような時点でお人よしじゃないか」

「なんかお前に言われると馬鹿にされてるみたいで腹立つな」

「でも、何故《なぜ》やらなかったんだい？」

「何故も何も拉致だぞ？　拉致されたんだぞ？　なんの契約もなしに突然召喚されるとか俺の世界じゃぶっ飛ばされてもおかしくねえって」

水明に同調するように、ハイデマリーがうんうんと頷《うなず》く。

「むしろそれって第二級神秘犯罪で水明君がしょっ引く対象だよね」

「ん？　ああ、そうだな。そういう考えで言うなら、かかわった連中まとめて封印措置だが」

「え!?　では私は魔法が使えなくなるとかそんな処置をされていた可能性が!?」

「まあな。だからこそ俺もそんな感じで厳しく臨んだわけだが」

「あわわわわわわ……」

水明の言葉に、フェルメニアは顔を蒼褪《あおざ》めさせる。それは当然、地球世界での水明の立ち位置を知ったからではあるのだが。

「へえ、何？　君って向こうじゃ警察的な仕事してるのかい？」

「どっちかって言うと始末屋だな。魔術界って言う巨大な組織の枠組みの、自浄作用の一部だ」

「真面目なことに従事してるのは意外だね」

「うるせえよ。いちいち茶化すな」

水明がエリオットと憎まれ口を叩き合っていると、初美が口を開く。

「ふうん。水明、それで良い印象持たれてないんだ」

「そういうことだ」

そんな内緒話のようなそうでないような会話のあと。

武官たちは再度水明に「出て行け！」と言う。

こちらには勇者である初美、そして精霊の神子《みこ》であるレフィールもいるのだ。

大戦力であるのだが、やはりそれは知らないからだろう。

初美は特に説明することもなくつーんとしており、レフィールは静かに目を瞑《つぶ》って黙ったまま。他の人間も積極的に説明するつもりはないらしい。

ティータニアやグラツィエラなどは、水明に向かって「自分が蒔《ま》いた種だ」とでも言うように、視線を送っている始末。

ともあれ、武官たちの声に、アルマディヤウスが待ったをかける。

「いや、スイメイ殿たちにはいてもらう」

「陛下！　ですが！」

「いまはそんな話をしている場合ではない。魔族の攻めが緩んだ折角の機会を、そんな益体もない話で消費するわけにはいかぬ」

「それは……ですが！」

「納得がいかぬと申すか……ふむ、ならばどうしたものかな」

アルマディヤウスはそう意味深に口にしたあと、水明の方にちらりと視線を向ける。

「であれば、参戦しても問題ないことを証明すればいいということになりますね」

「手間をかけるが、やってもらえるか？」

「下手に説得するより、腕っぷしでどうこうした方が手っ取り早くてわかりやすいですし、そうしましょうか」

水明はアルマディヤウスとそんなやり取りを終えると、ハイデマリーの方を向いた。

「というわけで、マリー。ちょっと遊んでやってやれ」

「え？　なに？　ボクがやるの？」

「ちょうどいいだろ。魔術が上手《うま》く働くかどうか試せるし。適当にあしらってやれ」

「まあいいけどさ。尻ぬぐいさせるんだったら、あとで埋め合わせはしてよね」

弟子の苦言に水明は「へいへい」とやる気のない返事をして、改めてアルマディヤウスの方を向く。

「これでよろしいですか？」

「すまぬな」

水明がアルマディヤウスとそんなやり取りをすると、武官たちが彼を睨《にら》む。

「女を使うなど……」

「なんと見下げ果てた奴《やつ》だ」

それぞれ水明をこき下ろすが、しかし彼には効いた様子もない。それどころか、何を思ったのか、武官たちの方を向いて一転表情を悪魔的なものに変えた。

「ふははは！　俺と戦いたければまずこいつを倒してからにするがいい！」

「舐《な》めるなよ!!」

「貴様のような者、すぐに追い出してくれる！」

やはり戦争のせいで苛立《いらだ》っているのだろう。ささいな挑発でも怒りが激発する。

他方、そんな喧々諤々《けんけんがくがく》を見た一部がひそひそ話。

「……こう、水明ってなんで三下の真似《まね》が上手いのかしら」

「いや、水明は演技力高いと思うよ。僕たちもずっと騙《だま》されてたんだし」

「あっ……そうですね。確かにそうです」

「そうそう！　そうだよ！　水明くんのオタンコナスー！」

「お前ら揃《そろ》いも揃って胡散臭《うさんくさ》い視線を向けるのをやめやがれ！」

そんな突っ込みのあと、水明たちの参加に納得できない者たちと移動となった。

水明たちが案内されたのは訓練場だった。

すぐに簡易の会場が設営され、城内の人間もギャラリーとして集まってくる。

「なかなかおもしろいことになったな」

グラツィエラはそう言いながら笑っている。

まるでこれから面白い見世物にでも立ち合うかのよう。

「あんたこの状況でよくそんなこと言えるな。正直、いまはこんなことしてる場合じゃないと思うぞ。軍議の最中なのにみんなそれをほっぽり出してくるなんておかしいぜ？」

「まあそれには概《おおむ》ね同意する。だが、ある意味この時機でよかったとも言えるな」

グラツィエラはそう言うと、ティータニアに目配せする。

「こちらとしては正直に言って助かります」

「また前みたいなガス抜き的なあれか？　前のは攻められる前だったからいいものの、今度のはいくら何でもおかしくねえか？」

「そうでもありません。いまは魔族の侵攻の手が緩まり、上の人間の気も緩んできたところ。これで引き締めになります」

「ガス抜きって言うよりは、綱紀のためってことか」

「王都の兵は長らく戦にかかわっておりませんし、これが初めてという者も多いですから。その辺の力の抜きどころや配分、塩梅《あんばい》などに疎いのです。特に防衛線となれば、いつ戦いが始まるかは向こうの匙《さじ》加減《げん》ですから」

「余力あんのな。俺も仕事で紛争地帯はいくつか見てきたことがあるが、偉い奴も誰も彼もみんな疲れてそれどころじゃないのに」

「そうです。それがおかしいのです」

「おかしい？」

「防衛戦となれば、普通はもっと疲弊するものでしょう。ですが、我が軍にはそれがありません。攻め落とすのが目的ならば、間断なく攻めればいい。緊張が弛緩《しかん》したこの状況なら、絶好の機会です。ですが、魔族の攻撃は開戦からずっと緩慢です」

「向こうさん、手ぇ抜いてるって？」

「はい。そう考えなければおかしい点だらけなのです」

「向こうが何を考えているのかは知らんがな」

水明が訊《たず》ねる。

「住人の避難はどうなってんだ？」

「かなり進んでいます。避難民も他の町や村々に振り分けられたと」

「それもうまくいってるんなら、都合良すぎるな。まあそれで考えられるのは、大都市の住人を色んな所に振り分けることで、避難先の住人の生活が圧迫されて、疲弊を各地に伝《でん》播《ぱ》させるとかな。そのせいで全体の生活レベルが下がって都市単位で弱体化する」

水明がそんな考えを披露すると、グラツィエラが若干引いたような表情を見せる。

「……お前はえげつないことを思いつく」

「お褒めの言葉ありがとさん。だが、だ。そんな賢《さか》しらな作戦をしなきゃいけないほど、魔族たちが戦闘面で劣っているかって言えば……」

「そうではないな。だからこそ腑《ふ》に落ちん」

そんな話をしていると、勝負の準備を見ていた初美が歩み寄ってくる。

「ねえ水明。マリーちゃんは大丈夫なの？」

「ん？　ああ、問題ない。弱点《フラスコ》の管理もしっかりしてるしな。むしろアイツの弱点にまで届く奴はいないだろ」

「でも一人でやるなんて……私もマリーちゃんが負けるとは思わないけど」

魔法使いだけでなく、剣士も問題ないだろう。

ティータニアやグラツィエラ、いまのフェルメニアが相手ならまた話は変わってくるのだろうが。

初美と同様、歩み寄ってきたエリオットが訊ねてくる。

「彼女、妙な感じだね？　なんていうか人と違うというか、じゃないっていうか」

「アイツはホムンクルス、いわゆる人造生命体《ホムンクルス》って奴なんだ」

「人造って……それ、人が生命を作ったってことかい？　随分とまあ大それたことをする世界なんだね」

「まあそうかもしれないな。あと、本人には大それたとか言わないでくれよ？　そうやって作られて出来上がった奴からすれば差別されてる扱いだからな」

「なるほど。まあ確かに命に卑賤《ひせん》はないね」

「そういうことだ」

そんな話をしている間に準備が終わったのだろう。

訓練場の中心に、ハイデマリーと選別された兵士たちが立つ。

兵士たちはやる気を出している者。少女と戦うということで困惑している者。それぞれ。

一方でハイデマリーはと言えば、ステッキを頭の後ろの方に両手で掲げ、身体《からだ》を横に曲げる運動よろしく、右に左に身体を曲げ伸ばししている。

形式は多対一。これくらい倒さなければ、向こうも納得できないということだろう。

「では、これより模擬戦を始める」

審判役らしき人間が間に立ち、準備の如何《いかん》を確認する。

ともあれ水明《すいめい》がかけるのは、間延びしたやる気のない応援の言葉。

「マリー、容赦すんなよー」

「うん。完膚なきまでに叩《たた》きのめせばいいんだよね？　ぼこぼこのぼこ？」

「そうそうそう。そういうことだ」

意思疎通は完璧だ。仲間たちが胡散臭い視線を送ってくるのは心外だが、まあうまくやってくれるだろうと一人勝手に結論しておく。

審判役の「始め！」と言う声に、兵士たちは一斉に構えを取り、魔法使いたちは詠唱のため魔力を高ぶらせる。その一方でハイデマリーはと言えば鷹揚《おうよう》な様子。魔力を高めることも、詠唱も行わずに、手に持ったステッキを畳んだ傘を弄ぶかのように、ただくるりくるりと回転させている。

兵士たちは、その態度が気に障ったのか、剣を構えて突撃してくる。

訓練場に広がる兵士の雄叫《おたけ》び。すぐさま剣を持った兵士が肉薄するが、しかしハイデマリーには当たらない。ひらりひらりと優美に身をかわしており、毛筋ほども触れる気配はない。

やがて魔法使いたちの詠唱が終わり、ハイデマリーに水の魔法をぶつけようとする。

だが、こちらは当たる前に、ハイデマリーが『神秘性を持つ行動』を以《もっ》て相殺する。

ひと回し、くるりと回転させたステッキの先を水弾《アクアピュレット》に当てると、水弾《アクアピュレット》はその場で弾《はじ》けて消し飛んだ。

「あれ？　この程度なの？　こんなのじゃすぐ終わっちゃうよ？」

「なんだとっ！」

「生意気な！　調子に乗るなよ！」

「うわ怖い。女の子に怒鳴るなんて大人げないよ？」

兵士たちが、舐めた態度を取るハイデマリーにさらに怒声を上げる。

その光景を見て、不思議に思うのは水明だ。

「スゲー気が立ってるのな。そんなやすっちい挑発でも怒るなんて」

「雰囲気のせいだろう。この状況下では無理もない」

「そもそもスイメイが最初にあんな挑発をしたからいけないのです。反省なさい」

水明たちがそんな話をしている中、ハイデマリーに挑みかかろうとしていた兵士の一人が転倒する。

「う、うわっ！」

どうしたのか。何かに躓《つまず》いた様子でもない。

原因を探ると、兵士の左足に可愛《かわい》らしいぬいぐるみの人形が一体、抱き着いていたのが見えた。

「な、なんだこれは!?　人形だと!?」

「その子？　その子はボクが作ったぬいぐるみだよ？　可愛いでしょ？」

「外れない!?　なぜだ!?」

兵士はぬいぐるみに動きを制限されているのか、思うように動けない。

そんな中も、影の中から人形たちがひょこひょこと顔を出す。普通の人形からぬいぐるみまで様々なタイプの人形がどこからともなく現れて、兵士たちの足に取り付いた。

それはまるで、仕事に出かけようとする親を引き止める小さな子供のよう。

払いのけようとしても、ぴったりとくっ付いて外れない。どうしようもないとそのままにしてハイデマリーにかかろうとするが、やはり動きを制限されるのか、鈍くなることはおろか先ほどの兵士のように転倒してしまう始末。

彼女の扱う人形遊びの魔術だ。人形たちを使い魔にして、様々なことを代行させる。

兵士たちが人形に苦慮する中、魔法使いが動き出した。

ハイデマリーを取り囲むように散らばり、魔法の呪文を詠唱。

魔法での全方向からの攻撃を試みようというのだろう。

無論ハイデマリーも、それがすぐにわかったようで。

「——押し入れ《Schrank》隠れ家《versteck》地下室《untergeschoss》洞窟《höhle》、積み重なった《gestapelter》梱包資材《karton》。隠れよう《Verstecken》。引きこもろう《Bleib zuhause》。楽しい《Spaß》楽しい《Spaß》子供《Kinder》の楽園《Paradies》。大人は入っちゃいけないよ《kein Eintritt für erwachsene》」

——ボクだけの秘密基地《Meine einzige geheime Basis》。

突然その場に戸板や段ボール、遊具の一部が、やたらめったらに生み出される。青色のネコ型ロボットが不思議なポケットから目的のアイテムを取り出そうと四苦八苦している光景が目に浮かぶが——それはともかく。

ハイデマリーを取り囲むように、小さな基地が構築される。

「あれは俺のパクリだ」

「そうですね。すぐにわかります」

水明の言葉に、フェルメニアが頷《うなず》く。

一方でハイデマリーの方はといえば、何の問題もない様子で、風の魔法が飛んできても、土の魔法をぶつけられても、秘密基地の外壁はびくともしなかった。

「じゃ、そろそろボクの番だね」

ハイデマリーはそう言うと周囲に風と波動を巻き起こす。

彼女の魔力の発露だ。強烈な魔力風が吹きつけたあと、辺りに散っていた人形たちが手をつなぎ、大きな円を作って踊り出す。

それはさながら、フォークダンスのマイム・マイムを見ているかのよう。

円が大きくなったり、小さくなったりしているのを見ていると、イスラエルの民謡が聞こえてくる気がしてならないが——

「——踊れ《Tanzen》、踊れ《tanzen》、輪になって《einen kreis bilden》。子供のお祭り《Kinderfeste》。おもちゃの祭典《Spielwarenfest》。主役はここに、ただ一人《Der einzige protagonist ist hier》」

それを見たフェルメニアが水明に訊《たず》ねる。

「スイメイ殿スイメイ殿。あれはどんな魔術なのでしょう？」

「見た感じ何をするのかはわかりにくいが、呪文を分析すればなんとなくわかるぞ」

「ふむ……おもちゃのことを言っていますね。子どものお祭り、おもちゃの祭典。ということは、おもちゃがこの場に沢山なければならない……」

「そういうことだ。じゃあ、それをどこで調達する？」

「自分のものを取り出すわけでないのであれば、現地調達でしょうか？」

「その通りだ」

やがて、その場にあったあらゆる武器が、おもちゃに変わる。

ぽん。ぽん。ぽん。ファンシーな擬音の文字と、クラッカーを破裂させたような明るい音を想起させる音がそこかしこから聞こえてくる。

剣も杖《つえ》も、兵士や魔法使いたちが持っていた何もかもが、子供が遊ぶようなおもちゃになってしまった。

そして、世のおもちゃはすべてハイデマリーの支配下におかれる。

……そこからの試合は一方的だった。いや、試合とも呼べないだろう。

兵士が使うのはおもちゃの剣だ。どれだけ強く振ったところで、相手を傷つけることは難しい。

魔法使いが使うのはおもちゃの杖だ。光や音を発しても、子供が喜ぶだけ。魔法なんて出てこない。

ごつくて硬そうだった鎧《よろい》やガントレット、グリーブも、綿の入ったフェルトの生地に変化している。これでは期待した攻撃力は望めない。

「これは……こんなことされたら戦いどころじゃないですね」

「そうだな。あいつの戦い方は基本的に相手の無力化を念頭に置いている。クマのぬいぐるみしかり、ヴォーパルソードしかり。小さなおもちゃ箱に詰まった子供の夢が、アイツの魔術《ふしぎ》だ」

「なるほど、すべてを遊び場に変えてしまうということですね？」

水明はフェルメニアの言葉を肯定するように頷く。

そんな中、初美《はつみ》が視線を交互に入れ替えて言う。

「……ねえこれもう決まったんじゃない？」

「決まったな。でも、きちっと決めろってあらかじめ言ってあるから、最後までやらせるけどな」

「容赦ないわね」

「中途半端にするのは何事もよくない。経験談だな」

「説得力あるわ」

兵士たちや魔法使いたちが魔術に翻弄される中、ハイデマリーがさらなる詠唱を開始する。

「——踊れ《Tanzen》、踊れ《tanzen》、みんなで踊れ《tanze mit allen》。楽しいダンスの始まりだ《Es ist der beginn eines lustigen tanzes》」

「げぇ——」

水明《すいめい》はハイデマリーの口から飛び出た文言を聞いて、そんな汚い悲鳴を上げる。

そんな中も、ハイデマリーは繰り返し「踊れ、踊れ」口ずさみ続けている。

「スイメイ殿？」

「……いやー、俺も容赦すんなって言った手前だけどよ、だからってそれを使うかね……確かにわかりやすいが」

輪を作っていた人形たちが散り散りとなり、動き回る。人形たちはひとしきり彼らを弄んだあと、再びそれぞれ兵士たちのもとへと戻った。

そして、振り払おうとする兵士たちの手を掴《つか》み、ダンスを強要する。

あるいは背中から腰や肩を摑んで列を作る、ジェンカを。

お互いが向かい合わせになって両手を繋《つな》いで踊るコロブチカを。

兵士たちが人形に手を繋がれると、まるでマリオネットさながらに、ぎこちない踊りを披露する。強制の魔術だ。人形の呪いによって縛られ、思い通りに動かせられる。しかも、背丈に大幅な差があるため、無理な体勢を取らされて、負担も大きい。

「踊れ、踊れ、死ぬまで踊れ《Tanzen tanzen tanze bis du stirbst》。カーレンの赤い靴《Karen rote schuhe》。斧で足を斬り落とすまで《Bis du dein bein mit einer axt abschneidest》、天使の声をもらうまで《Bis ich die stimme eines engels höre》、やめることは許されない《hört nie auf》」

……怖い魔術だ。彼女の魔術をファンシーなお遊戯と舐《な》め腐った者たちを、絶望の淵《ふち》に叩《たた》き込む秘術の一つ。デンマークの童話作家、ハンス・クリスチャン・アンデルセンの赤い靴を謳《うた》ったこの魔術は、一度かかればどんな魔術師であろうとも、何もできず死ぬまで踊り続けることになる。

「だ、ダメだ！　身体《からだ》が勝手にっ⁉」

「も、もういい！　わかった！　わかったから！」

「た、助けてくれ！」

兵士や魔法使いは泣き言や叫び声を上げるが、ダンスは止まらない。

「踊れ、踊れ、踊り狂って倒れ伏せ《Tanzen tanzen tanze wahnsinnig und falle herunter》。お腹が空いても眠くなっても《Egal ob sie hungrig oder schläfrig sind》足はリズムを刻み続ける《die füße ticken im rhyth》」

人形たちと踊り続ける兵士たち。傍《はた》から見れば微笑《ほほえ》ましい光景か、視点を変えればホラーな場面だが、踊っている人間たちはもうそれどころではない様子。

そんな光景を見かねたのか、術者であるハイデマリーが水明の方を向く。

「水明君。もうそろそろやめる？」

「まだだ。悲鳴が出せなくなるまでやってやれ。半端に元気なままにしておくと、そいつらを選んだ奴《やつ》らもあとでうるさいだろうからな」

「りょうかーい」

初美が小脇をつつく。

「ちょっと水明。そんなことしたら戦えなくなるんじゃないの？」

「その分は俺たちでカバーすればいいだろ。相手にもならない連中なんぞ何人いても変わらんて。少しの間お休みいただけ」

酷な言いようだが。有無も言わせぬ実力を披露すれば、こちらのやることにも口出しされることはない。こちらの動きに主導権を握られるような話になれば、戦術は大幅に制限される。今回の一番の目的は、自分たちが、単独で動けるように話を持っていくことにあるのだから。

ともあれ兵士たちは、人形たちと手をつないだまま、ぐったりとしている。

「あれ？　もうおしまい？　なんか全然口ほどにもないんだね」

自称天才さんはナチュラルに煽《あお》りの言葉を周りに掛ける。天才を自称するくせに、持ち合わせるちぐはぐな純粋さが、相手の心をえぐりにかかるのだ。

「これ、こういうときはこう言うんだよね？　ざぁこざぁこ」

「どっから仕入れたそのセリフ！　そんなこと言っちゃいけません！　まったく……」

水明はとんでもないことを言い出す七歳児にお叱りの言葉をかけたあと、同じように見ていた武官たちに再度確認する。

「これでいいな？」

「あ、ああ……」

格の違いを見せつけられた方はあまりの結果に呆然《ぼうぜん》としている様子。これほど差があるとは思わなかったのだろう。いや、むしろ未知の神秘を目の当たりにしたせいで、頭が混乱しているのかもしれない。

一方で、アルマディヤウスがハイデマリーに声をかける。

「見事だった」

「それほどでもないよ。でも魔術の可愛《かわい》さとかを褒めてくれるんなら嬉《うれ》しいかな」

ハイデマリーは手に持ったステッキをくるりと一回転させながら、そんなことをうそぶく。一国の王に対して随分と軽い物言いだが、七歳児の彼女であれば仕方がないとも言える。

ともあれ、改めてハイデマリーの魔術を見た水明はというと。

「しっかし、お前の魔術はそのままなんだな」

「ボクの魔術は水明君と違うからね。そもそもボクの魔法の基盤がボク自体なんだから変わらないのは当たり前だよ」

ハイデマリーはそう言って、むん、と誇らしげに胸を張る。

これでドヤ顔の一つも作れれば可愛げがあるのだが、相変わらず表情に乏しいため、そういったことはない。

「俺も、うまく戦う手段を早く見つけないとな」

「手掛かりはあるの？」

「ヒントは教えてもらってきたよ。でもなぁ」

——ここが、向こうであればいいんだよ。

盟主が言ったその言葉は、一体どういうことなのか。

語義の通りならば、確かにそうであればそれに越したことはないのだろうが。どうもパズルのピースがはまらない。

離れた場所で模擬戦を見ていた黎二《れいじ》が歩み寄ってくる。

「マリーちゃん、強いんだね」

「そうだよ？　だってボクは天才だから。えっへん」

「ははは、そっか。それはすごいね……」

「そうでしょ？　もっと褒めてもいいよ？」

どこか翳《かげ》りのある笑みを作る黎二に、ハイデマリーがさらなる称賛をねだる。

この少女は、どこでも平常運転らしい。


ともあれ、模擬戦が終わったあと。

作戦室へと戻った水明たちは、現状を確認し合っていた。

「――それで、魔族が突然現れたってのはマジな話なのか？」

「うん。本当に突然だった」

「もう迎撃の準備やなんやでてんやわんやだったよ」

黎二と瑞樹《みずき》が当時のあわただしさを教えてくれる。

そんな中、水明が瑞樹に訊ねる。

「お前、大丈夫だったのか？」

「私？　私はなんていうか目を回してただけだから」

瑞樹は周りに流されていただけとそう言うが、疲れが見えるということは、彼女もしっかりと戦っていたのだろう。やはり強がりが垣間見《かいまみ》える。

「突然現れた、ねぇ……」

「あり得ない話ではありますが」

「いや、それがそんなことがあり得るんだよな」

水明がティータニアにそう言うと、黎二も心当たりがあるというように反応する。

「水明、やっぱり？」

「ああ、前にお前には話してるよな。出来る奴がそっちの陣営についたって」

「えっと、名前はなんだったっけ？　僕が聞いたのはリシャバームだけど、水明が知ってるのは違うんだよね？」

「ああ、クドラックって名前だ」

するると、その名前を聞いたハイデマリーが、いつになく神妙な声を上げる。

「……ちょっと水明君それ、聞き捨てならない話なんだけど」

「おう。マジだぞ」

「ウソでしょ？　あの魔人生きてるの？　市長の溶血魔術を受けてひん死になったあと、水明君の神聖魔術で位相の彼方《かなた》に吹っ飛ばされたはずでしょ？」

「そのはずだが、どういうわけか生きてるんだよ。あの状況でどうすりゃそんなことになるんだか。運がいいとかそんなレベルの話じゃねえってのに……」

「うーん。さすがのボクでも頭痛がしてくるよ……」

ハイデマリーはおでこにステッキの柄部分を当てて、ぐりぐりともみほぐしている。

「いまじゃ悪趣味なことに角まで生やしてるぜ？」

「なにそれ？　絶対魔王とかいう胡散臭《うさんくさ》いのよりも強いでしょ？　今回は何回殺さなきゃいけなくなるのさ」

「……さてなその辺の対策もされてるだろ。もしかしたら神格と紐《ひも》づけされてるんじゃ……」

「ちょっとそういう破滅レベルの想像やめなよ。水明君が口にすると現実になるよ？」

「うぐ……確かにこういうのは、父さんも敢《あ》えて口にしなかったな」

「その辺は水明君のお父さんもわかってたんだね。やっぱり経験上かな」

水明は「かもしれん」と一言言って、脱線した軌道の修正を試みる。

「まあ、そんな与太話は挟んだが、どうする？」

水明の問いかけには、エリオットが答える。

「魔族たちは体勢を立て直してるのか、一度退《ひ》いているからね」

「妙なやり口だよなぁ」

「何かしら考えがあるんだろうね。だけど向こうが予測できない戦術を取ってきている以上は、こちらも場当たり的な手法でしか対処できない」

「どうしましょう。このまま打って出ますか？」

「この状況で野戦に挑むのはいいとは言えないね。援軍が到着するまで極力消耗は抑えるべきだ」

「援軍の到着はどれくらいになるかな？」

黎二の問いかけには、ティータニアが答える。

「魔族の妨害がなければ、最低でもあと三日は待たないといけないでしょう」

「その間に向こうが攻撃を仕掛けてくる可能性は」

「ほぼ、間違いないかと」

魔族に都市を攻め落とそうという意志があるのなら、間違いなくそうするはずだ。

「レフィは何か意見はあるか？」

「方針については異論はない。だが引き際が良かったのなら、何らかの仕掛けを施していると見るべきだな。偽りの安心を抱かせて、一網打尽にするというのはよくやる手だ」

レフィールが戦術的な懸念点を口にすると、ティータニアが訊《たず》ねる。

「具体的には何が挙がるでしょうか？」

「考えられるのは、一部の敵が偽装して隠れていて、戦いが始まると同時に内部から攻撃を開始する。といったところか」

「僕も一通り見て回ったけど、それらしいものは見なかった。姿形を変えられたらまた話は違うけど」

確かに黎二の言う通り、姿を変えられれば、ぱっと見の判別は困難になる。

紛れ込んでいる可能性も、否定できない。

「なるほど。じゃあまずはそっちをあぶり出して綺麗《きれい》にしようか。そういうのはいまの内にしかできないだろうからな」

「どうやって？」

「もちろん魔術で」

水明《すいめい》が当たり前のようにそう言うと、瑞樹が感嘆の表情を見せる。

「便利だね。なんでも魔術って言えば解決しそうだよ」

「そういうもんだ。まあできないことも沢山あるから、そのたびに色々思わせられるんだけどな……」

水明はそんな言葉をため息のように漏らしたあと。

「よし、まずは内部の状況の把握だ。目を飛ばすぞ」

場所を城外に移し、城壁内部の魔族の掃討に乗り出した。

城外に出た折、まず水明が取った行動は石畳に魔法陣を描くことだった。

紙で厳重に封印された包みの中から赤黒いチョークを取り出し、綺麗な円を描いていく。

目測にもかかわらず真円に近い円陣を描く水明に、一同が舌を巻く中、やがて陣を構築した彼が詠唱を開始する。

「――黒き翼がばさりとはためく。からすよからす。我が口先から生まれ落ちよ。零《こぼ》れ落ちよ。混沌《こんとん》より生まれ出で、その赤き瞳を我が目と成せ。呼べ。集え。呪う言葉を頼りにして。夕闇の上、電線の上、視線の上、からすが列をなしてお前を見る」

水明は冬先の冷気から、かじかんだ手を温めるようなふとした仕種《しぐさ》を見せると、そんな言葉を口ずさむ。呪いの言葉だ。呪詛《じゅそ》を直接操る古い魔術、真性呪言《スペル・ゼノグラシア》。

やがて彼の指の隙間から、コールタールを思わせるどろりとした黒い液体が染み出てくる。いまにも油の臭さを発しそうなそれが地面に落ちると、漆のように真っ黒な水溜《みずた》まりとなって広がった。

そこから、小さな赤い輝きがぽつりぽつりと生まれ始める。やがて湧き出すように、呪詛の泥が盛り上がった。

ろくろの上に置かれた成型前の粘土さながらのそれが自ら形を整え、やがて形を見せる。しかして、そこに生まれたのは、沢山のカラスだった。以前にリリアナが生み出したカラスと似たようなものが、数十羽という規模になったものである。

それを見た初美《はつみ》が、まるでばっちいものでも見たかのように身を引く。

「うわぁ、なんか魔術って感じね」

「すごーい！　不気味な感じがすごくいいよ！」

初美は瑞樹がまったく反対の反応を見せたことで、困惑を顔に出す。

目をキラキラさせている瑞樹に、初美が幾分引いた様子で訊ねた。

「え？　安濃《あのう》さん、あの、それ、なんです？」

「こういう不気味さ、不思議さがオカルトの醍醐味《だいごみ》なんだよ？」

「もっとかっこよかったり、マリーちゃんみたく可愛《かわい》かったりした方がいいんじゃないですか？」

「それもそうなんだけど、そうじゃないの！」

「？？？」

瑞樹が初美に向かってオカルトに侵蝕《しんしょく》された思考を力説するが、初美は感覚がわからないというように頭に疑問符を浮かべている。

一方で、水明の魔術を見ていたリリアナがぷっくりと頬を膨らませた。

「……むう。見せつけられているよう、です。嫌み、です」

「なんか最近なんでも不機嫌になるな。あれか？　お兄ちゃんに対する反抗期か？」

「違い、ます！」

水明が煽《あお》ると、リリアナはさらにぷりぷりする。その割にはフェルメニアと一緒になって魔術をじっと見つめてよく観察しているのだが。「こういうのは――」とか「やはり容量が――」とかそんな話が聞こえてくる。

なんだかんだ言って、魔術を心得る者はみな勉強家なのだ。

やがて呪詛で作ったカラスの群れが、一斉に曇り空へと飛び立った。

レフィールが空を見上げながら、ふとした疑問を口にする。

「スイメイ君。このカラスにはどんな効果があるんだ？」

「式を組み込んでるから、自動で動いておかしなものを見つけたら俺の目に見せてくれるようになってるんだ」

「すごいな。捜索だけではなく、そんなことまでさせられるのか」

「ほんと良くやるよね。フツーはこれ使い魔使うんだよ？　それを全部呪詛と魔力だけでどうにかしちゃうなんてさ」

「エコだエコ」

「こんなの魔力お化けの水明君だからできる芸当だよね」

ふと、フェルメニアがハイデマリーに訊ねる。

「確かにスイメイ殿の魔力はすごいですね。やはり向こうの世界でも、そういった認識なのでしょうか？」

「そうだよ？　やる気になればかなりすごいことできるんじゃない？　魔力炉心も特上の部類でしょ？」

「まあ……解決しなきゃならん条件が結構あるが、まあな」

「そんなに力を持ってるんだね。うーん、水明くんがどんどんとんでもない感じになってる……」

瑞樹《みずき》が言うと、水明はあっけらかんとした様子で答える。

「そりゃあ、俺は魔術師になるために作られたモンだからな」

「え?」

「それって」

「そのまんまの意味だ。父さんは最初から俺のことを魔術師にするつもりだった」

水明の発言に、その場にいた面々が驚いたような顔を見せる。

デリケートな話だと思ったのだろう。黎二《れいじ》がどこか訊《き》き出しにくそうに訊ねた。

「それさ、水明としては、どう思ってるの?」

「いや、別に。必要なことだと思ってるからな。魔術の秘伝を残すためっていうのも重要だろ? 長い間培った技術を終わらせるなんて俺だって嫌だしさ。まあだからって悪いことは……」

水明がそう言い掛けた折、すかさずハイデマリーが指摘する。

「それ、ないとは言えないよね? おかげさままで毎度の如《ごと》く厄介事が舞い込んでくるんだしさ」

「………………誰かたすけて」

水明は一瞬身体《からだ》が軋《きし》んだかのようにピシリと硬直し、やがて顔を両手で覆う。

ハイデマリーの言うことは、確かにそうなのだ。

だが、水明が助けを求めても、誰もどうすることもできない。

彼の受難を助けることは、彼にしかできないのだから。

ともあれ、そんな話をしていた折のこと。

水明の目に、カラスの目を通して情報が伝えられる。

兵士でもない、かといって避難の遅れた住民でもない、妙な集団だ。

カラスの目を通してよく見ると、邪神の力がまとわりついているのに気付いた。

「……いたぞ」

「もう見つけたのかい？」

「範囲はそう広くないからな。大都市でネズミ一匹探すよりも簡単さ」

「たとえがアレだね。もしかしてやったことあるのかい？」

「……まあ、前にちょっと」

水明は思い出したくない記憶だとでも言うように言い淀《よど》む。

だが、そのことについて根掘り葉掘り聞こうとする者は誰もおらず、すぐに話の路線を修正。

ティータニアが提案する。

「戦力も十分あることですし、振り分けましょう」

「そうだな。俺としてはチーム一つに必ず魔術師が一人いるようにしたいな」

水明がそんなことを言うと、フェルメニアがピシリと固まる。

そして、ぎこちない様子で彼の方を向き、

「そ、それではスイメイ殿と一緒に動けないのでは……？」

「ん？　別にいいと思うが？　何か問題あったか？」

「……いえ」

「そんな不安な顔するなよ。もうかなり実力付いたじゃないか」

「そういうわけではないのです……そういうわけでは」

フェルメニアは顕著に肩を落とす。なぜかテンションがた落ちだ。よくわからない。

一方でエリオットは「こういうところだよね」と呆《あき》れている。

本当になんなのか。

「魔術師は俺、マリー、フェルメニア、リリアナの四人だ。チームに一人いれば。それとは別に、勇者の力を持ってる黎二、エリオット、初美……うーん、なんか結局いつもの面々で振り分けることになりそうだな」

「でも、その方がいいかもね。連携も取りやすいし」

水明はそんな話をしたあと、リリアナの方を向く。

正確にはリリアナの持っているぬいぐるみなのだが。

「あと、リリアナ、ぬいぐるみは置いて行った方がいいんじゃないか？」

「ダメ、です。ぺんぎんさんも、一緒、です」

「いやいやこれから戦闘なんだからさ。犠牲になるのはぬいぐるみだぞ？」

「魔術を掛けて、厳重に保護しているので、問題ありま、せん。頑丈、です」

そう言って自信満々にペンギンのぬいぐるみを掲げて見せるリリアナに、水明は堪《たま》らず叫んだ。

「おい変なところに魔力のリソース使うな！」

「背負える、ように、はあねすも、付けてもらい、ました」

「そう言う問題じゃねえから！」

「いざとなれば、ぺんぎんさんミサイルの発射も、厭《いと》いま、せん……」

「怖い怖いなにこの子っ！　誰!?　この子をこんな風にしたのは！」

「スイメイ殿です」

「スイメイ君だな」

「それ以外にないよね」

そんな突っ込みを入れたのは、フェルメニア、レフィール、瑞樹である。

水明がそちらを見ると、呆れたようなジト目が返ってくる。

「ねえ、そろそろいいかな？」

「……はい。スミマセン」

水明《すいめい》はハイデマリーに茶番じみたやり取りを注意され、振り分けの相談に戻るのだった。

結果、水明たちは四つのチームに分かれて行動することになった。

黎二チームは、瑞樹、グラツィエラ、それにフェルメニアが加わった四人。

エリオットチームは、彼とクリスタにレフィールとハイデマリーを加えた四人。

初美チームは、ティータニアとリリアナを含めた三人だ。

水明は何か起きた場合における対応と、市街に潜む魔族のさらなる捜索のため、現在単独行動を取っている。

ともあれ、まずは城壁内に潜んだ魔族の掃討である。

魔族が撤退してから、兵士たちが何度も巡回しているらしいが、内部にはかなりの数の魔族が潜んでいた。市街の外れ、東部、西部。巧妙に隠れているが、水明の目からは逃れられない。

最も多いとされる場所に向かったのは、エリオットが率いるチームだった。

目的地は、市街の外れだ。王都メテールの中心部を守る二つ目の城壁を越えたあと、木立を抜けた場所。第一の城壁からもほど近いそこへ、四人は急ぎ足で向かっていた。

空はいまだ曇っており、太陽は輪郭すら完全に見えず、いつ泣き出してもおかしくないほどの空模様。まるで日の沈む間際のような暗さがある。

湿気っぽい空気の中、レフィールとハイデマリーは移動しながら、エリオットたちから例の特徴について話を聞いていた。

「――異形の姿の魔族か」

「そうなんだ。なんというか、昆虫を大きくして気持ち悪くしたような感じ……とでも言えばいいかな？　随分といびつな見た目だから、見ればすぐにわかると思う」

レフィールの聞き取りに、エリオットは大まかな特徴を伝える。

「それほどか。これまで見た魔族は将軍でも、いびつという表現が挙がるようなものはそう多くはなかったが」

「なんというか本腰を入れてきた感じがするかな」

二人の会話に、ハイデマリーが加わる。

「話を聞く限りじゃ厄介そうだね。サクラメントを持った剣主に、エリオット君と二人で相手にしても、やっと一体どうにかできそうだったんでしょ？」

「ははは、手厳しいね。でもまあそんなところだよ」

クリスタはハイデマリーの言いようがお気に召さなかったのか、ツンとした様子で言葉を挟む。

「ですが、エリオット様が本気を出せば結果はまた変わっていたと思います」

「いや、それでもどうだったかわからないかな。それに、大きな痛手を与えたのはレイジだったしね」

「それは、偶々《たまたま》機会がそうであったからで……」

あくまでエリオットの実力を持ち上げたいクリスタは、子供さながらのふくれっ面を見せる。

一方でエリオットは持ち上げられるのが面映《おもは》ゆかったのか、さりげなく話題を変えた。

「僕も自分を卑下するわけじゃないけど、レイジの持ってる武器は相当なものだ。あれも君たちの世界の代物なんだろう？」

エリオットがハイデマリーに訊《たず》ねると、彼女は素直にうんと頷《うなず》く。

「ボクはそこまで詳しくないけど、結構な危険物かな？」

「私も話を聞いただけだが、かなりのものらしい」

「あれだけ力を発揮できるからね。レイジが持ってる分の力をさらに上回る力を出したときは、さすがの僕も驚いたよ」

話をしながらの移動が終わったレフィールたちは、近場にあった建物の陰に身を隠す。

周囲に何かしらが蠢《うごめ》いているような気配があった。

「そちらだな」

「この辺り、結構入り込まれてるみたいだね」

「うまく身を隠します。これほど魔族というものが器用だとは思いませんでした」

「見た目じゃわからないけど、力で周囲を汚染して、自分たちが隠れるのに利用してるんだろうね」

「これはマズいな。次の大掛かりな攻撃に呼応されたら、大きな被害を受けるだろう」

レフィールが切り出す。

「では、戦術と陣形についてだが」

「僕はなるべく力を温存したいかな。またあの魔族が現れたときに、対応できるようにしておきたい」

エリオットはそう言って、左腕に嵌《は》めたガントレットをぽんぽんと叩《たた》く。

黎二を援護する際に使ったそれの使用を、今回は控えたいというように。

「そうだな。ではエリオット殿は助攻、私の援護に入ってもらうことになるが、それでも？」

「構わないよ。ハイデマリーちゃんはどうかな？」

「いいよ。ボクもトランプたちに動いてもらうことにするし」

「私は魔法で皆様の援護に入ります」

「よろしく頼む」

方針が決定してすぐ、レフィールが建物の陰から飛び出す。

しかし、魔族が動く気配は一向にない。このままやり過ごそうとでもいうのか、だが、それはレフィールが許さなかった。

彼女から、精霊《スピリット》の力が解放される。

周囲にレフィールの持つ精霊《スピリット》の力、イシャクトニーの赤迅《せきじん》が吹き荒れる。まるで大雨の前触れの一陣の風のように、赤い輝きを持つ突風が渦巻くと、偽装に使っていた邪神の力が瞬く間にはがれ、潜んでいた魔族たちがあぶり出されていった。

姿があらわになった魔族たちは方針を変えてレフィールたちの排除に動き出そうとするが、赤迅の風圧に押され、思うように身動きが取れないらしい。その場に縫い留められている。

そんな中、ハイデマリーが声を上げた。

「うわー、なにあれなにあれ？　気持ち悪ーい」

声に抑揚はないため、本気かどうなのかエリオットとクリスタには判断が付かない。ここに水明がいれば、彼女の言い方がいつもと違うことにすぐに気付けるのだが。

「そうか。君は初めて魔族を見るんだね」

「うん。話には聞いてたけどほんとにデーモンみたいな姿をしてるんだね。ヤギの頭はのっかってないけど」

「へえ、君たちの世界じゃそんなイメージなんだ」

「そっちはどうなの？」

「僕の世界かい？　全体的ににゅるにゅるしてるかな？」

「……うん。そっちも結構大変そうだね。水明君なら『うげー！』とか言って叫んでるよ」

視線は普通だが、同情めいた言葉を口にするハイデマリー。

ともあれ、魔族が赤迅を払いのけられないことを確認し、ハイデマリーたちは散開する。

クリスタが魔法を放ち、エリオットも剣を用いて魔族たちを打倒。次々と倒していく。

一方でハイデマリーは、カードの兵隊を展開。頭や手足を生やしたカードたちが、剣や槍《やり》、メイスなどの物騒な武器を持って、魔族に向かって襲い掛かる。

戦いは、一方的だった。

魔族たちは赤迅に動きを阻害されて思うように動けず、そこを自由に動けるレフィールたちが一体ずつ確実に倒していくという流れとなっている。

そんな中、エリオットが神妙なつぶやきを漏らす。

「……なるほど。そりゃあもう使いものにならないから捨てるって発想にもなるか」

「ん？　エリオット殿、どうした？」

「ああいや、レフィールちゃんの力はやっぱりすごいなと思ってね。これは僕、いらなかったんじゃないかな？」

「え、エリオット様!?　何をおっしゃられるのですか!?」

「いやーだってこんなの見せられたらさぁ」

エリオットはおどけているが、そのためレフィールはまったく本気に受け取らない。

「君はいつでも調子が変わらないな。いつも本心を表に出さない」

「うん？　レフィールちゃんは僕の『本当』が見たいのかい？　望むならいつでも見せてあげるけど？」

「いいや、遠慮しておくよ」

「エリオット様っ！」

「はいはいわかってるよ。きちんと集中するから」

レフィールはクリスタを宥《なだ》めるエリオットを見ながら、ふと思う。

その偽装っぷり。どことなく水明と似ているな、と。

しばらく――その場の魔族の掃討が終わった折、エリオットが不思議そうに口にする。

「拍子抜けだね。まったく歯ごたえがない」

「エリオット殿言う通りだな」

「あの魔族の将軍は何か細工をするような話をしてたんだけど、やれやれどうやらこっちは外れみたいだ」

「向こうが戦力を見誤ったとかは考えられない？　だってボクたちっていう援軍が増えたんだから」

「いいや、あの魔族の将軍もかなりの強さだった。そんな相手が趣向を凝らすって言ったんだ。何かあるって見るべきだ」

「ふーん。わかった」

ハイデマリーが素直に話を受け取ったそのときだった。

まるで砲弾でも撃ち込まれたかのような震動と轟音《ごうおん》が辺りを脅かす。

「む――」

「うわ、ちょっと埃《ほこり》っぽいのはヤなんだけど」

「おっと、話をしてたらなんとやら。お出ましだ」

エリオットだけは、何事か察していた。

しかしてそこに降り立ったのは、あまりにいびつな姿だった。

昆虫の姿と獣の姿を混濁させたような巨体。黎二《れいじ》とエリオットの前に現れた異形の魔族に他ならない。

「もしかして、あれが例のすんごいヤバい魔族ってやつ？」

「ええ。そうです。お気を付けを」

「確かに言う通り、尋常ではない姿をしているな。いや、魔族というのも尋常ではないが」

「そうだね――というかあれ、僕とレイジで追い詰めた奴《やつ》じゃないか。やれやれ、傷の治療もしていないってことは、使い捨てってことかな？」

異形の魔族は腹部が大きくえぐれている。そのせいか、動きがどことなくぎこちない。

ハイデマリーが突然鼻を押さえた。

「──うわくっさいなにあれ？　腐ってるんじゃない？」

「そのようだな。にしても傷を治さず放置したままか……」

えぐれた腹部が腐敗によって、さらに黒ずんで爛《ただ》れている。傷もそのまま放置しておくということは、本当に駒としか考えていないのだろう。

「やだなぁ……みんな、あれを近づけさせないで」

ハイデマリーはそう言うと、総計五十三枚のトランプの兵隊たちを展開させる。

異形の魔族の周囲を取り囲むように広がったトランプの兵隊は、剣や槍、メイスをせめぎ合わせて突進。しかし、ハイデマリーがけしかけたトランプの兵隊は、一撃で跳ね飛ばされた。

トランプの兵たちはもとのカードへと戻ってしまう。

「これじゃ時間稼ぎにもならないね」

「あいつに生半《なまなか》な攻撃は通用しないよ？　かなりの力がないと抑え込むのは難しい」

「なら、これだ──あとでしっかり洗ってあげるから許してね」

ハイデマリーはその場にいる誰にでもなく、そう一言告げると、呪文を唱える。

「――さあおいで、ボクのかわいいくまさんのぬいぐるみ《Sie kommen meine niedlich bär kuscheltiere》」

『ポンッ！』という可愛《かわい》らしい音を響かせながら、空に巨大なクマのぬいぐるみが出現する。三角帽子をかぶった大きなクマのぬいぐるみは、異形の魔族に吸い込まれるかのように落ちていった。

――ズシン。

そんな巨大なものが地面に落ちたときのような音が辺りに響く。

ハイデマリーの予想では、異形の魔族は五行《ごぎょう》山に封印されていた孫悟空よろしく、そのままクマのぬいぐるみの下で身動き取れずになると思っていたのだが――

汚らわしい咆哮《ほうこう》と共に、クマのぬいぐるみは異形の魔族にぶんぶんと振り回され、とんでもない勢いで投げ飛ばされた。

「うそ？　ベアトたんでもダメなの？　これ以上になると大魔術級じゃないと厳しいかなぁ……」

だが、ハイデマリーの攻撃で異形の魔族の動きが止まったというのは間違いない。

エリオットがその隙を見て、滑り込むように飛び込んでいった。

がら空きになった正面に、エリオットが真っ向斬りを叩き込む。

その鋭い一撃は、しかし異形の魔族の強靱《きょうじん》な肉体によって受け止められた。

直後、エリオットが大きく弾《はじ》き飛ばされた。というよりは自ら相手の攻撃に合わせてとんだようで、着地も完璧にこなし、何事もない。

だが、なぜか困惑している様子。

「どういうことだ……？」

エリオットは剣を摑《つか》んだ自分の右手を見ている。

「エリオット様！　いかがなされましたか！」

「……いや、大丈夫。なんでもないよ」

「その気持ち悪いのに何かされたとか？」

「そういうわけじゃない。僕個人の問題だから」

「…………？」

エリオットの妙な言い回しを、ハイデマリーとクリスタは怪訝《けげん》に思う。

そんな中、エリオットには、レフィールの動きが気になった。

「……レフィールちゃん？」

何故《なぜ》かレフィールは、無造作に前に出て行く。

「…から…に。う…えか……に」

ぶつぶつと独り言をつぶやきながら歩を進めるレフィール。一体どうしたのか。いまは表情も見えないために、混乱しているようにしか見えない。

エリオットがようやくそれが「上から下に」と言っているということに気付いたその折。

レフィールが豁然《かつぜん》とまぶたを開き、異形の魔族に毅然《きぜん》とした視線を向ける。

「――お前には、試し斬りの的になってもらおう」

レフィールはそう言い放つと、大剣を高々と振り上げる。その切っ先を空に突き立てるように、八相の構えの状態からさらに高く剣を掲げるような構えを取り、異形の魔族を待ち構えた。

周囲に渦巻くイシャクトニーの赤迅が、彼女を取り巻く。まるで竜巻の中心点にいるかのようなそんな暴風の中、エリオットの目にレフィールを囲う円形のフィールドが構築されたのが見えた。

レフィールを目標と見定めた異形の魔族が咆哮を上げて突進する。

おどみをまとって突進する巨体に対し、赤い風をまとった大剣が空を切り裂いて唸《うな》る。

地を震わす衝撃と、それに反して冷ややかで鋭い刃風の音が聞こえてくる。

しかして、交差するか否かのみぎり、異形の魔族はレフィールの上から下への剣によって真っ二つに切り裂かれた。

両断された巨体が崩れ落ち、地面を揺らす。

やがてそれは黒い塵《ちり》となって消えてしまった。

精神を落ち着けるレフィールに、エリオットが歩み寄る。

「いやぁ、こんなに簡単に倒されちゃうと自信失《な》くしちゃうなぁ」

「いいや、エリオット殿とレイジ君が消耗させていなければこうはいかなかった。集中力が意に適《かな》うまで結構な時間を費やすからね」

呟《つぶや》いてあの動きを思い出し、剣を構え、集中する。それらの工程を踏まえると、致命的な隙とも言えた。周囲の援護がなければ、決して真っ二つになど叩《たた》き切れなかっただろう。

そもそもこの程度ならば、エリオットや黎二だって倒せるはずなのだ。

どうして二人が大きな危惧を抱いていたのか、レフィールにはわからないほどだ。

ということは、だ。

「…………訊《たず》ねたい」

「なんだい？」

「以前に君が戦ったこの魔族は、本当にこの程度だったのか？」

レフィールの言葉に、エリオットはピタリと立ち止まる。

「……いや、かなり動きが悪くなっていた。おそらくは僕やレイジが与えた傷を、そのまま放置していたんだと思う。正直前はまともに会話している余裕とかなかったしね」

「そうか。やはりまだまだ修行が足りないらしいな」

正直な話、レフィールもインパクトのタイミングを合わせるのに精いっぱいだった。

いまよりも動きが速かったなら、あの体当たりによって吹き飛ばされていただろう。

これからこんな存在が、大量に出てくるのか。

そんな確定的な未来に、さらなる精進の必要性を実感するのだった。

「やれやれ、僕もそろそろ本気を出さないといけないようだね……」

……レフィールが実力不足を憂慮する中、エリオットの口からそんな呟きが漏れ聞こえてきたのは、果たして何故だったのか。


ムーラは王都から離れた場所に作られた陣の中で、一人、思案に耽《ふけ》っていた。

考えるのは、この戦の今後についてだ。

人間の都市を攻め、魔王ナクシャトラや邪神の意に沿うよう女神の力の偏重を促す。

都市陥落は二の次であり、目的が遂行できればそれでいいという程度のもの。

——だが、それだけでは上手《うま》くことが運ばない可能性があるのではないか。

ただ威圧して退《ひ》くだけではなく、趣向などと口にしたのには、そんな憂慮とも言えない危惧があったからだ。

「女神の力の偏重か……勇者が二人いるこの状況で、それがうまくいくと言うのか……」

すでに予定外の事態は起こりつつある。ならば、その都度それを解消していくのが、己に与えられた裁量だろう。

そのために仕掛けたのは、異形の魔族一体に、細工が二つ。

異形の魔族の方は損傷が激しかったため、適当にけしかけた程度だが、それでも邪魔にはなるだろう。

ふと、魔族の一体がムーラのもとへと近づいていった。

ムーラはそれを報告と察し、耳を傾ける。

「動いたか？………なに？」

しかして魔族がムーラの耳に報告したのは、彼女を驚かせるに値するものだった。

当初の予定が狂わされたことで、ムーラは方針の転換を余儀なくされる。

そんな中、以前にリシャバームが口にした言葉が蘇《よみがえ》った。

「黒い髪、黒い衣服をまとった人間の少年……」

あのときリシャバームは「そういった可能性も考慮しておいた方がいいかと」「あなたほど力を操れるのであれば、あるいはとも思います」そんな言葉を口にしていた。

ということは、リシャバームはそれだけ、その男のことを警戒しているということだ。

ならば、己がそんな相手を倒してみせれば、どうなるか。

「……いいだろう。私直々に貴様の顔に泥を塗ってやろうではないか」

ムーラはそう言うと、苛立《いらだ》った表情を引き締めたのだった。

初美《はつみ》たちは、王都の西部、教会のある方へ向かっていた。

どうやら魔族たちは恐れ多くも女神を祭る神聖な場所で、何やらよからぬ動きをしているらしい。初美たちはそれを掃討するため、一路西へ向かう通りを進んでいた。

小走りに進む初美の目に映るのは、都市の姿だ。魔族の襲撃に遭い、家屋や木々、設置物など、どれもこれもボロボロだ。どことなく色あせて見えるほど。

これが勝っても負けても付いてくる結果なら、あまりに無残だろう。

初美はそう思っていると、ふとティータニアが黙っていることに気が付いた。

ティータニアは、崩れた家々に視線を向けている。

「…………」

「ティータニアさん?」

「いえ、申し訳ありません。街を見ていると、つい感傷に浸ってしまって……」

「それは……」

初美には、ティータニアが何を考えているのかすぐにわかった。

「私も王女という身分ですので、街に出ることはそう多くありませんでしたが、私が生まれ育った場所です。それがこんな風になってしまっているのを見ると、やはり胸に来るものがあって……」

ティータニアは廃墟《はいきよ》と化してしまった街に憂いの視線を向けながら、思いのたけを吐露する。

「私は悔しいのです。結局何もできなかった。切り捨てることを念頭に置くことしかできなかった」

「でもそれは」

「仕方なかったとは言いたくありません。そんなことを口にするようになれば、どんなときでも切り捨てることが当然と考えるようになってしまいますから」

魔族に攻め込まれた街を見たことで、迫《せ》り上がってきたのだろう。初美にも、彼女の嘆きが強く伝わってくる。

そんな中、リリアナが袖をくいくいと引いた。

「早く、魔族たちを、追い出さないといけません、ね」

「そうね。頑張りましょう」

リリアナと初美はティータニアを元気づけるように、気概を示す。

すると、ティータニアは意外そうに目を丸くさせたあと、穏やかに微笑《ほほえ》んだ。

「ありがとうございます」

だが、すぐに表情を引き締めて、剣士の顔を見せた。

そう、潜んでいた魔族の影を見つけたからだ。

「……いますね」

「倒し、ましょう」

「ええ」

ティータニアの言葉に呼応して、初美は背に負った大太刀に手を掛ける。

「それにしても、まさかこんなに早くこの刀を使うことになるとは思わなかったわ」

いまここにある刀は、初美が持っていたドワーフ製のミスリル刀ではない。

日本に戻った際、譲り受けたものだ。

長さや身幅は同じだが、拵《こしら》えは黒漆打刀拵。

ティータニアが大太刀に怪訝《けげん》そうな視線を向ける。

「以前に見たものと違うようですが、これはミスリルよりも良いものなのでしょうか？」

「どうなんでしょうね。でも、材質は鋼です」

「やはり鋼ですか。やはりサーディアスで作られた刀の方がよろしかったのでは？」

「いえ、たぶんこれはそういうのとは違うんです」

「……？」

「ちょっと持ってみますか？」

初美はそう言うと、ティータニアに刀を渡す。ティータニアはそれを抜いて一振り、二振りして確かめる。そして、どこか慣れた様子で壁を斬り付けるが、どうもしっくりこないらしい。

「……申し訳ございません。私にはまったく。ただ切れ味の良い刀としか」

「ジンツウ」

「え？」

「ううん。なんでもありません」

そんなやり取りをする中、リリアナが警戒するよう注意の声を上げた。

「ティータニア殿下、はつみ。魔族が、動きそう、です」

「うん。わかった」

魔族たちは気付いたらしく、排除に向けて動き出す。

三人は小さく「どうするか」と言葉を交わしたあと。

まずはリリアナが魔術で攻撃を加え、その後二人が散り散りになった魔族たちを撃破するという算段となった。

「まずは雑魚を、処理、します」

リリアナは舌足らずな口調でそう言うと、呪文の詠唱に移る。

「──可愛《かわい》い可愛い大行進。みんなで並べ。揃《そろ》って並べ。飛べない鳥さん。泳げる鳥さん。歩く鳥さん。綺麗《きれい》に一列動き出せ」

やがて、聞こえてきたのはそんな呪文だ。

「か、可愛い？」

「鳥……さん？」

二人は妙な呪文を聞いて、ひどく戸惑う。呪文だけ聞いていれば、相手を害するようなものにはまるで思えなかったからだ。

「――聞くならば告げる。耳を傾けよ。相似は相反し、流れ渦巻き、どろりと溶け出し、ぬたりぬたりと混ざり合う。其《そ》よ戒めから解き放たれよ。其よ縛りから解き放たれよ。飛べぬ者は翔《か》け上がり、泳ぐ者は揺蕩《たゆた》わず、歩く者は歩を進めず。ただひたすらにその宿命に逆らい続ける」

そして、前半と全く違うおどろおどろしい後半の詠唱文に表情を険しくさせるまでがセットだった。

リリアナが息をふうと手に吐き出すと、そこから黒いコールタール状の呪詛《じゅそ》が地面に垂れる。それは先ほどの水明《すいめい》が使ったものとほぼ同じような光景だ。

生まれる呪詛の泥だまり。やがてそれはいくつかに分かれて形を取る。

たちどころに、リリアナが持ってきたぬいぐるみと寸分たがわぬ形状をした、黒いペンギンに変化した。

リリアナが杖《つえ》を片手に音頭を取ると、ペンギンたちはよちよち歩きで付いていく。

その様はさながら、外遊びで先生に引率された幼稚園児たちのよう。

それが青白く燃えた目を持った真っ黒なペンギンというのが、不気味なところではあるのだが。

「あ、あの、リリアナ・ザンダイク？　これは一体」

「これがさっき言ってた奴《やつ》ね……」

ティータニアはペンギンたちの可愛らしい挙動に困惑し、初美はどことなく呆《あき》れたような視線を送る。

そんな中、魔族たちが異変に気付いて動き出す。もはや偽装も要らぬといったところだろう。初美たちを排除するため、そこかしこから一斉に飛び出した。

「行き、ます。くらいな、さい」

整列したペンギンたちは、リリアナの掛け声を聞くと、一斉に空中でトボガンを行い、黒い呪詛の飛沫《しぶき》をまき散らしながら、縦横無尽に動き回る。

そして、リリアナが杖を突き出して口にするのは――

「――ひっさつ、ぺんぎんさん、みさいる、です！」

そんな、あまりに妙な鍵言《けんげん》だった。

直後、呪詛のペンギンたちが一斉に鳴き声を上げる。

「kyううRrrるるルるるぅUUUうウゥうう!!」

「ぴpyyyyゆうUうるるrrるrルルRRR!!」

「きゅRるるRUうウUWAAぁAAあわAああA!!」

翼《フリッパー》をぱたぱたと動かすのは、発声の大きさを期待したものなのか。真っ黒なペンギンが、口から発する耳障りで妙な鳴き声の数々が、周囲の物をひどく震わせる。

「…………」

「…………」

一方で傍《はた》から見ている二人はペンギンが魔族に向かって飛んでいく光景を見て、胡乱《うろん》な視線を禁じ得ない。

だが、呪いのペンギンが魔族にぶつかると、それは大きく弾《はじ》けて魔族を包み込み、行動不能にさせていく。すぐさま数体の魔族がその場でうずくまって動けなくなった。

「じゃあ、私たちの出番ね?」

「いえ、まだ、です。待ってくだ、さい」

「え?」

掛けられたのは制止の声だ。どうやらリリアナの魔術は、まだ続くらしい。

地面に縛りつけられ動けなくなった魔族たちとそして、黒い水溜《みずた》まりのように変化した呪詛の水面。

そこに加えられるのは、リリアナのさらなる詠唱に他ならない。

「――尋《ひろ》の暗幕。其は開かず締まらず、いくつの海を覆い尽くす。恐怖は深き水底の下にあり、蓋が開くのをただただ待つ。人よ覗《のぞ》け。垣間見《かいまみ》ろ。そして知るがいい。泥濘《でいねい》の幕下には命を貪る無尽の茫漠《ぼうばく》が潜み居ることをいついかなるときも覚悟せよ。お前よ貴様よ汝《なんじ》よ其方《そち》よ。いま誰しもの恐れの根源を見るがいい」

「――海魔の大顎《オープン・シービッグジョー》よここに開け」

直後、大きく広がった黒い水面が波打つ。

まるでその直下に大きな魚を抱えているかのように。

やがて黒の水面から顔を出したのは、巨大な海洋生物らしき大顎だ。

さながらクジラがその大顎を開いて待ち構え、小魚の群れを呑《の》み込む直前のよう。

サメの歯のようなギザギザの乱杭歯《らんぐいば》が、動けなくなった魔族たちを一口に呑み込んだ。

他の魔族たちは呪詛の水面を嫌い、その範囲に近づかないよう距離を取る。

予定通り、魔族たちは散り散りになった。あとは各個撃破だ。
初美《はつみ》とティータニアは手分けしてそれに斬りかかり、魔族たちを圧倒。
後鏡《うしろかがみ》。
夢幻緑青《むげんろくしょう》。
離人剣《りじんけん》。
鬼哭《きこく》。
初美は様々な技を繰り出し、片やティータニアも同じように技を繰り出す。
一閃《いっせん》。
交叉《こうさ》。
旋回。
転身斬。
目にも留まらぬ速さで、次々と斬り倒していく。
相手にもならない。そんな風に思った初美が口に出した折のこと。
「こいつら思ったほどの強さじゃな――――え？」
彼女が上げたのは、困惑の声だった。
斬られた魔族たちが嗤《わら》っている。ケタケタと、ケタケタと。
まるで人間の愚かな行為を嘲笑《あざわら》っているかのように。

最もわからないのは、その他の魔族の動きだ。

初美たちの排除に動かず、その場で自らの胸を自らの手で貫いていく。

「これは一体、何を――?」

「わからないけど……」

初美とティータニアが困惑する中も、魔族たちは嗤いながら自刃を試み、何らかのつぶやきを口にしている。

「邪神の御許《みもと》へと……」

「ナクシャトラ様、万歳……」

まるで、自らその身を擲《なげう》っているかのようではないか。

「はつみ、ティータニア殿下! よからぬ、感じ、です!」

リリアナの口から、警告の声が飛んでくる。

そんな中、初美がふと気付いた。

「血が広がってるわ!」

「――しまった、です! 魔法陣!」

真っ先に気付いたのは、リリアナだった。

辺りに飛び散った魔族の血液は、円を形成している。

直後彼女たちが目の当たりにしたのは、強烈な発光だった。

強い血色の光は目に残像を残し、やがて具現化したのは、巨大な姿だ。

背丈は家屋一つ分ほどもある巨軀《きょく》。人型をしているが、それは二足歩行をしているためであって、外見は人と似ても似つかない。角。

しかし、初美にもティータニアにも、その姿には見覚えがあった。

「あの魔族はまさか」

「ちょっと嘘《うそ》でしょ……」

その魔族はラジャスそのものであり。

手に持った剣や身にまとう装束はマウハリオのもの。

どちらの良い部分も取り込んだ魔族を作れば、こうなるのではないか。そんな見た目の存在ができあがっていた。

ティータニアが気付きの声を上げる。

「なるほど、あの女魔族の言っていた趣向とは、つまりこういう……」

「どういうことです？」

「以前レイジ様たちに、趣向がどうだのと言い残し、退がっていったと聞きました。何かしら細工をするような話だとは思っていたのですが、こういうことだとは」

ティータニアは小さな心当たりに呻《うめ》く。

だが、どうやら現れた嵌合体《かんごうたい》の魔族は本人たちの記憶があるわけではなく、姿形を似せただけのものでしかないようだ。

初美やティータニアの姿を見ても、それらしい反応は見せない。

「おそらく他の方も似たようなことになっているのではないかと」

「黎二《れいじ》さんの方に行くか、エリオットさんの方に行くか、どちらもか……」

リリアナが訊《たず》ねる。

「どうします、か？　すいめーを呼びますか？」

「まだ剣も合わせていないのに助けを呼ぶなんてやりたくないわ」

初美はそう言うと、大太刀を左肩に担いだ。

「二人とも、少し離れて」

「はい」

「承知、しまし、た」

初美は呼吸のあと斬意を高め、嵌合体の魔族の首へ狙いを定めた。

「倶利伽羅陀羅尼幻影剣朽葉流《くりからだらにげんえいけんくちばりゅう》……」

そして、横薙《よこな》ぎに一気に振り抜く。

以前の戦でマウハリオを切り裂いた絶刃《ぜつじん》の太刀が、嵌合体の魔族の将に襲い掛かった。

その斬線の先にある何もかもを切り裂く一閃である。

だが、今回ばかりは毛筋ほどの傷がついたのみ。

「そんな……」

まさかの事態に、初美は驚きの声を上げる。

ここまでダメージが入らないとは思わなかった。

虚を突かれたせいで、精神に隙が生まれる。

驚きに埋め尽くされた一瞬の合間に、巨体の魔族が襲い掛かってきた。

「くっ――」

初美はすぐさま受けに入る。

剣術も何もない、力任せの一撃が初美を大きく吹き飛ばした。

「ハツミ様！」

「っ、大丈夫！　こっちは大丈夫です！」

着地する。上手《うま》く受けることができた。これが刃筋の立った巧妙な一撃であれば、また話は変わったのだろうが。

援護とばかりに、ティータニアが割って入る。

嵌合体の魔族は舞うような二剣の剣舞に翻弄され、捉えるのに苦慮している様子。

しかし、彼女にとっても力任せの攻撃というのは予想以上に厄介なようで、剣の届く位置まで踏み込めない。

しかしてそれをさらに援護するのは、魔術師の少女だ。

「――不食の大地。其《そ》は腐り溶け落ち荒れ果てて、再びは戻らず。願いは断たれ、望みは失《う》せて、呪う声の数だけ幾夜を、冬ざれの野をぬめりぬめりと砂漠する。奥底からは飢餓の声。奥底からは渇きの声。命は落ちた。佳人は泣いた。それでも決して終わらない。其が立つ台地は、生者を引き込む死を告げぬま――」

――すそ渦巻《ヴォイド》くが足取沼《フット》。

リリアナは嵌合体の魔族を呪詛《じゅそ》の沼に沈めようとするが、魔族の身体《からだ》が大き過ぎるからなのか、膝部分までしか捕えることができない。

やがて魔族は絡みついた呪詛を撥《は》ね退《の》け、地面へと戻ってくる。

「そこです！」

直後、ティータニアが空を舞い、魔族の顔面へ横薙ぎを叩《たた》き込む。目を狙う斬撃だ。柔らかい部分ならばと繰り出した一撃は、しかし色濃いおどみによって撥ね退けられる。

「せぁああああああ！」

次いで間髪容《い》れず、間合いを詰めた初美が大太刀を振りかぶった。

袈裟《けさ》斬りの豪快な一撃。鉄さえ切り裂くだろうその一撃が、嵌合体の魔族の胸板に見事に決まる。黒い血の飛沫《しぶき》が上がった。

「これは……どう、です？」

「ダメ！　浅いわ！」

斬撃の手ごたえが思った以上に薄かった。

確かに目に見えた傷を与えることができたものの、それでも傷はかなり浅い。

分厚い皮膚の表面を切った程度のもの。

三人、散らばるように距離を取る。

「いくらなんでも頑丈過ぎるでしょ。なんて身体してるの……」

「相手が、見えている攻撃は、受けられるよう、です。おどみ、です」

「そのようですね。やはりそれを撥ね退けるには魔法か……」

「勇者の力が必要……ってことね」

先ほどのティータニアの剣撃で有効なダメージを加えられなかったのがその証左だ。

初美は勇者の力を持っており、リリアナはこの世界のエレメントを利用した魔法を使える。初美やリリアナは戦う手段を持っているが、そうなると問題はティータニアだ。

「殿下、手段は、おあり、で？」

「業腹ですがあの男の真似《まね》をするしかないでしょう」

「あの男？」

それは一体誰のことか。初美とリリアナが考える中、ティータニアが呪文を唱える。すると、彼女の剣が冷気をまとった。針で刺したような痛みを伴う冷風が、初美にもリリアナにも感じられる。

それは見た目からも、斬りつけた場所を瞬時に冷却させ、凍傷にしてしまうような鋭さがあった。

「ティータニアさん、それは？」

「これはハドリアス公爵の術です。私はあの男ほどうまくはできませんが、有効ではあるでしょう」

「公爵、ですか？　ですが確か殿下は、仲があまり、よろしくないと」

「……手ほどきを受けていた時期が私にもありましたので」

リリアナの訊ねに答えたティータニアは、苦虫を噛《か》み潰したような表情を見せる。負けず嫌いな彼女にとっては、あまり思い出したくない記憶なのかもしれない。

そんな中、ふいに地面が爆《は》ぜる。

嵌合体の魔族が大地に向かって豪快に剣を振るったのだ。

剣撃で地面に亀裂が走り、大きく砕けたあと、土煙が巻き起こる。

視界が一気に悪くなる中、

「しまった――」

「これでは」

「吹き飛ばし、ます」

だが、リリアナの行動より早く、嵌合体の魔族が迫ってくる。

初美《はつみ》はその気配をいち早く察知し、剣筋を読む。

斬意は高揚しており、土煙の向こうにうっすらと見える影は、先ほどまで見ていた背丈よりもどことなく高い。おそらくは棍棒《こんぼう》を振りかぶるような無造作な一撃だろう。

初美は勇者の力を頼みにしながら、打ち合いに応じる。

一合、二合、三合。いなすように受けても、徐々にしびれるような痛みが、手や腕から伝播《でんぱ》して身体の中心に伝わってくる。もし得物がただの鋼やミスリルであったなら、こうはいかなかっただろう。折れて終わり。大太刀ごと両断されることも考えられる。

「うぐっ――」

初美は四撃目を受けきれず、大きく撥ね飛ばされた。腹部が浅く斬られ、勢いが付いたまま地面をごろごろと転がる。

直後、リリアナの魔術で視界が晴れる。即座にティータニアが斬りかかった。

膝や肘。関節部の傷口が凍り付き、嵌合体の魔族の動きが阻害される。

リリアナがその隙をついて初美に駆け寄る。

「はつみ、いま治します」

「ごめん。ありがとう」

リリアナが即座に治癒の魔術を使って、斬られた場所や地面を転がってできた擦過傷を治してくれる。

「――っああ!!」

ふいに、聞こえてくる差し迫った悲鳴。

二人が目を向けると、ティータニアが、まるで地面に組み伏せられるように、魔族の剣によって押さえつけられていた。

「くっ、うぅう……」

いまだ凍った傷はそのままで、ティータニアも二剣で大剣を支えてはいる。

だがそれでも、斬られるのは時間の問題だろう。

初美は治療が終わるとすぐに動き、ティータニアの救出へと向かう。

狙いはティータニアを地面ごと叩き斬ろうとする魔族の両腕。初美は疾風のように駆け寄ると、それに気付いた魔族が片手を剣から離し、彼女へと向かって伸ばす。そしてその手のひらから、濃色のおどみを解き放った。

「はつみ!」

初美におどみがぶつかる直前、初美はふっと口から吐息を漏らす。

「ハツ、ミ様……!」

二人が危惧を抱いたそのときだった。

――幻影剣霞《かすみぎ》斬り。

おどみが衝突した瞬間、初美の身体がまるで霞を散らしたかのように霧散する。

初美の影が穿《うが》たれたと同時に、魔族の剣を持っていた片腕に横薙ぎの一撃が叩き込まれた。

そしてその横合いには、剣を振り抜いた状態の初美の姿。

戒めが緩み、ティータニアが腕を蹴り付けて脱出。初美と共にその場から離脱する。

魔族の追撃は、リリアナの闇の魔法が押しとどめた。

「ハツミ様。かたじけなく存じます」

「いえ無事で何よりです」

視線を向けると、先ほど初美が霞斬りによって付けた切り傷が、おどみによって修復されていくのが見えた。

「これは……なんでもありのようですね」

「やるなら一撃で倒さないといけない……ということね」

初美はそう言うと、剣を構え直す。

まさか力ずくの相手に、これほど苦戦を強いられるとは思わなかった。

頑丈な身体。尋常ならざる膂力《りょりょく》。自分よりも一回りも二回りも大きい体軀《たいく》。

技とは、それらを凌駕《りょうが》するはずなのにもかかわらず、こうして立ち回りに苦慮するのはいまだ自分の腕前が未熟なためか。

「強い……」

ここが、窮地なのだろう。だが、ここが窮地だからこそ、気を張るべきはここなのだ。

初美は、日本に戻ったときのことを思い出す。

そう、朽葉《くちば》家の道場に、流祖がふらりと現れたときのことを。


それは、八鍵《やかぎ》邸のリビングで、みんな揃《そろ》ってうだうだしていたときのことだ。

帰りはどうしよう。何を買っていこう。お土産を何にしようか悩むさまは、まるで修学旅行最終日前日の夜のよう。

そんな中、八鍵邸に電話がかかってきた。

洋風のレトロチックな電話が、リンリンと音を響かせる。

勝手知ったる従兄《いとこ》の家と、受話器は初美が取った。

折よく、彼女の母からの電話だった。

「初美さん、本家がいらっしゃいましたよ」

「え？　白夜《びゃくや》のおばあちゃんが？」

それは、純粋な驚きだった。母が本家と呼ぶ幻影剣の流祖は、滅多にお山から下りてこない。彼女が下界にくるときは、それこそ日本に何かあったときくらいのものなのだから。

「初美さんをお呼びです。すぐに戻れますか？」

「うん。それは大丈夫だけど……」

「大丈夫ですよ。特に何か急ぎの要件というわけでもないようですし。お顔を見たいだけなのかもしれません」

「うん、わかった。すぐ行くから」

受話器を置き、リビングに戻ると、フェルメニアたちがベランダの前に集まっていた。カーテンを開けて、窓の外を覗《のぞ》き込むように、夜天を見上げている。

奥に見えるのは、夜の闇を己の色味に染め上げげんとするような、巨大な赤い月だ。

「月が、真っ赤、です。不気味、です」

「外には靄《もや》も出ています。スイメイ殿、これはかなりの異変なのでは？」

フェルメニアがソファでくつろいでいた水明《すいめい》に訊《たず》ねると、彼はさほど問題ではないというように、暢気《のんき》な様子で読んでいた本を閉じる。

「ん？　ああ、それな。異変は異変だが、そんなに気にするようなことじゃない」

「いいのですか？　これは以前に説明のあった世界の一時的な変容だと思うのですが……」

「これは、大きな影響が、ある事態でなければ、起きないと聞き、ました。この目に見えた異変は、それに相当すると、思います」

「紅月夜《べにづくよ》だ。たぶん大妖怪が山から下りてきたんだろ」

「だ、大妖怪、ですか？」

「ふむ、それは妖怪博士とは何か関係が？」

「いや、違う違う。あっちとはだいぶベクトルが違う生き物だから。あっちも本気出せば怖いだろうけど、こっちはそんなレベルじゃないくらいの怖さがある」

三人は水明のぼかすような説明では納得できず、不思議そうにしている。

それはともあれと、初美は水明に声をかけた。

「水明、ちょっと」

「あー、初美？　いま外がな」

「うん。いまの電話がそれ。白夜のおばあちゃんがお山から下りてきたって」

「だろうな。そうじゃなかったらここまでのことはないからな」

水明はそう言って、辟易《へきえき》したように舌をべろりと出す。

「ハツミ嬢には心当たりがあるのか？」

「うん。なんか外がおかしくなってるみたいね。私にはわからないけど」

「どういうことです？」

「白夜のおばあちゃん……うちの流派の始祖がお山から下りてくると、空気が生臭くってていうか、生温《なまぬる》くなるのよ」

「流派の」

「始祖だと？」

「そう。幻影剣を作った人よ」

「あれは人じゃねえ定期」

「水明あのね」

初美が水明の物言いに呆《あき》れていると、ふとレフィールが何かに気付いたように声を上げる。

「なんだあれは？　うっすら化け物が見えるぞ」

「へー、レフィは百鬼夜行、見えるのか？」

「私にも、はっきり、見え、ます、よ？」

「ああ、リリアナの方は結社の妖怪のオプションのせいだな」

外にいるのは、しゃれこうべや、妖怪妖魔の一大集団だ。本人が連れているわけではないのだが、世界に影響を与えるため、そういったものを具現化させてしまうのだという。

無論初美にはそういったものは見えないため、窓の外に目を凝らしても、何が何だかわからないのだが。

「あれはなんだ？　いいものにはまるで見えないが」

「いいんだ。たぶん悪さはしないからほっとけほっとけ。やっても人を驚かすとかその程度だ。よっぽどやったら親玉にたたっ斬られるからな」

「ふーん。みんな、そんなもの見えるんだ？」

「そうだぞ。大妖怪が降りてくるときは、昔からそんなんだ」

「そうだったんだ……」

「ま、お前が師範《せんせい》に付いて行って斬ってきたものとかとは別モンだから気にすんな」

初美《はつみ》は意外なことを聞いたように、表情を驚きに変える。

そんな表情を見せたのもつかの間、彼女はすぐに水明に訊ねた。

「水明も行く？」

「いや俺はいい」

「そう？　一応水明もウチの流派なんだから。それに、八鍵家だっておばあちゃんとまったく関係ないわけじゃないでしょ？」

「そうだけど、まあ俺は途中で剣をやめちまった身だからな。顔を出すのは気が引けるというかなんというか」

「そんなの気にしなくてもいいと思うけどね」

そんなやり取りをかわしたあと、初美は八鍵邸を出る。

屋敷の前の道路には靄がかかり、異様な雰囲気を醸し出していた。

空気も心なしか生ぬるい。

だが、こんなのはいつものことだ。初美はそんな不気味さを気にも留めずに、隣の自宅へと向かう。

玄関では、母雪緒《ゆきお》が待っていた。

「初美さん」

「お母さん。白夜のおばあちゃんはもう道場に？」

「はい。おいでになっていますよ。鏡四郎《きょうしろう》さんに馳斗《はせと》さん、権田《ごんだ》さんもご一緒です」

初美は母の言葉を聞くと、すぐに庭の方に出る。

見慣れた自宅の庭先は、不気味な現象で溢《あふ》れていた。

これが見える者がいれば、さながら妖怪屋敷と思うことだろう。

初美にはケタケタという笑い声がうっすらと聞こえるのみで、正体を現していないためいまのところ彼女の目には映らないが、それでも嫌な気配として感覚的に捉えることができる。

初美にとっては、それを自然のものとして受け入れている母親の胆力の方が恐ろしいと思うことしばしばなのだが。

鬱陶しいので斬意を向けると、それらは一斉に押し黙った。

ともあれ、たどり着いた道場にはすでに、父鏡四郎と弟馳斗、そして塾頭を務める権田の姿があった。

平時であれば、挨拶の目配せ一つでもするところだが、それよりも、初美の目は別のものに惹《ひ》かれていた。

そう、そこにはこの世で最も妖しく輝くものがいたからだ。

それは、白い長髪を持った女だった。髪は角度の加減で玉虫色に輝き、瞳もまた、同じように玉虫色。妖しい艶《あで》やかさを醸している。顔は若々しく、二十代の妙齢といったところ。

その肌は新雪のように白いが、顔にはさながら亀裂の入った仮面のように、一筋のひび割れが走っている。

白無地の着流し姿で、まるで死人にまとわせる白装束を思わせた。

いまは薄暗がりの道場の最奥で、片膝を立てて座っている。

その側《そば》に侍《はべ》るのは、美貌の少年だ。

愛くるしさを持ち、やはり女と同じように、どことなく妖しさを兼ね備えている。

「おばあちゃん。遅れてごめんなさい」

「かまわぬ。吾《われ》が勝手に下界に降りてきたのだ。時が合わぬのは仕方なかろう」

初美は遅刻を詫《わ》びるように軽く頭を下げると、女が声を発する。

道場の奥から響いてきたのは、恐ろしく透き通った声だ。

美しさを通り越して、不気味ささえ感じてしまうほどの天上の美声。

初美は道場の中央に行くと正座し、改めて頭を下げる。

沙門白夜《しやもんびやくや》。日本五大秘剣の一つ、倶利伽羅陀羅尼幻影剣《くりからだらにげんえいけん》を興した魔性の尼僧に。

「ご無沙汰してます。流祖」

「うむ。馳斗ともども大きくなった。此方《こちら》へ」

声に呼ばれ近くに侍ると、なでり、なでり、なでり。

白夜が初美の頭を撫《な》でる。

「お、俺もか？」

「うむ」

「恥ずいなぁ……」

馳斗も初美共々、恥ずかしそうに頭を差し出す。

それを白夜が、なでり、なでりと優しく撫でる。儀式のようなものだ。顔合わせのときは毎度こんなことをしている気がする。

白夜が鏡四郎に視線を移す。

「鏡四郎。汝《なれ》も」

「いやいやいや、勘弁してくださいい流祖。俺はそんな歳《とし》じゃありませんよ」

「ふむ？　まだ四十かそこらであろう？　吾にはさほど変わらぬ」

「そりゃあ流祖に比べればガキんちょに変わりないんでしょうが、一応子供たちの手前プライドってもんがあるんですよ」

「そうか。ならばよい」

白夜はそう言って、手を引っこめた。

「それで流祖。今日は、一体どういったご用件で？　何か厄介事でもありましたか？」

「ふと、思い立ったからだ。理由らしい理由はそれくらいだ」

白夜の言葉に、鏡四郎は意外そうに目を丸くしたあと、言葉をこぼす。

「珍しいですね」

「稀《まれ》と言えば稀だろう。そういう気分のときは往々にして、吾のかかわりのないところで何かが起こっているものだ」

その言葉に、初美の身が硬くなる。もしや白夜は自分たちの戦いまで、見透かしているのではないか、と。

しかしてその予想は当たっていたようで、白夜が初美に視線を送る。

「初美。いまの序列は如何《いか》に？」

「うん。半年前に三十二位になった」

「そうか。汝《なれ》であれば、影番もすぐであろう」

「いえ、ここから先はさらに厳しくなると思っています」

「当然だ。あそこは怪物の住まう魔境よ。まあ、吾のような人外も多いゆえな」

白夜《びゃくや》はそう言うと、どことなく自嘲にも見えるような笑みを漏らす。

そしてその笑みを一転、厳しいものへと変えた。

「初美。剣を執るがよい。稽古を付けてやろう」

「うえっ――!?」

「ほ?」

「これはこれは……」

馳斗、鏡四郎、権田が驚きの声を上げる。

もちろんそれは初美も同じだった。

「おばあちゃん、いいの!?」

「極意が三つだけでは心もとないであろう」

現在初美が会得しているのは、霞十字抄《かすみじゅうじしょう》　朧斬月《おぼろざんげつ》、朽葉流《くちばりゅう》では絶刃《ぜつじん》の太刀の名で通る玄妙抄《げんみょうしょう》　絶刀絶刃《ぜつとうぜつじん》、朽葉流涅槃寂静《ねはんじゃくじょう》の三つのみである。

「五剣と一刀の宿命とは外れるが、これも必要なことだ。汝《なれ》に剣を一つ示してやろう」

次いで白夜は「庭先に出るがよい」と言って、初美に移動を促す。

初美は父、弟、塾頭と共に外に出ると、広い庭先で白夜と相対した。

出しなに父から渡された大太刀を抜くと、白夜も携えていた一振りを抜いた。

初美が大太刀であるのに対し、白夜が構えるのは直剣だ。

倶利伽羅陀羅尼幻影剣《くりからだらにげんえいけん》の本家本流は、分派である朽葉流と違い直剣を得物とする。

一方で朽葉流が刀や大太刀を使うのは、ときの朽葉家の当主が、幻影剣を対人の剣に落とし込んだことに端を発するものだ。

初美が峰を右肩に背負う構えを取る一方で、白夜は剣を持った右手をだらりと下げて、下段の構えとも言えない無造作な様子。得物は長さ百六十センチメートル、身幅八センチメートル前後の長物。柄《つか》は杵《きね》のようで両端が三つに分かれており、応龍が巻き付いている。さながら不動明王の持つ利剣だろう。

白夜はそんな武骨な剣を持っているにもかかわらず、まったく自然体だ。

まるで何十年、何百年もその姿で立っていたかのようにも見える。

そんな無造作な立ち姿に、しかし初美は斬り込めない。

異世界での数々の戦いを経たはずだ。力を得て強くなったはずだ。

だが、斬り込めない。

いや、当然だ。日本最強と謳《うた》われる剣士、父朽葉鏡四郎を押してなお、さらに上にいると言わしめるのが目の前のこの女性なのだ。俗世を離れているゆえに日本最強は父に譲ったが、その実力は折り紙付き。

四聖八達の序列二位。百鬼夜行の主。剣の神である經津主神《ふつぬしのかみ》、本地垂迹《ほんじすいじゃく》では十一面観音から剣の深奥を賜った世に謳われる剣聖の一人である。

彼女に真っ向から斬り込むことができたのは、若き日の父と、天才剣士と呼ばれる男の二人のみだという。

「初美、来ぬのか？」

「……胸を借りさせていただきます」

いや、元より敵《かな》わないのはわかっていることなのだ。そもそも隙を探すなど烏滸《おこ》がましい。いまの己にできるのは、ただ真正面から自分の全力を叩《たた》きつけるだけなのだから。

初美は正面からただ真《ま》っ直《す》ぐに斬りかかる。

「――呼《こ》っ！」

一撃のために行うのは、発声ではなく呼気だ。

金属すら容易《たやす》く切り裂く真っ直ぐな一撃は、しかし、白夜の横薙《よこな》ぎの剣に止められた。

ギィイイイン、と金物がぶつかり合う音が庭先を甲高く切り裂く。

こちらが刀を振りかぶるまでは確かに、剣尖《けんさき》を庭先の地面すれすれに付けるようなあの構えだったはずだ。にもかかわらず、余裕をもって合わせられたのはどういう手腕なのか。道理がまったくわからない。いや、わかるはずもないのだ。それだけ此方《こなた》と彼方《かなた》には、目に見えない距離がある。

初美は白夜の剣圧に押され、すぐに大きく弾《はじ》き飛ばされる。

初美は庭の土を靴の踵《かかと》で摺《す》りながら勢いを殺して停止。

「くぅ……」

思わず、自分の口から苦悶《くもん》のような呼吸が漏れる。

柄を握った手はまるで巨大な鉄塊でも受け止めたかのように、強い痺《しび》れを帯びている。

そんな中、白夜が剣を庭の地面に突き刺した。

途端、初美は白夜との間合いがわからなくなる。距離を作り。剣を手放した姿はどうしようもなく隙だらけだ。だが、この隙に乗じてうまうまと斬りかかれば、下から上にバッサリと斬られてしまうのではないか。そんな予感が、初美の背中を冷たくさせていく。

「倶利伽羅陀羅尼幻影剣《くりからだらにげんえいけん》、玄妙抄《げんみょうしょう》……」

ふいに白夜の口から、そんな呟《つぶや》きが漏れた。

直後初美に、逆風の太刀が襲い掛かる。まるで奈落の奥底から吹いてくるような魔風が、彼女の真下から天へ向かって駆け抜けた。

……気付けば初美は、庭先で膝を突いていた。

見れば、白夜は斬り上げた姿のまま、こちらを静かに見据えている。

「これは……」

「二十年ほど前、鏡四郎《きょうしろう》に授けたものだ。汝《なれ》が使いこなすには早くはあるが、助けにはなろう」

白夜がそう口にしたあと、かたわらにいた美童が、一つの歌を詠む。

それは先ほどの技の要訣《ようけつ》を詠んだ武術歌なのか。

「初美《はつみ》。いまの歌をよく覚えておくがよい。しばらくはこの歌を技の頼みとし、己のものにしたのちは離れよ」

「はい。御指南、かたじけなく存じます」

すると、白夜は剣をしまい込み、また初美の頭をなでりなでりと撫でた。

ふと美童が、どこからともなく紫の包みを取り出す。

それは竹刀袋のようで、あからさまに長物とわかるものだ。

「初美さん。これを」

「義孝様、これは？」

「開けてみてください」

初美は彼の言葉に素直に従い、包みを綴《と》じていた紐《ひも》をほどく。

やがて包みから出てきたのは、一振りの大太刀だった。

長さや身幅はいつも道場で使っている本身と同じ。拵《こしら》えは黒漆打刀拵。刀身は直刃で、地金と鋼の境目の部分が朧《おぼろ》げに霞《かす》んでいる。

白夜が顎をしゃくった。

「持て」

「おばあちゃん、これは」

「これより戦いに向かう汝《なれ》へ、吾《われ》からの餞《はなむけ》だ。先々必要となろうと思って、古刀の一振りを打ち直しておいた。ヒヒイロカネも十分にあろう」

「私のためにそんなことを」

「うむ。この大太刀で、汝《なれ》の斬るべきものを斬ってくるがよい」

白夜はそう言うと、初美に確かめるように言葉をかける。

「初美」

「はい」

「剣士は剣を抜いたその場所こそが」

「死に場所の定めどころと心得よ」

「剣を抜けば死あるのみ」

「斬られれば死あるのみ」

「人の生は一度きりなればこそ」

「武士道と云《い》うは死ぬこととみつけたり」

そんな問答めいたやり取りのあと。

鏡四郎が白夜に向かって頭を下げる。

「流祖。娘に気を掛けていただき、かたじけなく存じます」

「うむ。子らの身を案じるのに理由はいらぬ。それが戦いに向かうなら、なおさらよ」

白夜はなんのことはないというようにそう言って、ふとあさっての場所に視線を向ける。

その先にあるのは、八鍵《やかぎ》家の屋敷だ。

「――して、八鍵の小僧めはどうしているか？」

「水明《すいめい》は家にいます。辞めた身ということで、ここに来るのは遠慮しました」

「そうか。そのような些末《さまつ》ごと、気にすることもなかろうに」

「ほんとそれです」

「だが、出たくないというなら無理に引っ張ってくるわけにもいかぬな。では初美、奴《やつ》めにも、なお精進するがよいと伝えておくがよい。小僧に待つのは、目先の危機だけではないのだとな」

「おばあちゃん、それはどういう……」

「いまは考えずともよい。いま目の前にある戦いではなく、まだまだ先の話ゆえな」

沙門白夜は、やはり何もかもを見透かすようなその虹の双眸《そうぼう》を、血のように赤く染まった月へ向けていたのだった。

初美は思い出したあの剣を胸に、覚悟の息を吐く。

「――私が仕留めます。二人は援護を」

「ハツミ様？」

「はつみ？」

「二人とも、お願い。上手《うま》く隙を作ってくれたらいいから」

初美はその場で集中する。必殺の一撃を、間違いなく入れるために。

一方的に押し付けるような願いだったが、ティータニアとリリアナはそれを素直に受け入れてくれる。

ティータニアはやはり翻弄するように魔族の周囲を舞い、その剣に宿した氷雪の冷気で関節部や足元を脅かし、一方でリリアナは真性呪言《スペル・ゼノグラシア》で生み出した狼犬《ろうけん》に跨《また》がり、その咆哮《ほうこう》で邪神の力であるおどみを吹き飛ばそうと腐心する。

「――岩よりこの身を擲《なげう》ちて、捨つるいのちは不動くりから」

初美は陀羅尼《だらに》の如《ごと》く呪文を唱えながら、頭の中に思い描く。

斬る前の光景を。斬ったあとの光景を。

その二つが合致したとき、初美はすぐに動き出した。

嵌合体《かんごうたい》の魔族が動き出す。ふとした隙を埋めるための苦し紛れの攻撃だ。初美は狙いの定まっていないその剣撃を回避して、この剣を使うのにもっともよい位置に距離を取る。

右に、左に、前に、後ろに。水に映った月を見ながら。やがて絶好の位置を見出《みいだ》した。

相手に一歩の欲目を出させる、引き込みの妙をここに。

彼我の距離感を狂わせる、間積もりの妙をここに。

それを発揮させるため、地面に大太刀を突き刺した。

「ハツミ様!?」

「はつみ！　一体、何を!?」

二人は初美が突然大太刀を手放したことに驚く。

そんな中も、迫りくる魔族の巨体。

初美は吹き付けてくる剛風に堪えながら、それを迎え撃たんと構えを取る。

そして、

——倶利伽羅陀羅尼幻影剣《くりからだらにげんえいけん》　玄妙抄《げんみようしよう》　明王断《みようおうだん》

敵を下から上に真っ二つに両断する逆風の秘剣が、いまここに再現される。

下から上への重力に逆らった轢断《れきだん》に触発され、地の底から吹き上がる魔風。その風が吹き上がって天へ昇り切ったその直後、魔族の将の嵌合体は、背後にある無人の教会ごと、縦真っ二つに切り裂かれたのだった。

右と左に分かたれ、両側に倒れていく亡骸《なきがら》。

鋭い斬撃に舞い上がった塵《ちり》がパラパラと振り落ちる。

朽葉《くちば》初美は残心を終えると、あのとき美童が詠んだ歌を口ずさんだ。

地に根差す　太刀が見せるは　惑いなり
　天へ吹き込む　風はさかしま

その歌は、その剣技の核心部分を詠んだものだ。地に突き立てた剣が相手を惑わせ、距離感とタイミングを狂わせる。そこに、相手の上からの斬撃よりもなお速い逆風の太刀を繰り出すのが、この秘剣の妙である。

「ハツミ様、お見事です」

「いえ、私のなんてまだまだです。お父さんや白夜《びゃくや》のおばあちゃんなら、もっと簡単に倒してたと思います」

「それは……」

「ええ。それくらいとんでもない人たちだから……」

そうだ。間違いない。むしろ流祖白夜ならば、この地にいる魔族すべてを一人で全滅させることも可能だろう。

初美はそのことを考えて、身震いする。まだだ。これだけ力を手に入れてもなお、あの四聖八達《かいぶつたち》のいる高みには、届かないのだ、と。

他方、八鍵水明はその光景を呪詛《じゅそ》のカラスの目から見ていた。

「ひえっ、初美のヤツいつの間にあんな怖ぇ技使えるようになったんだよ……」

初美たちの嵌合体の魔族との戦いを見届け、引きつった顔からしゃくりあげるような悲鳴を発する。

初美が繰り出したのは、まさかまさかの大技だ。倶利伽羅陀羅尼幻影剣玄妙《くりからだらにげんえいけんげんみょう》抄《しょう》は逆風の秘剣『明王断』。使う者が使えば背の高い建造物を真っ二つに切り裂くというそれを、この世界で再現してみせた。

水明は地の底から吹き上がった魔風を自分の足元に錯覚し、その場で小さく身震いをする。

一時は劣勢になったため、彼も援護に出ようと思ったが、潮目が変わったのがはっきりと分かったために、手を出すのは控えた。

「しっかし強引なことするな」

水明は初美たちの戦いを思い出しながら、魔族側の手法を分析する。

先ほど出てきたのは、見覚えのある姿だ。そう、魔族の将ラジャスのもの。

魔族側は、一度は滅びたはずのそれを使って、さらに何かと混合させて顕現させた。

強引な離れ業であり、行うにはかなりの力が必要となる。いや力と言うよりも、ここは権限の問題だろう。

つまりそれが意味するものは。

（邪神の権能をかなり譲り受けてるってことか？）

魔族を生み出すことができて、しかもそれが将軍レベルのものときた。

となれば、かなりの権能を持たないとできないものだ。これまでにない、よほど強力な魔族が出張ってきていると見るべきだろう。クドラック並みに厄介な相手であることも念頭に置かなければ、足を掬《すく》われることにもなりかねない。

……水明は意識を改めると共に、さらに目を凝らす。

探るのは魔族の動きと、その動きがどんな意味を持っているかだ。

（さて向こうさんは一体何をしているのかね……）

散発的な攻撃。真綿で首を絞めるような戦い方。これまでの戦いにはなかった手緩《てぬる》さだ。

こういったときは往々にして、裏の意味が隠されている。相手を油断させておいて、別の作戦を講じているというものだ。

別の都市を襲撃する。だが、これはない。すでに王手をかけている状態で別の都市を襲撃するなどまるで意味のない行動だ。

最初に自身が言ったように、避難民を逃がして他の都市を圧迫するという策も妙だ。そんなやり方をしないといけないほど、魔族たちがリソースに困っているというのはどうにも考えにくい。それならば初めから消耗第一の猪《いのしし》めいた戦術はとらないはずである。

やはり考えられるのは、散発的な攻撃の裏で、都市の広範囲を巻き込むような大掛かりな仕掛けを行うということだが――

「まったくそういった素振りもねえ。一体何がしたいんだ連中は？」

ここそこ何かしているが、それが大魔術を構築し、都市をまるごと吹き飛ばすような仕掛けになるかと言えば、そうではない。

人間や魔族の命を生贄《いけにえ》にするような経路《パス》の繋《つな》がり方も、都市の構造や血液の広がりを術陣に見立てるような構築も、隠された規則性もまるでなかった。

奥の奥まで見通そうとするものの、見つからない。

となれば、魔族の狙いは、迅速な陥落でも、都市の壊滅でもないということだ。

水明はその場で体育座りをしながら、拝むような形で鼻と口を両手で覆う。

「新しい魔族を生み出すための布石……違う。すでにその魔族はいるし、あとは戦をするだけでもリソースが浮く。この戦いで人間たちに恐怖を与える。それも違う。与えたところで女神への信仰を強めるだけだ。結束は強固となり、勇者に注ぎ込まれる力もさらに高まる。どこだ。答えは一体どこにある……？」

水明が頭を悩ませる中、ふと、カラスの目が気になるものを捉えた。

「おっと、黎二《れいじ》たちの方は苦戦してるみたいだな。ちょっくら助けに行ってくるか」

水明はその場で立ち上がる。

確かに黎二の持つオリジナルのサクラメントの力は強いが、この手の相手の倒し方をいくつも手の内に持っていないため、うまくことを運べていない。

ならば、いまこそ自分の出番なのだろう、と。

水明がスーツの上着の裾を翻したあとには、影も形もその場には残らなかった。


「これは……」

黎二は目の前に立ちはだかるものを見て、困惑に言葉を失う。

市街東部へ向かった黎二たちは、現れた魔族に苦戦していた。

苦戦、いや、ここは苦慮と言うべきだろう。別に彼らは敵に圧倒されているわけではなく、また、怪我《けが》とも無縁だったのだから。

だが、進退に窮しているということには間違いなかった。

「厄介な。潰しても潰してもきりがないぞ……」

「うう……また気持ち悪いのが出てきたよう……」

「この魔族は以前に帝国での戦で出てきた魔族の将だと思われますが……」

当惑の言葉を漏らしたのは、グラツィエラ、瑞樹《みずき》、フェルメニアの三人。

そう、事の発端は黎二たちが市街東部の魔族を掃討していたときだ。

魔族を倒す最中、魔族たちが何らかの儀式めいた行動を取ったあと、突然現れたのがこれだった。

積み上がった薄桃色の肉の山に、小さな手足が無数に張り付いたもの。

グラジラス。以前の戦いではそう名乗った、肉塊の魔族である。

だが、今回現れたものは本人とは違うのか、以前とは違い声も言葉を発さず、それどころか意志すらないようで、らしい行動は一切取らない。

ただただ瘤《こぶ》がボコボコと膨れ上がって、増殖するだけだ。だがその増殖が厄介だった。

この肉塊の魔族は恐るべき速度で膨張し、街を肉塊で埋め尽くさんとしている。

それに対し、黎二たちができるのは対症的な行動だけだ。

巨石を落として引き潰し、炎を用いて焼き焦がす。

黎二もイシャールクラスタで斬り付けて結晶化させるが、思った通りの効果は望めない。

「っ、以前はこれでどうにかできたんだけど……」

「そうだな。あのときはお前がとどめを刺した。やはりあのときとは違うのか」

「うん。以前は核があって、それを傷つけることで再生を止められたんだけど……いまはそれがないんだ」

「フェルメニアさん！　どうにかならない!?」

「……私の炎も移りが悪いですね。こういった敵の倒し方は……ええとっ。どうすればよかったのでしたか」

瑞樹の訊《たず》ねに対し、フェルメニアも記憶の奥底を浚《さら》うが、明確な答えは出ない様子。

そんな中も、グラジラスを模した肉塊の魔族は、増殖を繰り返してその面積や体積を増やしていく。このまま放っておけば、本当に際限なく増えてしまうのではないだろうか。黎二たちにそんな焦燥さえ抱かせるほど、ただただ増えて、周囲の物を圧迫し、呑《の》み込み、圧《お》し潰していた。

その様は、まさに意志を持たない兵器だろう。グラジラスにはまだ思考する回路や感情の発露があったが、あれからそれらを取り除くだけで、こうも不気味なものになり果てるとは。

「っ――私は増殖を食い止めます。このまま都市があれで埋め尽くされてしまう状況はどうにかして避けないと」

「よろしくお願いします」

黎二がそう言った直後、フェルメニアが詠唱を開始する。

「――白い炎が野を駆ける。山を飛び越え、谷を飛び越し。その勢いは火を放つが如《ごと》し。我が呼びかけに答えよ友よ。我が求めに応じよ友よ。其《そ》は白火の洗礼の徒《ともがら》なり」

　地面に白光を放つ魔法陣が展開し、白い炎が吹き上がる。

　しかしてその白い炎は辺りに広がって領域を形成。一部が再び集い、やがてそこに炎の白馬が出現する。

　いや、白馬の姿を模した炎か。それとも馬の形態をとった白炎か。たてがみが炎のように揺らめき、足が地面を叩《たた》くたびに、そこから炎が吹き上がる。

　生物的な仕草を取る様は、さながら意思でも持っているかのよう。

　乗りやすいよう身を低くする白炎の馬に、フェルメニアは軽快に跨《またが》り、手綱を引いて乗り回す。馬が駆けた後ろには白炎の尾が引かれ、それは位置までもその場に残り、肉塊のそれ以上の増殖を防いでいる。

　あるいは燃え移って焼き焦がし、あるいは押しとどめるような線引きをして、肉塊の侵《しん》蝕《しょく》を防いでいた。

　だが、それでも倒し切ることはできない。

　そこへ、黎二が結晶をぶつける。肉塊へ埋め込まれた結晶も負けじと増殖するが、肉塊の圧に負けて砕け散ってしまった。

「やっぱり駄目なのか……」

「ええい！　無茶苦茶な」

込んでいく。

黎二が頼みとしているのは、対象を結晶化させる攻撃だ。結晶化により再生を阻害することを期待してのものだが、肉塊はそれを上回るほどの速度で増殖し、結晶の根元を呑み込んでいく。

……フェルメニアは白炎でできた馬を乗り回し、膨張した端から燃やしてこれ以上の増殖を防いでいる。だが、これも最良の策ではない。その場しのぎでしかない。

「っ、こうもうまくいかないなんて」

「高火力で一気に叩き潰すのが上策だと思うが……問題はそれほどの力をどうやって都合するかだ」

「じゃ、じゃあ他のみんなを呼ぶ？　そうすればなんとかなるかもしれないよ!?」

「……それしかないな」

グラツィエラがそんな結論を出すが、黎二が首を振った。

「いや、ここは僕に任せて欲しい」

「とは言うが、あれだけ再生するならお前の武器との相性も悪いのではないか？」

「そうだよ！　他のみんながいるんだし、ここは応援を呼んだ方がいいんじゃ……！」

確かにそうだ。だが、これから呼んで、駆け付けるまでの間にも、増殖は免れない。

やるならフェルメニアが押しとどめてくれているいましかないのだ。

あの肉塊を取り囲むドームを作って、膨張を防ぐ。あとは白い炎が、焼き尽くしてくれるはず。

（だけど――）

だが、それをやるにはかなりの広範囲になる。いまの状態では、ドームの作成よりも早く、増殖が進んで後手後手になるはずだ。

ゆえに、黎二はイシャールクラスタを構えた。

「黎二、くん？」

「おい、お前、一体何をするつもりだ？」

黎二は砕けた紺碧《ラピス・ユーダイクス》の蒼《あお》い輝きを見詰め、没入へと舵《かじ》を切る。

欲する言葉を胸に抱き、聞こえてくる声に身を委ね、力を引き出す。

あのとき、それができたのだ。

なら、いまもう一度やっても、できないはずがない。

黎二が再び、深奥のへのアクセスを試みたそんなときだった。

どこからともなく、黒い影が舞い降りる。

人型をした黒。魔族ではないそれは、スーツをまとった水明《すいめい》だった。

「スイメイ殿！」

「水明くん！」

「ようやく来たか。遅いぞ」

長い上着の裾を翻して、着心地を整える水明。

黎二は突然の友人の登場に、目を白黒させる。

「す、水明……」

「よう。援軍に来た」

「あ、うん……」

黎二は拍子抜けしたせいか、半ば呆《ほう》けてしまう。その一方で、彼の放心を驚きと受け取った水明が、眉をひそめた。

「なんで驚いてるんだよ。俺の今回の役割はこれだぞ?」

「そうだね。うん、そうだった」

グラツィエラが水明に訊ねる。

「周囲の戦況はどうだ?」

「見えるところは一通り始末しておいた。この周囲はもうあれだけだ」

「水明くん。他のところは大丈夫そう?」

「ああ、何とかうまくやったみたいだ」

「こちらは……申し訳ありません。この通りです」

「確認してる。大丈夫だ」

「相性が悪いのか倒し切れん。貴様、何か良案はないか?」

「なんだ。良案限定か？」

「当たり前だ。冗談を言っている場合ではないぞ馬鹿者」

グラツィエラがそう苦言を呈すると、水明は不敵な笑みを見せて答える。

「なに、いくらでもやりようはあるさ。いくらでもな」

水明はそう言うと、懐から取り出した小瓶の蓋を開けて、詠唱を開始する。

「――汝に告げる《Inform》。恐れを《sadness》悲哀し《fear》、悲しみを憂い《grieve over grief》、世のものすべてに嘆きを抱け《lament all》。汝の懊悩は汝の中に《your troubles are in you》。安寧のときは尽きるとも《even if the time for peace is gone》、世に不安の種は決して尽きまじ《the seeds of anxiety in the world will not disappear》」

水明は詠唱の合間、小瓶の中に入っていたものを、手のひらの中に落とす。

それは、小さな球形をした物体だ。豆粒より大きく、球根より小さい。さながらそれは、よく目にするような種実類《ナッツ》のよう。

「……種？」

「そう。ああいうのには、これが一番だ」

――不安の種《Anxiety seed》。

水明はそれを小さく爪で弾《はじ》いて、増殖する肉塊に対してそっと撃ち込んだ。

それは当然のように肉塊に呑み込まれ——しかし何事もない。

「おい、効いていないではないか」

「そりゃあな。あれは直接攻撃するようなモンじゃないんだ。ああ、そっちは攻撃を続けてくれ。あの肉を引き潰してればいい」

「でも水明。あれには再生する能力があるから意味がないんじゃ」

「いいからいいから」

水明が他の面々にそう言う中、フェルメニアが馬上で声を張る。

「やりましょう！　スイメイ殿が一番というのなら、大丈夫です！」

水明に全幅の信頼を置くフェルメニアは、彼の言う通りにそのまま白炎による攻撃を続ける。黎二《れいじ》とグラツィエラも、彼女の攻撃に同調してそれぞれの攻撃を繰り出した。

瑞樹《みずき》もいつの間にか使えるようになっていたエレメントを混合させた魔法を使い、肉塊を破壊していく。

岩石で引き潰し、イシャールクラスタで結晶化させ、白炎で燃やす。

しかし肉塊は即座に増殖し、元の大きさに戻ってしまった。

「水明！　やっぱりこれじゃあ——」

「よく見てみろ。大丈夫だ」

「え？」

黎二は水明の言う通り、よく目を凝らす。

よくよく見ると、再生した部分がどす黒く変色していた。

しかも、変色した部分は消えないどころか、再生するたびに、どんどんと増えていく。

「これは……」

「破壊するのが難しいなら、同調や変質だ。相手の再生を阻害しない形で、不利な状態を植え付ければいい」

「なんだ。つまりあれは、再生を変質させて、自滅させているのか」

「そういうこった」

黎二はグラツィエラと水明の会話を聞いて、ふと気づく。

彼は、この生理的な現象を知っていた。

「これってもしかして、ガン細胞……？」

「ご名答。この魔術のコンセプトはそれだ。相手の再生を止められないなら、無理に止めなきゃいい。どんなものにもそうだ。不安の種を撃ち込めば、それは勝手に膨れ上がって本人をひどく悩ませる」

「そっか、確かにそうだ……」

黎二が、得心が行ったというように手を叩《たた》く一方、瑞樹が水明に胡乱《うろん》な視線を向ける。

「水明くん。なんていうかえぐいよ……」

「えぐい言うなえぐい。何事もやりようだ。再生したり復活したりする相手には、こうして再生の在り方自体を変化させてやればいい。なにも相手を消滅させるのだけが、相手の倒し方ってわけじゃないのさ」

「なるほどな。よく考えるものだ」

「こういう不死身っぽいのを完全に滅ぼす手段は他にもあるんだが……それは奥の手に取っておきたい。あとは燃やして終わりだ。メニア、よろしく頼む」

「はい！　お任せを！」

フェルメニアはそう言うと、魔力炉心を低位臨界の状態まで引き上げ、魔力にものを言わせた高火力をお見舞いする。以前までは燃えている最中にも増殖を繰り返していた肉塊は、水明の植え付けた不安の種のせいで、ただ焼かれるだけとなった。

こうして黎二たちが頭を悩ませた相手は、あっさりと消滅してしまった。

白炎が燻《くすぶ》る風景を目の当たりにしながら、黎二は感嘆の声を上げる。

「……すごいね」

「経験差って奴《やつ》だな。これまで抜かれたらさすがに立つ瀬ねえし」

「そうかな？」

「そうだっての！っていうかお前また前より強くなったんじゃねえのか!?　おかしいだ

ろ!?　どんな成長速度だよ!?　成長期にしたって限度があるぞ!?」

目を三角にさせてコミカルに怒る水明に、黎二は困った笑みを見せることしかできなかった。

第四章　誰しもよ死を想《おも》え

王都の市街に潜んでいた魔族を打ち倒した水明たち。

王城に戻ったあと、アルマディヤウスたちに戦況を報告。労《ねぎら》いの言葉を受けてから、その後は王都外で魔族の動きを探っていた斥候の報告を受領した。

魔族の本隊は王都から十五里（約六十キロメートル）ほど先の森林まで下がっており、目立った動きはない様子。魔族に動きがあればすぐにでも出動できるよう確認し合い、この日の報告を終えた。

しかしてそんな水明はいま、男三人揃《そろ》って城内にある浴場にいた。

アステルでも基本的に入浴は清拭《せいしき》かサウナ式なのだが、女性陣のお風呂に入りたいというノイジーなマジョリティに敗北を喫し、魔術で工事を行うことになった。

要望を聞いて手早く済ませたものの、どういうわけかうだうだしている女性陣に先んじて、水明と黎二、エリオットが入ることになった。

いまは洗い場で腰に手拭いを巻いて、裸の付き合いである。

「まさかアステルでもお風呂に入れるとはね」

「入れないと嫌だって駄々こねるヤツばかりだから。俺とマリーで突貫工事しましたよ」

エリオットは期間限定のリニューアルした浴場を見回して、機嫌良さそうに鼻歌を歌う。

「これは便利だね。ちょっと見直したよ」

「だからって便利屋扱いはしてくれるなよ？　俺は何でも屋じゃないからな」

「そう？　君、こういうことする仕事に転職したら？　そっちの方が世のため人のためになる」

「やったらやったで世の中失業者で溢《あふ》れ返るからノーセンキューで」

水明《すいめい》とエリオットがそんな話をしていると、今度は黎二が口を開く。

「ほんと、なんでもできるんだね」

「なんでもできるようになろうとするのが魔術師だからな。世のあらゆる願いを叶《かな》えることができる万能になろうとしてるヤツが、風呂の一つ二つ作れないようじゃあ失格だろ」

「ふーん」

黎二はそんな返事をしながら、浴場内を見回す。

洗い場には鏡が設置されており、正面には富士山が描かれていた。

友人にじっくり観察され、何を言われるか分かったのだろう。

水明は気まずそうに目を伏せる。

「………ま、見てくれに関してはノーコメントでお願いしたい」

「これ、銭湯だよね。それも近所の松の湯さん」

「へえ、そういうの了解なく真似《まね》するのは、違反行為なんじゃないのかい？」

「そうだね。著作権の侵害とかに触れそうかなー」

「異世界に著作権もクソもねえ。以上」

「ひどい言いようだね」

「ってか仕方ないだろ。俺の知ってる大浴場はドイツのヤツかリゾートスパかあそこくらいだ」

「じゃあドイツのスパでもよかったんじゃない？」

「こう、ああいうところのはスケールがデカすぎるっていうか。水が必要以上に多くなりすぎて湯を用意するのが大変っていうか」

「エコな感じに？」

「そ。エコな感じだ。魔力的にな」

「結構無茶苦茶やってるくせにかい？」

「うるせえ」

　水明は吐き捨てるようにそう言って、銭湯にいるおっさんよろしく、手で湯船の湯を掬《すく》って顔にバシャンと浴びせる。

　一方で黎二は木桶《きおけ》を摑《つか》み、湯を浴びた。

「悪いが俺の世界の流儀だ。入る前は身体《からだ》を流してくれ」

「構わないよ。湯浴《ゆあ》みをするとき、身体を先に洗って湯船に入るのは僕の世界でも同じだから」

「そか。なら別に言わなくても良かったか」

三人それぞれ身体を洗ったあと、湯船に浸《つ》かる。

「気持ちいいね」

「ああ。なんていうか、たまにはこういうのもいいなって感じるな」

水明はそう言って、空手に魔術を起動してプラスチックの手桶を再現する。それでタイル面を叩くと、よく聞くような『かぽーん』という音が浴場内に反響した。

「なんだいそれ？」

「風情だ」

「あはははは。確かに銭湯はその音がなくちゃね」

そんな風に、男三人ゆっくりと湯に浸かっていた折のこと。

ふと、エリオットが神妙な表情を見せ、切り出した。

「これから僕、ちょっと戦い方を変えることになると思う」

「うん？　突然一体どうした？」

「いやね。どうも勇者の力って言うのかな？　あれが前より弱くなったような気がしてさ」

「は？」

「え？」

「レイジにはそんな感じはないかい？」

「いや、僕の方はそのままだけど」

「そうか……」

　エリオットも自分の力の変化に、どこか困惑している様子。

「でもそれで戦い方を変えるっていうのは？」

　黎二《れいじ》が核心部を訊《たず》ねるが、それにはいち早く水明の方が勘付いた。

「勇者の力だけで戦えなくなったから、これからは余裕を見せられないってとこだろ」

「……わかった風な口を叩かないで欲しいね」

「実際そうだったろ。で、そんなことになったから、これまで隠していた自分の力を使うってことだ」

「ま、そういう風に思ってくれればいいよ」

「でもどうして突然そんなことになったんだろう？」

「わからないね。急に女神さまの信仰力が減ったとも思えないけど」

「むしろ今回の件で縋《すが》る奴が増えるはずだ。人は追い詰められれば追い詰められるほど神サマってモンに縋りたくなるからな」

三人、湯船に浸かって頭を悩ませるが、結局答えは出てこない。

「ま、何かはわからんが、何かが起こってる可能性はあるな。あとで初美《はつみ》にも訊《き》いておく」

「そうだね。この件は彼女とも話しておかないといけないな」

水明はそんな話のあと、黎二に気になったことを訊ねる。

「そうそう。黎二、お前がまた強くなった話なんだがな？」

「え？　うん。いや、水明が言うほど強くなったわけじゃないよ」

「妙な謙遜はよせって……やっぱそれサクラメントの力なのか？」

「…………うん」

黎二が神妙に頷《うなず》く一方で、エリオットが訝《いぶか》しげな表情を向ける。

「その話、随分こだわってるみたいだけど、何か良くない話なのかい？」

「良いか悪いかその辺りは俺にもよくわからん。その辺、同じように持ってる人に聞いてもはぐらかされたりするからな。ただ使う力が自分の積み重ねの結果じゃなくて、根源から少ない代償で引き出すってことがどーも嫌な感じでさ……」

「身に余る力は、やがて自分に返ってくる。基本だよね」

エリオットがタオルで顔を拭うと、黎二が言う。

「そんなに深刻なものじゃないよ。僕の魔力を使って引き出してるわけだし。他に何か代償を取られてるとか、契約しているとかもないから」

「その辺り、君は何か知っているのかい？」

「わからん。だけどまあその関係で、向こうでサクラメントを使う人から、ちょっとした伝言を引き出してきた」

「伝言？」

聞き返す黎二に、水明は戻った折に聞いた話を口にする。

「内なる声は己に潜む欲望だ。耳を傾けすぎると己が蝕《むしば》まれる。声が指し示すものは、決してすべてが真実というわけではないのだ。だとよ」

「随分とまあ不吉な伝言だね。それ使ってると精神汚染でもされるのかい？」

「いや、そんなことはないと思うけど……おかしなこともそんなにないし」

「そうか……って、おかしなことがあるのかよ!!」

堪《たま》らず突っ込みを入れる水明を、黎二が焦ったように宥《なだ》めにかかる。

「そんなにひどいものじゃないから心配しないで。ちょっと不思議なことが起こるってだけだから」

「ほんとに大丈夫なのかよそれ……」

水明の心配は拭い去れない。特にサクラメントのことは自分の専門外であるため、状況がまったく読めないからだ。

「でも、その伝言。どういうことなんだろうね？」

「要は強い力を手に入れて、それに溺れるなってことなんだろ。まあそういうの、お前とは無縁な気がするけどな」

「………うん」

「ま、何かあれば周りに頼ればいいさ。最悪俺がどうにかする」

「そうだね。そのときはよろしくお願いしようかな」

「おう。任せろ」

水明はそんな風に、頼もしい言葉を口にする。

そんな二人のやり取りを見て、くすくすと笑いながら「やっぱり君お人よしなんじゃないか」と言うエリオット。そんな彼に向かって、水明は見られたくないところを見られたような苦い顔を見せる。

当然、そこで噴き出すのは黎二だ。肩を震わせる彼の姿を見た水明は、バツが悪そうに背を向けた。

……そんな風に、湯のぬくもりを楽しんでいた頃。

耳を澄ませ……なくても、いくつもの甲高い声が聞こえてきた。

何故《なぜ》か急に脱衣所が騒がしくなったようだ。声もいくつか、聞き覚えがある。

「……なんだ?」

「何かあったのかな?」

「急に何かあったっていうなら、魔族が動き出したとかだけどね」

すわ緊急事態かと、湯船から上がろうと顔を見合わせる三人。

そんな三人に、さらに大きくなった声が聞こえてくる。

グラツィエラとティータニアのものだ。

「……構わんだろう」

「……構います！……なのですよ!?」

「別に気にする……ない」

どうやら脱衣所で二人が言い争っているらしい。

ただ、声音がそこまで切羽詰まったものではないため、魔族に関するものではないようだということが窺《うかが》える。

それにほっとしていたのもつかの間、再びティータニアの声が聞こえてきた。

「気にします！　それに……スイメイやエリオット様までいるんですよ？」

「な……られなければいい話だ」

「あああああ！　話が通じません！」

「ダメ！　ダメだよグラツィエラさん！　ああっ！」

次に聞こえてきたのは瑞樹《みずき》の声だ。こちらもかなり焦っているようで、追ってドタドタという暴れるような音も聞こえてくる。

「あいつら脱衣所で何してんだよ……いまは男の時間って先に決めたはずだぞ」

「なんかとても悪い予感っていうか……そうでないような」

「これを嫌な予感と取るか良い予感と取るかは僕たちの心がけ次第じゃないかな？」

水明《すいめい》と黎二は頭を抱え、一方でエリオットだけは楽しそうにしている様子。

そんな中、引き戸をガラガラと開かれる。

入ってきたのはグラツィエラだった。

「邪魔をするぞ」

「ぶー!?」

「なにごとー!?」

まさかの事態に、水明と黎二は狼狽《ろうばい》。

グラツィエラはと言えば、裸体にタオルを巻いて、堂々とした様子で乗り込んでくる。

それでも、薄絹一枚。身体のラインははっきりと見えている。

もともと気にしない性格なのか。それともタオルで隠しているから気にならないのか。

彼女はやたらと平然としていた。

グラツィエラは動揺して噴き出す水明に、胡乱《うろん》な視線を向ける。

「どうした？」

「どうした？　じゃねぇよ!?　なんで入って来てんだよ!?　いまは男の時間って決めただ

ろうが!?」

「別に構わんだろう。あと、貴様は私を見るな。目を潰すぞ」

「なんだその理不尽は！　つーか黎二はいいのかよ黎二は!?」

「れ、レイジは構わん……」

グラツィエラはどことなく面映《おもは》ゆそうに、顔をプイッと背ける。

もちろん、水明はそこですかさず叫んだ。

「なんかこういうの久しぶりだなオイ！」

「あー、なんかわかるねそれ。こういうのよくありそうだ。うん」

困惑する黎二をよそに、エリオットがうんうんと頷く。

すると、脱衣所からさらに声。先ほどグラツィエラと言い合いをしていたティータニアのものだ。

「仕方ありません！　かくなる上は突貫します！」

「ちょっとティア！　ダメだよ！　ダメだったら！」

「私には負けられない戦いがあるのです！」

「待って！　落ち着いてって！　ああもう！」

「ひ、姫殿下が行くなら私もお供いたします！」

「おい待てフェルメニア嬢！　早まってはいけないぞ！」

「そうよ！　フェルメニアさんまで行ってどうするのよ！」

瑞樹とティータニアの声に続いて聞こえた声は、フェルメニアとレフィール、初美のものだ。

何かを決意したような瑞樹の声が聞こえてくる。

「うう、こうなったら仕方ないよ！　みんなで行こう！」

「ちょ、どうしてそうなるんですか!?」

「だって、そうしなかったら、どうなるかわからないんだよ!?　それなら理性を保ててる私たちが付いていれば最悪は避けられるかも！」

「く、女は度胸と言うことか……」

「そうですね！　ここでやらねばいつやるのか、ですね！」

何が女は度胸なのか。何がここでやらねばなのか。こいつらの理性はすでに崩壊している。

やがて浴場の扉が開け放たれ、身体《からだ》にタオルを巻いた女性陣が入ってくる。

「ぶっほぉおおおおおおおおおお!!」

「ちょ!?　ちょっと!?　どうなってるの!?　どうなってるのこれは!?」

「あはははははははははははは!?」

水明と黎二は混乱の極みで、その周りだけ阿鼻《あび》叫喚《きょうかん》の巷《ちまた》である。

エリオットは湯船の縁《へり》に身を預け、腹を抱えて笑っているのだが。

「勢いで入ってしまいましたけど、どうしましょう!?」

「どうするって言ってもここまで来たら……」

「わ、私は、まあ、身体を洗わせてもらおうか……」

そそくさとそれぞれの行動に移るレフィールと初美に、フェルメニアは何を感じ取ったのか。

「れ、レフィールもハツミ殿も何か余裕の色が見えます！　なぜです！」

「え？　いえ、私は別になにも……」

「別に余裕などではない。いっぱいいいっぱいだぞ?」

「そんな風には見えません！　何か出し抜かれているような気がします！」

それは、まあ確かに裸のトラブルはレフィールや初美に一日の長はあるのだが。

「と、とりあえず身体を流して湯船に入りましょう。そうすれば、少しは……」

そう言って湯船に近づいてきた初美が、水明の目の前でつんのめった。

そのまま、水明に向かって飛び込むように転んでしまう。

「きゃぁあああああ!?」

「うおっ、うっぷっ!?」

直後、水明の顔面がひどく柔らかいものに覆われ、圧迫される。のみならず、バランスを崩すまいとしているのか初美《はつみ》の腕が頭の後ろに回されたせいで、さらに押し付けられる事態となった。

むにょん。ふにゅん。

「ちょ、水明！　動かないで！　倒れちゃう！」

「うー！　うー！　うぐー！」

「くっ、しまった。先手を取られたか」

「ははははは、ハツミ殿、なんて大胆な……」

水明が初美ともんどりうって藻掻《もが》く中、レフィールとフェルメニアが歯噛《はが》みする。

そして、フェルメニアはそれを見て何を思ったのか一歩前に踏み出した。

「かくなる上は私も……」

「おいフェルメニア嬢！　君は一体何を考えているのだ!?」

「仕方ないではありませんか！　もうここまで来た以上、なりふり構っていられません！

スイメイ殿がいろいろなものに溺れる前に手を打たなければ！」

「やめろ！　やめるんだ！」

「放してくださいレフィール！」

「これ以上は」

フェルメニアとレフィールは水明を助けることもせず、二人でけん制し合う。片方が暴走しそうな方を摑《つか》み、押しとどめようと腐心している。

　他方、呆《あき》れている者が二人ほど。いつの間にか入ってきたハイデマリーとリリアナが仲良く身体を洗っていた。

「何をしてるの、ですか、皆さんは」

「さっき誰か言ってたけど、負けられない戦いなんじゃないかな。ボクはよくわからないけどさ」

「あれでは、乱痴《らんち》気騒《きさわ》ぎと言われても、仕方ありま、せん」

「そうだね。レディにあるまじき行為だよ」

　リリアナとハイデマリーがそんなお話をしている。

　主に勝手に入ってきた女性陣に対するものだが、ひどく呆れているらしい。

　そんな中、ハイデマリーが水明に向かって声を張る。

「水明くーん。折角造ったお風呂をいかがわしいお店みたいにしたらダメだからねー？」

「俺にそんなつもりはねえっての！　っていうか初美！　暴れるな！　頼むから！　げほっ、ごほっ！　きっ、気道にお湯がっ！」

　ぎゃあぎゃあ。風呂は混乱でしっちゃかめっちゃかになっていた。

「いやぁ、まさかこんなに面白いものが見れるとはね」

「ですがもう少し静かに入るべきです。それが湯浴《ゆあ》みのマナーでしょう」

他方、エリオットとクリスタは二人でまったり入っている。

こちらはお互い抵抗感はないのか、仲良くしているらしい。

「グラツィエラ殿下！　はしたないですよ！」

「別に私はそうは思わんが？　ティータニア殿下もこっちに来ればよいのではないか？」

「ぐぬぬ……このままではなりません。やはり湯船に突撃するしか……」

「ちょっとティアまで!?っていうか瑞樹……瑞樹？」

「あわ、あわわわわわわわわ……」

瑞樹はもう一杯一杯なのだろう。声を上げながら右往左往している。

その一方で、黎二《れいじ》の隣に滑り込むティータニア。

「れ、レイジ様！　し、失礼いたします！」

「ティ、ティア！」

「ティータニア殿下！　近づきすぎだぞ！　一国の姫がはしたないのではないか!?」

「どの口が言うのですか！　そもそもグラツィエラ殿下が暴走しなければですね！」

「ふ、二人とも！　僕を挟んでケンカしないで！」

「誰のせいだと思っているんだ！」

「そうです！　レイジ様も自覚なさってください！」

黎二を挟んでぎゃあぎゃあ言い合うティータニアとグラツィエラ。その一方で、水明たちの方はと言えば。

「レフィール！　まずはハツミ殿を引きはがしましょう！」

「そうだな。このままでは本当にマズい！　主にスイメイ君の命が！」

二人は小走りで近づくと、すぐに救助に取り掛かる。

「ハツミ殿！　泳げないわけではないのですね？」

「ないけど、うぷっ!?」

「ほら、こっちだ。私の腕に摑まれ！」

「あ、ありがとうございます……」

レフィールが初美を引き上げる一方で、フェルメニアは水明に手を貸した。

「げほっ、げほっ！　くそ、どうして魔族と戦ってもいないのに死にそうにならなきゃいけないんだよ……」

そんな中、水明の手がフェルメニアの胸を摑んだ。

むにゅん。

「ひゃん！　す、スイメイ殿！　そんな、大胆な……」

「な!?　何をしているんだスイメイ君！」

「え？　い、いや!?　ち、違うんだ！　いまのはわざとじゃ……」

「水明！　どさくさに紛れて何してるのよ！」

「しょ、しょうがないだろ！　俺はいま溺れてたんだぞ!?」

「スイメイ殿、そういうのはできればこういうところではなくてですね……」

「お前は何を言っているんだぁああああああああああ!!」

………そんなドタバタがあって、しばらく。

みな湯に浸《つ》かったおかげか、騒ぎは多少なり落ち着いた。

下手に上がると湯冷めしてよくないということで、全員そのまま入浴。

タオルを巻いて、隠すところは隠しているが、もちろんそれで慣れるわけはなく、エリオットやクリスタ、ハイデマリーやリリアナ以外は、みんなぎこちない様子だった。

「……スイメイ君、すまない」

「まあ、これぱっかりは仕方ないさ」

一方で、水明《すいめい》はレフィールの呪印の効力を抑えるため、彼女に魔術を掛けていた。

背中を片手で支えつつ、上腹部から下腹部まで届く呪印に手を当てる。

効力を抑える施術はこれまでにも定期的にやっていたことであるため、これに関しての恥ずかしさは互いになかった。

それはともかく、水明がフェルメニアと初美に言う。

「というか頼むからはっちゃけすぎないでくれ。レフィールもまだこの問題があるんだ。他のみんながいろいろ考えてくれないとさ」

「すみません……」

「ごめんなさい……」

フェルメニアと初美も、申し訳なさそうに謝罪する。

しかし、そんな殊勝な心掛けを持たない者もいるもので。

「なぜ貴様にそんなことを言われなければならんのだ」

「そうです。スイメイがしっかりしないからいけないのですよ？」

「お前らはほんとよ……ほら、黎二も言ってやれ。お前が言うのが一番だ」

「え？　僕に振るの？」

黎二が突然責任を振られて困惑する一方で、二人がぎゃあぎゃあ騒ぎ出す。

「貴様！　レイジに振るなど卑怯《ひきょう》だぞ!?」

「そうです！　恥を知りなさい！　恥を！」

「だからどの口が言ってんだテメェらはぁあああああああああああああ!!」

水明の怒鳴り声が、浴場内に響いたのだった。


「なんか僕さ、どっと疲れたよ……」

「ほんとだよ。なんで一時の癒しを求めに来て疲れなきゃならねえんだっての……」

「そう？　僕はかなり癒されたけどね？　気の持ちようとか、考えようじゃない？」

肩を落とす黎二と、椅子の背もたれに首を預けて目隠しをする水明、けらけらと笑っているエリオットの三人。

男性陣がそんな話をしている一方、女性陣は何事もなかったかのように、みんな揃《そろ》って食堂で休憩中だ。

フェルメニアや初美が、テーブルの上に現代日本から持ってきたお菓子を広げる。

「あっ！　チョコ！　チョコレート！」

チョコレートを見つけた瑞樹《みずき》が、ぱあっと顔を輝かせる。

久しぶりの甘味に、彼女の興奮もひとしおだ。早く手を付けたくて仕方がないといったように、手をパタパタと動かしている。

「甘い香りがしますが、これはそれほどのものなのですか？」

「そうだよ！　ティア、グラツィエラさんも食べて食べて！」

「では……」

「ふむ。いただこうか」

そんな風に、わいきゃいしている異世界居残り組の女子三人。「これは……」「ほう……」と言って、一口、また一口とチョコを口へ運んでいる。

水明が瑞樹に向かって言う。

「米も味噌《みそ》も出汁《だし》も用意してるからな。和食も食えるぞ」

「水明くんグッジョブだよ！」

「これで許してくれるか？」

「ダメに決まってるでしょ。一生根に持つんだから」

瑞樹がにこにこしながらそう言う一方で、水明は眉を八の字にする。今後何かにつけて色々と言われたり請求されたりするのだろうかと思いながら助けを求めて黎二を見るが、彼は自業自得だとでも言うように目を瞑《つぶ》った。この件に関して、味方はいないらしい。

初美《はつみ》が疑問を口にする。

「ところで、マリーちゃんはどうしたの？」

「ハイデマリーは、いまは、お休み中、です」

「風呂に入ったら眠くなったそうだ。基本おねむが多いからなあいつは」

その話の通り、ハイデマリーは風呂から上がってすぐにお休みモードに入ってしまった。髪を魔術で乾かしたあと、どこでも出せる『自分の部屋』に引きこもってしまった。

「さあ皆さん、メインですよ」

フェルメニアが大皿を持ってくる。

そのうえに載っているのは、現代日本から持ってきたケーキだ。

「わっ、ケーキだ！　ケーキ！」

「すごい。ケーキまで持ってきたんだ……」

これには瑞樹だけでなく、黎二も嬉《うれ》しそうな顔を見せる。チョコレートもいいが、やはりケーキは別格だ。様々なホールケーキが複数並び、テーブルの上が一層華やかになる。

そんな中、皆で分ける分とは別に、フェルメニアは個人で買ったケーキをティータニアに差し出した。

フェルメニアがお小遣いで買った、ちょっと豪華なやつである。

「姫殿下にはこれを」

「これは……」

ティータニアはケーキを見て、目を輝かせる。

しかし、何を思ったのかその輝きはすぐに褪《あ》せてしまった。

「……王都がこのような状況なのに、このような贅沢《ぜいたく》をしてよいものなのでしょうか」

「何をおっしゃいます。姫殿下は誰よりもお働きになっているではありませんか」

「ですが」

「姫殿下、英気を養うのも戦いでございます。これも戦の一つと思い、召し上がっていただきたく」

「白炎殿……かたじけなく存じます」

ティータニアはフェルメニアの言葉に感じ入ったように声を漏らす。

ティータニアは戦《いくさ》に出て、配給などの差配も行い、方々で手伝いなどもしているのだ。

これくらいの贅沢をしても、バチは当たるまい。

ティータニアはケーキを口に運び、にこにこ顔。

フェルメニアもそれを見て、にこにこ顔である。

「ですが、さすがは白炎殿です。このような細やかな気遣いまでできるとは私も鼻が高い」

「いえ、私などまだまだです」

「そんなことはありません。やはりあの話は誤解だったようです」

「誤解？」

「ええ」

すると、ティータニアが水明に厳しい視線をぶつける。

「スイメイ、貴女《あなた》は以前に白炎殿のことをぽんこつなどと評したそうですね？」

「え？　ああそうだが？」

「そうだが……とは、悪びれもせずぬけぬけとよくもまあ……」

水明が素直に認めると、ティータニアの機嫌はさらに悪くなる。

そして、フェルメニアの良い部分を列挙するように、一つずつ長所を口にする。

「白炎殿は気立ての良い方です」

「そうだな」

「こうして気も利きます」

「そうだな」

「仕事も細やかで、しっかりこなします」

「うん。間違いない」

それらの事柄に関しては、水明も認めるところだ。フェルメニアは細かなところにも気をかけてくれるし、水明が苦手な雑事もそつなくこなす。

だが、それを認めたせいなのか、ティータニアの顔がかなり曇った。

「それでどうして、ぽんこつなのですか!?」

「だってなぁ」

「だって、なんですか？」

ティータニアの聞き返しに、水明は意味ありげに不敵な笑みを作る。

「ティア、知らないのか？　有能とぽんこつは両立するんだぜ？」

「スイメイ……」

「す、スイメイ殿！　ひどいです！」

「え？　ああ、いや、その……」

水明はフェルメニアの嘆きを見て我に返ったのか、他に助けを求めようと視線を逸《そ》らす。

だがレフィールもリリアナも初美も、なんとも言えないというような表情を作り、こちらも視線をあからさまに逸らした。

それを見ていた黎二《れいじ》が全員の顔を見回して、不思議そうな顔を見せる。

「みんな、どうしたの？」

「え？　うん、フェルメニアさんは有能な人だと思いますけど……」

「そうだな。フェルメニア嬢は器用だと私も思う」

「フェルメニアは、すごいと、思います、よ？」

「どうして皆さん褒めるばかりで否定してくれないのですかぁあああああああ!?」

訊《たず》ねても、みな視線を逸らすばかりで誰もポンコツという部分を否定しない。

フェルメニアが嘆きを叫ぶと、それぞれがその理由を語り始めた。

「だって運動神経良いのに何もないところで転ぶし」

「夢中になると、周りが見えなくなったりするな」

「前に、すいめーを、半泣きになって探してたときが、ありました」

「…………」

フェルメニアに意外な一面があるということを聞いて、黎二が絶句する。

一方でフェルメニアは誰も味方がいないことに気付き、しょぼーん状態。助けを求めるように縋《すが》るような視線を水明に向ける。

「す、スイメイ殿ぉ……」

「ま、まあ、なんだ。誰にでも短所はあるってことだな。俺もときどき失敗することあるし」

「で、ですよね!?　大丈夫ですよね」

水明《すいめい》が妙な慰め方をする一方で、ティータニアは咳《せき》ばらいを一つして、言う。

「は、白炎殿。私は信じていますから！」

「は！　姫殿下、かたじけなく存じます！」

どうもティータニアはフェルメニアのぽんこつぶりを認めたくないらしい。

頑《かたく》なに「誤解です」だの「何かの間違いです」など、似たようなことをブツブツと口にしながら、ケーキを口に運んでいる。

そんな風に、みんなでわいわい話をしていたときだった。

廊下を走る音が聞こえてくる。足音には焦りが満ちており、ただ事ではない様子。

もちろん、その場にいた誰もが異変に勘付いた。

「おやつくらいゆっくり食べさせて欲しいモンだがなぁ」

「戦いは待ってはくれないってことだね。クリスタ、もうひと踏ん張りだ」

「は、ひゃい！　承知いたしました！」

ケーキを夢中になって頬張っていた神官少女クリスタは、思いがけない声掛けに焦っている。

その一方で、表情に怒りをにじませる者たち。

「やはり魔族、許せま、せん。裁判に、かけられないことが歯がゆい、です」

「折角白炎殿が持ってきてくれた美味なお菓子をゆっくり味わえないとは……」

やがて予期した通り、食堂の扉が開かれる。

「ご報告いたします！」

「魔族が動いたのですね？」

「え？　ええ！　はいその通りでございます！　しかも、すでに王都の中に入られているようで……」

「内部だと!?　先ほど全部倒してきたはずだぞ!?」

グラツィエラが聞き返す中、全員が確認を求めるように水明の方を向く。

「いや、あれで全部だったのは間違いないぞ。あのあとも隅々まで探したんだ。残っちゃいない」

「ということは、そのあとに入ってきたということだな」

レフィールがそう言うと、報告に訪れた城の係官が同意の旨を告げる。

「は。おそらくは少数精鋭で潜入したのではないかとのこと。開戦時、名乗りを上げた魔族の将軍もいるとのことです！」

「なんだと？」

「おいおい総大将自ら御出陣かよ。いくらなんでもトチ狂ってるだろそれは」

レフィールが係官に訊ねる。

「撤退した魔族の軍勢はどうなっている？」

「そちらにも動きがあった模様です」

「そうか。ならばそちらの対応も考えなければならないな」

だが、動きがあった模様ということは、いまだ王都には迫っていないということだろう。

こういう作戦をする場合は同時にことを起こすものだが、果たして何を考えてのことか。

「陛下もすでに作戦室に向かっております」

係官が言うと、ティータニアが首を横に振る。

「いえ、こちらはすぐに動きます。王都に入り込んだ魔族はすぐにでも対処しないとなりませんん。戦況はどうなっていますか？」

「現在四か所で戦闘が行われています。中央通りと北門前、北東、西のはずれです。北東には武器庫が、特に西の方は食料庫が近く……」

「食料庫の方は急を要しますね。それで、魔族の将軍はどこに？」

「は。中央通りに居座り、まったく動かないとのこと」

そんな係官の言葉に反応したのは、エリオットだった。

「へえ、つまり待っているってことだね。僕とレイジを」

魔族の怨敵が勇者であれば、やはり勇者の到着を待っているのだろう。

わざわざ出てきたということは、ここで二人のどちらかと決着を付ける魂胆なのかもしれない。

ふと、黙っていたままの黎二が切り出す。

「あの魔族の将軍は僕に任せて欲しい」

「君に？　何か因縁でもあるのかい？」

「いや、最初に剣を合わせたくらいだけど、僕がやらなきゃと思ってさ」

「ふうん……まあ僕は構わないけど」

「よし、じゃあ俺もそっちに付いていくことにするかな」

水明が同行を申し出るものの、しかし黎二は首を横に振った。

「いや、水明は他のところを頼むよ」

「おいおい。そいつ結構な相手なんだろ？　俺も一緒にいた方がいいだろうが」

「大丈夫。僕も前に比べてかなり戦えるようになったし、今度こそ倒して見せる」

「でもよ」

水明が戸惑いを口にすると、黎二は食い下がるようにさらに言葉を続ける。

「僕も強くなったからさ」

「そうは言うけどよ黎二。本当に大丈夫なのか？　今日の戦いで結構消耗してるだろ？」

「休んだおかげでかなり回復したみたいで、すごく調子がいいんだ」

水明は懸念を口にするが、しかし黎二は頑として譲らない。言葉に自信を覗《のぞ》かせ、しきりに大丈夫だと口にしている。

つまりは、それだけ身体《からだ》に力が充溢《じゆういつ》しているということか。確かに心なしか顔色もいい気がする。

「水明。遮那《しゃな》さんに任せたら？」

「初美《はつみ》？」

「私にも甘えたくない気持ちはわかるもの。なんでもかんでも誰かに頼り切りなんて嫌。そうじゃない？」

確かに、誰にでも矜持《きょうじ》というものはある。誰かの助けを期待して戦うのは、それを傷つけるということなのだろう。

水明は大きく息を吐き出した。

「……わかった。じゃあ俺は他のを相手にしようか。っと、マリー。起きろー。お仕事の時間だぞー」

水明は伝声の魔術を使い、おねむの時間だったハイデマリーに起床を促す。

その後、大まかな振り分けが決定し、水明たちは城を発《た》ったのだった。

——魔族の将軍とは、自分が決着を付けなければならない。

中央通りに向かった黎二は、そんな責任感に突き動かされていた。

黎二がムーラとは相まみえたのは、都合二回。一度目はあしらわれて終わり、二度目は戦わずに背を向けられた。

一度ならず二度までも、ああして肩透かしを食うとは思わなかった。

やはり、自分のことなど眼中にないのか。自分のことなど路傍の石と同等とでも思っているのか。いや、そうでなければ、こんな風に『勇者たち』を待ち受けるということなどせず、なりふり構わず攻めてくるはず。相手に焦りを抱かせることができないということは、やはりあの魔族の将軍は、黎二《こじん》として見ず、勇者《きごう》としてしか見ていないのだろう。

「…………」

自分は強くなった。これまでの戦いを経て、力を手に入れたはずである。

なのになぜ自分は、相手にされないのか。脅威として見做《みな》されないのか。

ムーラだけではない。他のみんなだって、何かと自分のことを心配する。

——彼は、そんなことはないのに。

——彼はいつも誰かに頼りにされているのに。

——どうして自分は、彼とは違う見られ方をするのだろうか。

――自分だって努力している。戦えている。なのにどうして、信じてはもらえないのか。

「……さま」

どうして。

「レイジ様！」

「え？　あ……ティア、何かあった？」

ティータニアの呼びかけに遅まきながら気付き、返事をする。

「いえ、何もありませんが……ですが、どうしたのですか？　何度呼びかけても返事がなく」

「なんでもないよ。少し考えごとをしていただけだから」

不安そうな視線を向けてくるティータニアに、黎二は軽く手を振って答える。

自分は思った以上に、自分の中に没入していたらしい。最近はよくこんなことがある。

以前まではなかったはずだが、それだけサクラメントの影響が強いのか。

――耳を傾けすぎると、己を蝕《むしば》まれる。

ふと、水明が風呂場で言ったことが思い出される。

いまの自分は、蝕まれているのか。いや、そんなことはない。自分は自分だ。確かに自分を保っている。そうでなければ、こんなことなど考えられないはずだ。こうして自分を顧みることなどできないはず。

黎二《れいじ》はそう自分に言い聞かせながら、ティータニアたちと共に魔族の将のもとへ急ぐ。

第二の城壁を越えたあと、中央通りをさらに進むと、すぐに魔族の集団を発見した。

通りの真ん中に重しのように鎮座し、動かない。まるで、いまいるここが、彼女らの本陣とでもいうような態度だ。

黎二は睨《にら》み合《あ》いをしていた兵士たちを下がらせて、イシャールクラスタを武装化。

そこにいるであろう魔族の将軍に向かって声を張った。

「ムーラ！　いるんだろう!?　出て来い！」

しかし、その呼びかけには反応しない。

あくまで姿を見せないつもりなのか。黎二がそう思って攻撃を仕掛けるも。

「いない……？」

結晶の飛礫《つぶて》で吹き飛んだ場所には、魔族の将軍の姿はない。

報告では、ここで誰かを待ち受けているかのように動かないということだったのに。

しかし、現にここにはいない。

ということは、だ。

「また僕は……」

あの魔族の将軍に、軽視されたということだ。

黎二の手に、怒りがこもる。

強く握られた柄《つか》が軋《きし》むような音を発して、彼のその怒りの度合いを表していた。

ならばこの憤懣《ふんまん》そのまま、他の魔族たちにぶつけたいとそう思い始めたそのときだった。

ずんと、地面が揺れる。直後、吐き気を催す嫌な気配が、黎二の背中に襲い掛かってきた。


黎二たちが中央通りへ向かい、初美はハイデマリーと一緒に北門前に急行。エリオットたちはリリアナを連れ北東にある武器庫の方へと急いだ。

城を出た水明《すいめい》は、フェルメニア、レフィールを伴い西のはずれにある食料庫の方へ向かっていた。

いまは夜の街を屋根伝いに移動中。水明とフェルメニアは魔術を使っての飛行であり、レフィールは赤迅《せきじん》を追い風にしての跳躍である。

水明は夜のこんな飛行も久しぶりだなと思いつつ、周囲を探索。

すると移動している邪神の力の気配があった。

「スイメイ君。どうだ？」

「見当は付いた。レフィは？」

「この先に、嫌な気配が漂っている」

「私も感知しました。かなり濃密だと思われます」

この場にいる全員の感覚が一致した。十中八九、目標だろう。

「……首の後ろがやけにチリチリしやがる」

水明は降って湧いた予感に嫌な感覚を覚え、ふっと呟《つぶや》く。

そして、三角屋根から三人、滑り降りるようにして地上に降り立った。

レフィールが隠《かく》れ蓑《みの》の如《ごと》きヴェールを剝がすまでもなく、魔族たちが姿を現す。

魔族たちは移動中にアステルの兵士たちを振り切ったのか、特に消耗もない様子。

少数での行動であり、いるのは翼付きの魔族ばかり。精鋭を連れてきたとはまったく思えない陣容だが、一体だけ、それらと比べるべくもない巨軀《きょく》と強烈な力の気配をまとった、不気味な異形の姿があった。

……水明もカラスの目で見ていたため、姿形に関しては了解している。

黎二たちが言っていた異形の魔族だ。

だが、ここにいるものは、今日エリオットたちの前に現れたものとは段違いの威圧感を放っている。

レフィールもそれを悟ったのか、険しい表情で呟いた。

「……なるほど。やはり今日のあれは弱っていたということか」

「凄《すさ》まじいですね……精神防御の魔術がないと集中力がかなり乱されそうです」

「は――厄介なモン作りやがってあの野郎」

水明は目の前の存在を生み出した者に対して、悪態をつく。

ただ相手に嫌悪感を与えるためだけに想像された造形《フォルム》であり、悪趣味なことこの上ない。

だが、水明のうなじを脅かした嫌な気配の出どころは、これではない。

彼らが異形の魔族に視線を送っていると、魔族が一体、前に出てくる。

女だ。頭に角を生やした、褐色肌の女剣士である。

あからさまに周囲の魔族たちとは違っており、今回現れたという魔族の将軍のものと特徴が一致する。

「――やはりな。私が向こうにいると見せかければ、勇者は向こうに行く。食料を狙う素振りを見せれば、大きな戦力がこちらに割かれる」

おもむろに口を開いた魔族の将軍は、そんなことを口にする。

まるで図に当たったというようなその言いよう。つまりは――

「その口ぶりじゃ、わざと勇者と戦わないようにしたってことか？」

「そういうことだ。黒髪黒衣の男」

「あ?」

「貴様のことはリシャバームから聞いている」

リシャバーム。それはクドラックのことだ。

「へえ。野郎に何を吹き込まれたかは知らないが、あんたのご指名は俺ってことか。またなんで勇者でもない俺なんかを?」

「奴《やつ》は貴様のことを随分警戒していたからな」

「そうかい。で、だから俺の顔でも拝んでみたかったって?」

「いいや、貴様を倒せば奴のあのいけ好かない顔も多少は鳴りを潜めるだろうと思ってな」

「いけ好かないってのはまったくもって同意するわ。むしろ奴のやり込められた顔なら、俺も是非見てみたいぜ」

水明はそう言うものの、それに協力するわけにはいかないのが本音である。

だが、それはともかく、だ。

「お前ら魔族には、邪神の意向っていうのが第一って思ってたんだが? 俺なんか狙うなんて、随分余計な手間を挟むじゃねえか」

「無論、我らが神の意志は我らにとって絶対だとも。これはそのついでだ」

「ついで……ね。ついでで倒されるような安い相手と思われちゃ心外だ」

この魔族の将軍、やたらと人間臭いことを考えているなと思いながら、水明は軽口を続ける。だが、落ち着きようが不気味だ。以前に戦ったヴィシュッダ、ストレガなどはもっと調子に乗っていたし、反面ラジャスのような強烈な威圧感は皆無。だが、それが不気味さを際立たせる。

こうして話には乗ったが油断はできない相手だなと思いつつ、動き出した。

「つーわけで、ご指名は俺みたいだ。メニア、レフィ、二人はあっちを頼む」

「お任せを！」

「ああ。今回のものも、断って見せる」

異形の魔族のことを頼むと、二人はやる気を灯《とも》す。

直後、フェルメニアが鳩尾部《みぞおち》に手を当て、その部分を軽く捻《ね》じるような挙動を見せた。

まるで金庫のダイヤルを回すような、エンジンキーを回すような行動だ。

その後、すぐに鍵言《けんげん》を口にする。

「――魔力炉心。白火、即発臨界！」

フェルメニアの身体《からだ》から、魔力が溢《あふ》れ出る。

魔力炉心を起動させたことによる影響と、貯蔵していた魔力を活性化させた影響で。

やがて炉心が臨界に達すると同時に、世界が震えを発する。

神秘力場揺動《マナフィールド・バイブレーション》だ。

炉心稼働によって、フェルメニアが口から魔力の蒸気を吐き出す。

星をちりばめたような輝きを含む、乳色の靄《もや》が吐き出されると、彼女の周りを荒れ狂っていた魔力は安定。フェルメニアの身体に膨大な魔力が充溢《じゅういつ》する。

「我が力、イシャクトニーの赤迅よ……」

フェルメニアが戦闘態勢を整える一方で、レフィールは精霊《スピリット》の力を解放し、赤迅を唸《うな》らせる。

先ほど屋根の上を跳躍していたときとは比べ物にならないほどの力が顕現し、すぐに轟《ごう》轟《ごう》とした風が地上に舞い降りて、彼女を取り巻いた。

強大な力の発露に、魔族たちの動きが縫い留められる。そんな力の波動の渦のただ中で、平然としているのは魔族の将軍ムーラと、リシャバームが作ったと思われる異形の魔族のみ。

——雨叢雲に燃ゆる白《Rainblaze cloudier》。

詠唱のあと、鍵言が口にされる。

やがて、空から降り落ちる白い火の雨。フェルメニアの魔術だ。敷き詰められた枯草に火を放つかの如く、周囲に白い炎が広がっていく。

すぐに翼付きの魔族が巻き込まれて炎と化し、それは他の魔族にも伝播《でんぱ》。雨粒の隙間を潜《くぐ》り抜けるのは至難というように、かわす術《すべ》はない。無論それには異形の魔族も巻き込まれるも、抵抗力があるのかあまり効果はない様子。

そんな頑健な相手に、レフィールが躍りかかった。

跳躍し、異形の魔族に上から大剣を叩《たた》き付けるような一撃を放つ。

しかし、それは辛くもかわされ、その代わりに地を砕いた。

地響きのような轟音《ごうおん》と共に地面が陥没、亀裂が走る。

一方でその返礼とでも言うように、異形の魔族がその剛腕を振り払う。

無造作だが、動きが速い。レフィールはかわし切れないと判断したのか、大剣を盾にして受けに入った。

「――くうっ!!」

大剣に重い衝撃が加わり、レフィールは大きく吹き飛ばされる。

しかし、地面や建造物に叩きつけられることなく、危なげない着地を見せた。

「レフィール！」

「こっちは無事だ。フェルメニア嬢はそのまま援護を！　目を離すな！」

「承知しました！」

フェルメニアとレフィールが異形の魔族を前に連携する。

昼間に同じ魔族を真っ二つにした技も、時間を要するため使えず、しかし有効な攻撃は限られる。波山《ガラ・ヴァルナー》。四封剣《レーベ・ルヴァスト》。それらを使わなければ、打撃を与えることは難しい。

ゆえに、ここでの撃破は、ひとえにフェルメニアの援護に懸かっているといっても過言ではない。

一方で水明はと言えば、そのままムーラと対峙《たいじ》。やがて、どちらからともなく動き出す。

ムーラが見せるのは剣士の動きだ。水明はひとところに止《とど》まらないよう走り出し、懐から試験管を取り出してこぼれ落ちた水銀《マーキュリー》から一振りの刀を形成する。

「――変質《Permutatio》、凝固《Coagulatio》、成すは力《vis lamina》」

水明は構えのために立ち止まることもせず、そのまま剣撃に移る。

そこから繰り広げられるのは、ムーラとの太刀打ちだ。

ムーラは技を頼みにする相手なのか、剣に込められる力も強いが、技から技へと移る間の動きが滑らかで、確かな腕前を思わせる。

剣と刀がぶつかる音が響き、しばしの鍔迫《つばぜ》り合《あ》いに移行する。

「ほう？　あの勇者よりも真っ当に剣を使えるようだ」

「剣術の経歴は俺の方が長いんでな」

「だが、まだまだだ」

「そっちのお株は他の仲間に譲ってるんでな。だが、そう簡単にあしらえると思うなよ？」

水明《すいめい》は水銀刀を振る手をわざと緩めて、ムーラの剣撃を誘う。ムーラの剣の切っ先が水明の頭頂に吸い込まれるとほぼ同時に、水明は煙となって回避。縦真っ二つになった煙霧が、ムーラの後ろに集うと再び水明の姿が現れた。

（いま――）

無防備な背中への横薙《よこな》ぎの一閃《いっせん》。しかしムーラはそれを見返ることもなく、剣を背中に向かって振り出して、その一閃を止めた。

「ち、器用なことするじゃねえか！」

「それはお互い様だ！」

ムーラは振り返りざま、水明に剣撃を繰り出す。水明はそれを、剣を横倒しにして防御。そして、すわ再度の鍔迫り合いになるかと、そう思われたそのとき。

剣を通して、魔族の力であるおどみが伝わってくる。

ムーラの不敵な笑みを目の当たりにしたあと、水明はおどみを嫌ってすぐに離れようとする。だが、ムーラは執拗《しつよう》に剣を合わせようとして、間合いから離れようとしない。

ムーラはかなりの力を使えるのか、侵蝕《しんしょく》してくるおどみの量が尋常ではない。

そのため、防御しようという気にはならなかった。下手な防御をすれば突破され、身体はたちまちおどみに侵されるからだ。

ムーラのおどみは、他の魔族のものと違ってやたらとまとわりつくようで、気分が悪い。

「っ、そういうしつこいアプローチは嫌われるぜ？」

「そうか。そんなに離れたければ離してやろう」

「なに――ぐっ！」

どんと、水銀刀に強烈な力が加わり、そのまま打ち払われて吹き飛ばされる。

まるで自分自身が砲弾にでもなったよう。

そんな気分を味わうのもわずか、水明は後ろにあった家の壁に身が叩きつけられる。

そちらの衝撃は魔術で防御し無傷。家が崩れたせいで、瓦礫《がれき》が頭の上から振ってくる。

それを防御しながら、考える。相手は次にどんな手を打ってくるのか、と。

おどみを飛ばしてくるか、そのまま一足跳びに突き刺しにくるか。

もうもうと立ち上る粉塵《ふんじん》の奥に、影が揺れ動くのが見えた。

となれば、やはり後者だろう。

「――炎よ集え《Fiamma est lego.》。魔術師の叫ぶ怨嗟の如く《Vis wizard.》。その断末魔は形となりて斯く燃え上がり《Hexagon aestua sursum.》、そして我が前を阻む者に恐るべき死の運命を《Impedimentum mors》」

詠唱は、アッシュールバニパルの炎の呪文だ。

すぐさま水明の周囲に魔法陣が生まれ、右手の中に宝石が現出する。

赤とオレンジのグラデーションと輝きは、まるで小さな太陽のよう。

引き延ばされた時間の中、粉塵の向こうに揺れる影が、徐々に徐々に大きくなる。

水明はそれを慎重に待ち構え、やがて間合いに入った折、弾《はじ》かれたように飛び出し、宝石を持った手で叩きつけるようにカウンターを繰り出した。

「――ならば打ち貫《ぬ》け。アッシュールバニパル《Fiamma o Ashurbanipal》の眩き石よ」

胸元に拳打が打ち込まれ、それと同時に行われる宝石圧壊。

その直後、炎が悲鳴の声を上げながら、対象である魔族の将軍に殺到する。

だが――

（やっぱり威力は下がってるな……）

その威力は、先日現代世界で使ったものとは比べ物にならないほど弱い。無論本来の力が発揮させられないため、構築の段階で呪詛感染《カースオブアウトブレイク》はオミットだ。本来ならば対象の無力化を期待できるそれも、いまはまったく使えない。

炎の中に、影が動く。ムーラが炎を剣で斬り裂いたか。それともおどみによって防御しているのか。魔術師の炎はまもなく吹き飛ばされた。

いずれにせよ、小手調べやけん制程度の魔術では、痛手にもならないということか。

「この程度の技で私を倒そうなどとは浅はかかな」

「って言う割にはかわせもしなかったじゃねえか」

「かわす必要がなかっただけだ」

「そういうの、強がりって言うんだぜ？」

ムーラは水明の挑発が気に障ったのか、余裕ぶっていた彼女の顔に、わずかな翳《かげ》りが表れる。すぐに充溢する邪神の力。それは、先ほど剣を通してこちらを侵そうとしたときよりも、数段強い。

（――こいつ、やたらと）

先ほどから力の引き出し方が雑なうえ、そのくせ底が見えない。

ということは、こちらが予想した以上に力を持っているらしい。まるで充電器が思ったよりも長持ちしているのを見たときのようだ。そんな辻褄《つじつま》の合わなさに、水明はわずかながらの疑念を抱きながらも、ひたすら魔術を行使する。

近づけてはならない。

下手に接近戦をしてはこちらがやられる。

ならば、魔術の連射《ラッシュ》で圧倒するのみ。

「――我が指先に求めるは光《Light gathers at fingertips》。閃光は殺意を持ってあらゆるものを貫き通す《murderous penetration》。刃でなく《not a blade》。銃弾ではなく《not a bullet》。弾かれることも、振るわれることもないのが道理《not repelled not used》。飛べ、貫け、破却せよ《fly.penetrate.destruction》。我が眼前を阻むものを射殺すひとすじよここにあれ《a straight line that shoots through my enemies》」

——光線執行《Precision beamlight》。

水明が右手で刀印を模《かたど》ると、人差し指と中指の先端に光が蟠《わだかま》る。すぐにそれはムーラに差し向けられ、

「——相反する者ども《Dissenters》よ声を聞け《hear me》。いま手を取り合って《cooperate》紡ぐがいい《work》。荒れ狂うもの《a storm》が大地に堕ちて《crashed》、地を這う波濤《landslide》が吹き上がる《blows up》。その足もとを拝め《look at feet》。頭上を睥睨せよ《stare overhead》。其は《fools》天に唾する《illusion》愚者の幻想《defy god》」

——大地旋風衝《Grantornado》。

地面が吹き上がり、土色の竜巻が発生する。質量を持った竜巻だ。砂嵐など顧みもしないような重撃を与える暴風がムーラをその内側に取り込み、天へと吹き飛ばそうと回り出す。

連続技の最後に繰り出すのは、高威力の爆炎魔術だ。

「——連鎖爆撃《Chain explode》！」

小魔法陣が列を作り、土砂の竜巻から離脱しようとしたムーラを追いかける。直後、根

元から小規模な爆発が連鎖し、小魔法陣を道しるべにしてムーラへとまっしぐらへ向かっていった。

爆発音がひっきりなしに響き、ムーラの身体《からだ》は最後の爆発に巻き込まれる。

彼女の身体は爆発の衝撃で大きく吹き飛んでいった。

「ダメージはっ!?」

通ったか、それとも健在《ぶじ》か。

倒れ伏したムーラの身体が突如おどみに包まれ、やがてむくりと起き上がる。

しかしてその面貌に張り付いていたのは、とてつもない怒りだった。

「舐《な》めるなよ……」

断続的な攻撃が気に障ったのか、ムーラが怒りに呻《うめ》き、そして吼《ほ》える。

直後、彼女の力が爆発的に膨れ上がった。

どん、と地揺るぎを伴う爆発音のように発破の音が響いたあと。

ムーラの身体からおどみが放射状に広がり、辺りを埋め尽くしていく。

まるで汚染だ。周囲は瞬く間におどみに包まれ、その色味をおどみと同じ色に変えていく。

いやます吐き気と、瞬く間に広がる怖気《おぞけ》。

それよりもなによりも、危惧が水明に襲いかかった。

「ちょ、マジかこれ！」

「スイメイ君！　気を付けろ！」

「スイメイ殿！」

水明も魔力を周囲に広げて防御に使うも、おどみの力の広がりは留《とど》まることを知らず。巨大なダムの水門をすべて開け放ったが如《ごと》く、際限なく広がっていく。押しとどめられない。だが防御のための結界も間に合わない。

「おいおいどうなってんだ！　どこにこんな力があった！」

「どこにだと？　いまこの場においては私の力は無尽だ。人間ども！　己の無力さを知るがいい！」

水明が困惑を叫ぶ中も、さらに力が発揮される。

一体どうなっているのか。先ほどからムーラの力が無尽蔵に発揮されている。いま彼女が口にした通り、本当に無限を思わせるほどの力の引き出し方だ。器以上の力が発揮されているとしか考えられないような状況にある。

外的要因は邪神からの力の流入。霊脈からの直接の魔力補充。いくつかあるが、そのどれでもない。そもそも大した準備もなくこんなことができるなど、道理に合わない。

だが、いまの水明にそれらのことを考えている余裕はなかった。

大きく広がるおどみの圧力。まるで大津波の濁流に巻き込まれてしまったかのよう。

「レフィ、メニア！　ここから離れろ！――チィ！」

水明《すいめい》は彼女たちを無理やり離脱させる。

その引き換えたる代償は、『水明自身の離脱』だった。

なぜ、このような力が出せるのか。

なぜ、このように力に際限がないのか。

水明の頭は力に巻き込まれる中も、そんな疑問に侵されていた。

……やがてムーラの放ったおどみの力が、周辺を覆う。

圧力がそこにあったすべてを吹き飛ばすと、あとに残ったのは何もない更地とそして、じうじうと地面を侵蝕する紫とも黒ともつかないおどみだけだ。

それ以外に何もない。どこにも。誰も。

「す、スイメイ殿……？」

「スイメイ君！」

フェルメニアとレフィールは辺りを見回すも、彼女たちが求めた水明の姿はどこにもない。離れた場所に飛ばされた可能性も考慮し広範囲を探るものの、彼の力の気配は感じられず、かといって離脱した痕跡もまったくない。

そう、八鍵《やかぎ》水明は先ほどの攻撃により、跡形もなく消し飛んでいた。

エピローグ　夢を嗤《わら》う男

水明たちが脅威にさらされる一方で、黎二《れいじ》たちは思わぬ事態に苦戦していた。

「どうして……」

ムーラの姿がないことを知ったあと、突如背後に降り立った強大な力。

黎二たちは再びの異形の魔族との戦闘を余儀なくされ、その対応に当たっていた。

この戦の中、もう何度目になるかという異形の魔族との戦闘。

だが、今回は以前までとは違った点がある。

黎二たちが前以上の苦境に立たされているということだ。

グラツィエラとティータニアはその戦闘経験を頼みに対応できるし、瑞樹《みずき》は身を隠しながらの援護に専念しているため、何とか形になっている。

無論黎二も、サクラメントから力を引き出すことに成功したおかげで、かなりの優位に立てる。体力の消耗は激しいものの、短期間ならば圧倒することも可能。

そのはずだった。

「黎二くん！」

瑞樹の焦ったような声が黎二の耳に聞こえる。それは彼の戦いの不甲斐《ふがい》なさに危惧を抱いたからのものか。それとも、純粋に彼に対する警告を呼びかけたものなのか。

——今度こそ、優勢なまま戦いが運べると思っていたのに。

——今度こそ、この異形に勝ちを得られるはずだったのに。

なのに蓋を開けてみれば、待っていたのは劣勢だった。

「どうしてなんだ……?」

口をついて出てくるのは、そんな疑問の言葉ばかりだ。何故《なぜ》。どうして。どういう理由で。上手《うま》く立ち回ることができないのか。

「レイジ、どうした⁉」

「レイジ様！」

危惧する声が、心配の声が何度も聞こえてくるが、少しも頭に入ってこない。

イシャールクラスタを振るう。その一撃が大地を砕き、轟音《ごうおん》が鼓膜を震わせる。

しかしそれは、いま彼が予想して振るった結果を、大幅に超えていた。壊すつもりのないものまで、攻撃で壊れてしまう。影響の及ばないものにまで、影響させてしまう。

突然、加減の仕方がわからなくなってしまったかのようだった。

「サクラメントの力を引き出し過ぎた……？　いや、そんなはずは」

黎二は困惑を呟《つぶや》く。

踏み出せば地面が砕け、走れば目的地を行き過ぎる。自分の力が強すぎるせいで、思ったように戦えない。それが邪魔をして、戦いにすらならない有様だった。

「なんで……どうして……」

制御しようにも、制御できない。まるで壊れたコントローラーで自分のことを操っているかのよう。

自分の身体は、一体どうしてしまったのか。そんな疑問ばかりが、頭の中を占拠する。

「いや、ダメだこんなのじゃ……！」

動きに加減が利かず目標を見失い、その隙を突かれて攻撃を受ける。

――何をしているんだ自分は。

そんな己へ対する疑念や叱咤《しった》が、頭の中に渦巻いていく。

黎二は仕切り直しとばかりに、異形の魔族の懐に飛び込もうと駆ける。だが、やはり自分の動きが速すぎるせいで、目標とした位置をオーバー。すぐさま制動をかけて止まるものの、停止するために力を注ぎ過ぎて、振り返ることもままならない。

それは、この戦いにあって大きな隙だ。

やっとのことで振り向いた直後、黎二の目の前に魔族の大脚が迫る。

「レイジ！」

「黎二くん！」

気付いたときには、大きく蹴り飛ばされていた。

だが、思った以上にダメージは少ない。以前ならば即死するほどの攻撃だったはずなのに、いまは、痛みを訴える程度。内臓にも痛手を負った様子はない。

「がっ、は――」

「レイジ様！」

ティータニアやグラッツィエラが援護に駆け寄って来ようとする。

だが、黎二はそれをさせてはいけないと、大きく叫んだ。

「こっちに来ちゃだめだ！　みんな僕から離れて！」

「ですが！」

「いいから！　僕のことは気にしなくていい！」

そんなやり取りの中、黎二の目の端におどみのほの暗い輝きが映る。

異形の魔族がその口腔《こうこう》を大きく開き、そこから邪神の力を溢《あふ》れさせたのだ。

黎二はすぐさまイシャールクラスタを盾にするように前に出し、周辺に結晶を展開。盾を一枚作るのではなく、複数の結晶柱でカバーするよう突き立てる。

結晶柱は黎二の想像と寸分たがわぬ状態で展開された。

「他はダメで、これはうまくいくのか……？」

直後、異形の魔族の口から、邪神の力がさながら光線のように発射される。

すべてを薙《な》ぎ払うような一撃は、しかし黎二の目論見《もくろみ》が図に当たったおかげで防御された。

光線の如き攻撃は複数の結晶柱に乱反射し、いくつもの筋に分散。直撃は辛くも逃れるが、その筋でさえも周囲の物を引き裂き、消し飛ばし、蹂躙《じゅうりん》していく。

それは、想像を遥《はる》かに超える破壊だった。

分散した筋でさえ、その射線上にあったものは跡形もなく消し飛ばしてしまった。

「なんという威力だ」

「あれが直撃すればただでは……」

ティータニアとグラツィエラがその威力を目の当たりにして息を呑《の》む。

しかして異形の魔族はそんな彼女たちの声に反応したのか、そちらに向かって無造作に腕を振るった。爪先さえ届かない位置。しかし、その余波は十分過ぎるほど彼女たちに影響を与える。

砕けた地面の飛礫《つぶて》と、アトランダムに吹き飛ぶ瓦礫《がれき》。

ティータニアは辛くも逃れたものの、グラツィエラがその被害を受けた。

直撃はしなかったものの、衝撃で吹き飛んだ瓦礫が彼女を襲う。

「がっ――」

グラツィエラは散弾のように吹き飛ばされた瓦礫に巻き込まれ、そのまま地面に墜落。

「グラツィエラさん！」

「グラツィエラ殿下！」

グラツィエラにティータニアと瑞樹が駆け寄る。

そこへ、異形の魔族が追撃とばかりに駆け出した。

一直線上の疾駆。大型車の暴走めいたそれに対し、黎二ができたのは、なりふり構わない体当たりだけだった。

「やっめろぉおおおおおおおおおおおおお!!」

黎二は余りある力を逆手に取って、異形の魔族もろとも吹き飛んだ。

異形の魔族と共に、地面を転がる。

やがて黎二は立ち上がり、周囲を見る。グラツィエラは異形の魔族の攻撃に巻き込まれて怪我《けが》をしており、ティータニアは彼女に治癒の魔法を使用中。瑞樹は以前よりも力を付けたものの、まだ異形の魔族と戦えるほどではない。

ぬかった。

戦力が足りない。

それ以上に、自分が一番不甲斐ない。

水明に一緒に来てもらえばよかったのか。

そんな後悔が黎二を襲う。

だがいつまでもそんなことでは、自分は不甲斐ないままだ。

（いや違う、そうじゃない、そうじゃないんだ……）

黎二の頭に、いまある危機とは違う思考が侵蝕《しんしょく》し始める。

それは彼の矜持《きょうじ》だ。矜持が思考の隙間に入り込んで、集中の邪魔をする。

どうする。どうすればいい。何をすればよかった。何をすれば自分は、誰にも認められるようになるのか。

黎二の頭が、冷静に物事を判断できなくなり始めた、そんなときだった。

異形の魔族の口腔が、再びぐばりと開く。

口の端からあふれ出すほの暗い輝き。強烈な力の顕現。まるで天に向かって咆哮《ほうこう》するかのように上を向いたあと、しかしてそれは、黎二に向かって一直線に発射される。

「しまっ――」

先ほどのような防御はもう間に合わない。

黎二は咄嗟《とっさ》に目を瞑《つぶ》ってしまった。

だが、予期した衝撃はない。

黎二が目を開けると、目の前に影が降り立つ。

まるで、天の助けのように。

やはり、それは友人なのか。

しかしその予想はまったくのはずれだった。

「──ここは随分良い匂いがしてるねぇ。絶望と抵抗の匂いだ。僕の大好きな匂いがぷんぷんしてる」


そこにいたのは、一人の男だった。

くすんだ色の金髪を持ち、白を基調とした服を着た何者かだ。

特異なのは、その大きな目隠しだろう。目を決して開かないように、黒革のベルトが巻かれている。

気になるのは、服装も装飾もすべて黎二の世界のものだということだ。

目隠しの男は片手にワイングラスを持って、グラス下部の持ち手であるステムとそこに繋《つな》がるプレートをぶらぶらと揺らしながら、黎二の方に振り向いた。

黎二は困惑に囚《とら》われたまま、訊《たず》ねる。

「あ、あなたは……？」

「ん？　僕ぅ？　僕が何かって訊ねられたら、魔術師って答えるかな？　まそんなところだよ、そんなところ。分類分けなんてあまり意味のないことだ」

「魔術師？　じゃあ水明《すいめい》と同じ……？」

「あれあれぇ？　君も水明くんのこと知ってるのかい？　そうかそうか、それはいい」

この妙な男も水明のことを知っているらしい。名前を聞いて、やたらと機嫌良さそうに頷《うなず》いている。

ではこの目隠しの男、水明の知り合いなのか。いや、そもそも水明の知り合いがどうして異世界《こんなところ》にいるのか。彼が連れてきたわけでもないのに。

「えっと、あなたは一体……？」

「僕？　僕はアレだよ。アレ。水明くんのファン」

「ふぁ、ふぁん……？」

「そうそうそれそれ。アイドルとかを追っかけてるようなそんな不毛な生き物さ。それがちょっと行き過ぎてこんなおかしなところまで来ちゃったわけだけど。いやぁでもやっぱり水明くんは面白いね。彼は本当に僕を飽きさせないよ」

「は、はぁ……」

一言訊ねれば、二言も三言も、沢山の言葉が返ってくる。

ひどく陽気だ。どうにも場違いすぎるほどに。

しかも、目隠しの男はその場でくるくる回ったり、踊ったりと、いちいち挙動が仰々しい。

疑問は深まるが、いまはそんなことを考えている場合ではない。

「い、いえ、それよりも――」

黎二《れいじ》が目隠しの男に警戒を促そうとした折、

「うん？　それよりも？　何かな？　僕の話を遮らなきゃならないようなことが、この世にあるのかな？」

「っ――!?」

目隠しをした男は、顔を一気に近づけてくる。まるで自分だけ見ていればいいのだとでも言うように、黎二の視界が男の顔で埋め尽くされた。

強烈な威圧感に、身体《からだ》が縛り上げられる。

まるで自分よりも巨大で強大なものに睨《にら》まれたかのような、そんな錯覚に陥るほどだ。なんだ。なんなのだ。黎二がそんな疑問を持ったそのとき、目隠しの男の背後その先に、異形の魔族が立ち上がったのが見えた。

「――!?」

「おっと、もう動けるのか」

目隠しの男が、そちらに振り返った。身体を縛っていた緊張がほどけ、胸が早鐘を打つ。息も荒いまま前を向くと、異形の魔族が強烈な突進と共に、右腕を振るう。

逃げる暇もなかった。

目隠しの男もろともその攻撃に巻き込まれんとしていたそのみぎり。

目隠しの男が、それを片手で止めた。

そう、片手でだ。

「な――!?」

異形の魔族は凄《すさ》まじい膂力《りょりょく》を持つ。それはこれまでの戦いで経験済みだ。だが目隠しの男はまるで羽でも受け止めるように簡単に、その一撃を止めてしまった。余波も周囲にまき散らされることはなく、地面に衝撃が逃がされた様子もない。

すると、目隠しの男はその状態で黎二を見返った。

首を捻《ね》じるような動きだった。

「そんな驚くことじゃあない。力を持っていればこんなことは簡単だ。体重が必要? 背丈が必要? 腕力が必要? 僕ら魔術師にはそんなもの些細《ささい》なことだ。全部魔力で事足りる。そう、こんな風にねぇえええええ!」

異形の魔族は目隠しの男の手の戒めから逃れようともがく中、大きく吹き飛んだ。

地面を削るように転がる異形の魔族。まったく相手になっていなかった。

黎二は再度、目隠しの男に訊ねる。

「あなたは一体どうして僕たちを助けてくれるんですか……?」

「どうして? 人が人を助けるのに理由なんているのかい?」

「え?」

「なーんて、彼ならそう言うだろうね。でも僕は違う。気分だ。ここで君を助けておいたらもっと面白くなりそうな予感がしたからだよ」

「面白くなりそうって……」

目隠しの男は、困惑する黎二の顔をまじまじと見る。

一体何を見透かそうというのか。黎二がそんなことを考えた折、それはすでに終わったらしい。

目隠しの男が不気味に微笑《ほほえ》んだ。

「君、いいね。夢がある。いま君は、必死で足掻《あが》いているんだろう？　何もできない自分に満足できなくて、周りにあるたくさんの高い壁を乗り越えようとしているんだ。いいよ。それはいい。いくらみっともなくても、足掻くことをやめてしまったら、つまらなくなる。見ていて面白くない」

「――――」

「そんなに驚くなよ。それくらいすぐわかる。騙《だま》したいと思ったら、もっと歳《とし》を取ることだ。そうすれば多少はマシになる。まあ君も、水明くんと同じであんまり歳を取れずに死にそうなタイプの人間っぽいけど」

ぐしゃり。そんな潰れたような音が聞こえる。見れば、異形の魔族を中心にした周囲一帯が、何か重い物にでも潰されたかのように、大きくへこんでいた。

これも、この目隠しの男の力だろう。黎二にはそれが、なんとなくわかった。

目隠しの男が異形の魔族を一瞥《いちべつ》する。

「醜いね。ああいうのは僕の趣味に合わない存在だ。ああいうのを一秒でも視界に入れると、ワインも血もマズくなる」

彼はそう言うと、「だから――」と一言前置きするようにそう言って、呪文らしき言葉を並べ立てる。

「――生きとし生ける者に告げる《tell the living》。血の煉獄を《blood purgatory》。血の祭典を《blood festival》。あまねく死者を慰めよ《requiem for all the dead》。あまねく亡者を喜ばせよ《delight for all the dead》。悲鳴を奏で《sound of screams》、絶叫で彩り《color of scream》、世界を赤で埋め尽くせ《dye everything red》。味は鉄だ《iron taste》。香りも鉄だ《iron fragrance》。今日もカップは血で満たされる《the cup is always filled with blood》」

目隠しの男が歩く、無造作に、無防備に、片手にワイングラスを持ったまま。

やがて、彼の行く先に、一つの椅子が出来上がる。肉と人骨と臓物でできたような醜悪な椅子だ。彼はそこに鷹揚《おうよう》に腰掛け、足を組み、ワイングラスを掲げた。

異形の魔族が目隠しの男に迫る。もう何をしても間に合わない。

そんな絶望が滲《にじ》む水泡《みなわ》のごとき一瞬に、目隠しの男は一言こう、口にするのだ。

「――乾杯《Good unhealht》」

目隠しをした男は、手に持っていたワイングラスを異形の魔族に軽く当てる。

軽く。そう、こつん、と。

──溶血ブラッディクライシス。

そんな鍵言《けんげん》が聞こえた瞬間、彼が座った椅子を起点に、血の魔法陣が励起する。血色の陣が赤い閃光《せんこう》を発し、そこから湧き出た血液のような液状の何かが、異形の魔族へ殺到。それが縛り上げるように絡みつくと、その体内へと侵入していく。ぼこりぼこりと泡のように沸き立つ肌。まるで操り人形の糸をめちゃくちゃに動かしたかのように、関節があらぬ方向へと曲がり始める。

異形の魔族は耳障りな苦悶《くもん》の絶叫を上げげたあと、全身の穴と言う穴から真っ黒な血を盛大に噴き出して、その場に倒れ伏した。

零《こぼ》れ落ちた魔族の黒の血液は、まるで毒蛇の出血毒を一滴そこに落としたかのように固まっていた。

目隠しの男が笑い声を上げる。

「ははははははははははははは！　やだねぇやだねぇ、いやぁまったく美しくない悲鳴だよ。やっぱり悲鳴を聞くなら人間が一番いい。君も、そうは思わないかい？」

「そんなことは……」

「ない？　ないかぁ？　ははは！　そうだよねぇ！　わかってるわかってる！　君もそういう風に思う人間だ！」

「あ、当たり前です！」

困惑しながらも、きっと睨むように視線を向けると、目隠しの男は面白いとでも言うように顔に喜色を浮かべる。

「そうだ。そうそう。それが真っ当な人間の神経だよ。人間でいたいなら、そうじゃなかったらいけない。悲鳴に酔いしれてはいけない。闘争に歓喜してはならない。それを忘れれば獣だ。そうじゃないかい？」

「…………!?」

目隠しの男の言葉に、息が止まる。

どうしてその言葉が、自分の心に強く響くのか。

まるで自分でも知らなかった真実をえぐり出されたような心境に陥ったかのよう。

そんな中、ティータニアがこちらに向かって歩いてくる。

「まずは助けていただいたことへのお礼を——」

彼女が目隠しの男に、そんなことを言いかけた瞬間だった。

目隠しの男が、ぐばりとそちらを向いた。

「いま僕は、彼と話をしているんだ。邪魔をしないでくれるかな？」

「え――？　あ……」

ティータニアの動きが、突然縛られたように停止する。

硬直して、言葉も出せない様子。指一本、動かせない。

それを見た目隠しの男は、再び機嫌の良さそうな笑みを見せる。

「そうそう、人の言うことは素直に聞くことだ」

「あなたは……いや、ティア！」

「おっと、君ぃ。僕と話をしてるんだよ？　他の人間に浮気するなんて失礼じゃないかい？　大丈夫動けないようにしただけだから、心配する必要はこれっぽっちもない」

目隠しの男が、その話を聞き入れることはない。にやりと笑みを作ったまま、武装化が解かれたイシャールクラスタに視線を落とす。

「そして君、面白いもの持ってるね」

「え？　あ――」

黎二がなんのことかと同じように視線を落とすと、しっかりと握られていたイシャールクラスタが、手の中にないことに気付く。

反射的に視線を上げると、目隠しの男がべろりと舌を出して、見せびらかすようにイシャールクラスタを振っている。

いつの間に、取り上げられたのか。

「どうやって？　訊《たず》ねるまでもないじゃないか。これくらい魔術師にすれば簡単なことだ。力を持っている相手から、かすめ取るのが僕らの生業だからね。ああ、心配しなくていいよ。ちゃんと返すとも、ほら」

目隠しの男は、ぽいと、要らない物でも放り出すように、イシャールクラスタを投げて渡す。

「え、あ……」

「――!?　ど、どうやって!?」

黎二はあくまでこちらを玩弄する目隠しの男に、困惑を隠せない。

ふいに、ぷんと、黎二の鼻腔《びこう》を臭気が襲う。鉄臭さを何倍も強くしたようなツンとくる臭い。それは、凄まじい血の臭いだ。凝り固まった血液。そして、腐った血液の臭いを一緒くたにして煮込んだようなそんな耐えがたいもの。

黎二は降って湧いた吐き気をどうにか堪《こら》えていると、目隠しの男は気付いているのか、ニヤニヤと口もとに不気味な笑みを張り付ける。

これと比べれば先ほどの異形の魔族などまるで赤子だ。

邪悪だ。そう、これは邪悪の塊なのだ。あれに意志などない。だが目の前のこれは、自らの意志で人を殺す。

吐き気を催す邪悪という言葉を耳にしたり目にしたりすることがあるが、目の前の男はまったくそれだった。

「君はこれを取られたくらいで困りはしないだろう？　奪い取るならそっちだ。そっちの子たちだ」

「な、にを――」

「君にはね、必死さが足りないんだよ。きっとどうにかなる。誰かがどうにかしてくれる。自分がどうにかしないといけないと思ってる心の奥の片隅で、そんなことを考えてるんだ。君は失ったものがないからね。いままでも『誰か』や『何か』が君のことを助けてくれたんだろう？　だから焦らない。怖がらない。どんなに差し迫っていても、怖くなれないんだ」

「そんなことは……」

「ないって言うのかい？　違うね。それはわかってないだけだ。君みたいなのは、自分のことにはひどく鈍感だ。それを踏まえたうえで自分を見つめ直さないと、すぐに勘違いしてしまう。感情を乗っ取られても、それが自分のものだと錯覚してしまう。そうじゃないかい？　そういったところはもっと直情的な人間の方がマシだと思うよ？」

目隠しの男はそう言うと、何か名案でも思い付いたとでもいうように、にんまりと笑った。

「いいよ。僕が君に恐怖をプレゼントしてあげよう」

「え——？」

黎二《れいじ》がそんな不穏な言葉を聞いた直後だった。

目隠しの男の手が、ティータニアの腹を貫いた。

「かっ、は——」

「ティ、ア……？」

ティータニアが目を見開く。状況の理解が追いつかないのか、それとも腹を貫かれた衝撃か。鮮血が飛び散り、大量の血液がぼたぼたと零れ落ちる。

シミが広がるように、ティータニアの服に赤い血液が広がっていった。

「こうした方が君は必死になる。そうだろう？　不可逆性は誰にとっても心を締め上げる絶望だ」

ティータニアの腹部から手を引き抜き、彼女を黎二に投げ渡す。

黎二はそれを抱きかかえるように受け止めた。

「レイジ、様……」

声と共に、口の端から血液が溢《あふ》れる。

ぬくもりが、剥がれ落ちるようになくなっていく。

顔から血色が、失われていく。

それでやっと、ことの重大さが重くのしかかってきた。

「あ、あ、あ……あ、あ、ああああああああああああっ!!」

「ティア!」

「ティータニア、殿下……!」

瑞樹《みずき》が叫び、グラツィエラも呻《うめ》きながらも声を張る。

そんな中も、目隠しの男は耳障りな哄笑《こうしょう》を上げ続けて。

「さあ足掻《あが》け。もっと足掻くんだ。自分の無力を憎んで、憎んで憎んで憎んで、憎み切れ。自分を憎めない人間は強くなれないんだからね」

「お前っ! お前ぇえええええええええ!!」

「おっと、君は僕に叫んでいる暇はないだろ? いま、すぐに、やらなきゃならないことがあるんじゃないか? そうだろう? そうじゃなきゃ、その子は死んでしまうよ?」

「それは……」

黎二はティータニアに目を落とす。

だが、だからと言って自分はどうすればいいのか。こうなったらもう手遅れではないのか。

黎二がそんなことを思う中、目の中に輝きが映る。

それは、砕けた紺碧《ラピス・ユーダイクス》の蒼《あお》い輝きだった。

「そうだ。使え。願え。求めろ。耳を澄ませば、聞こえるはずだ」

いつの間にか背後に立っていた目隠しの男が、黎二の耳元でささやく。

まるで、善良な人間をそそのかす悪魔のようだ。

だが、それが、いま黎二が絶対にやらなければならない事柄であるのには変わりはなかった。


「っ――寄越《よこ》せっ！　寄越せっ！　僕に全部よこせぇえええええええええええ!!」


夜の街に、黎二のひっ迫した絶叫が響く。

やがて黎二とティータニアは、蒼い輝きに包まれた。

………黎二が扉を開け放ってしばらく。

ティータニアの傷はふさがった。血色ももとに戻り、もう血液の流れは一切ない。

ただ、穏やかな寝息を立てているのみだ。

黎二は手を地面についた。もう身体《からだ》の中に、力は一切残っていない。すべて、出し尽くした。

「はぁ、はぁ、はぁ……」

「おめでとう。これで君は恐怖を思い知った。必死が何かを知ることができた。あと君に必要なのは、大切なものを失うことだけだ」

「あなた……おまえ、は……」

目がかすむ中、目隠しの男が何かしらの言葉を吐き続ける。

「でも、そっちの助けはできないね。その手のものはもっとドラマがないといけないものだ。いまみたいな作業で失うものなら、十字架を背負うことはできないんだよ」

なんの話をしているのか。いまの黎二には、よく理解できなかった。

ただ途轍《とてつ》もない疲労だけが、全身にのしかかっている。

「誰も彼も、十字架を背負っているものだ。水明《すいめい》くんだってそうだよ。風光《かざみつ》くんという十字架を背負っているから、だからああして、夢へ夢へと向かって進んでいけるんだ。だから君も、いつかそうなるといい。そうすれば、君も限りない夢《よくぼう》へと向かって、走り続けられる」

目隠しの男はそう言うと、再び耳障りな哄笑を高らかに上げる。

まるで人の無力を、夢を、あざ笑うかのように。

そして、何かを想《おも》い出したかのように黎二の方を向いた。

「君の名前を、聞いていなかったね。名前、なんていうんだい?」

「しゃな、れいじ……」

「黎二くんか。これからよろしくね黎二くん。僕のことはそうだね。夢を嗤《わら》う男とでも覚えておけばいい」

た。

「そう。そうだ。じゃあ今日の出会いを祝して、血と臓物に乾杯」

目隠しの男は夜空にそんなことを染みわたらせると、そのまま、夜の闇に消えてしまった。

「夢を、嗤う……」


ムーラがおどみを解き放ち、その力によって周囲を取り囲んだあと。

滅紫《けしむらさき》色に縁どられた真っ黒な力の波が失《う》せたあとには——何も残らなかった。

何もない。そう、そこには何もなかった。

「スイメイ、殿……?」

「そんな……」

水明の力によって巻き添えから辛くも逃れたフェルメニアとレフィールは、驚愕《きょうがく》に目を見開く。

水明は、確かにこの場で巻き込まれたはずだ。ならばそこに彼がいるはずだが、影も形もない。

遅れてどこかに避難したのか。しかしそれならばそもそもの話、フェルメニアやレフィールと共に離脱をするはずである。

つまりは——

「……ふん。所詮は人間ということか。この程度の輩《やから》のことを危惧するなど、奴《やつ》もその程度ということだな」

吐き捨てるようなムーラの言葉に、フェルメニアが声を震わせる。

「一体何を言って……」

「何を、だと？　あの黒衣の男のことだ。貴様らを庇《かば》って消し飛んだ『あの』な」

ムーラがそう言うと、レフィールが反論を口にする。

「スイメイ君が消し飛ぶなど……そんなことはない！」

「そうです！　そんなはずはありません！　あのスイメイ殿がこんなにもあっけなく倒されるなど……」

「ほう？　敢《あ》えて否定するか。だが、あれを見てもまだそんなことが言えるか？」

ムーラはそう言うと、とあるものを指し示す。

それは、残骸に引っ掛かった黒い布の一部だ。

水明が着ていた礼服の切れ端に他ならない。

「なっ……!?」

「そんなバカな……」

戸惑いの声を上げたあと、絶句する二人。

だが、信じられず他の痕跡を探すように辺りに視線を向けるが、それらしいものはどこにもない。

そんな中、どこからともなく、地面を駆ける足音と呼びかけの声が聞こえてくる。

「フェルメニアさん！　レフィールさん！」

聞こえてきたのは、初美《はつみ》の声だ。

二人が視線を向けると、初美がハイデマリーと共に向かってきているのが見えた。

彼女たちの後ろには、エリオットたちについて行ったリリアナの姿もある。

「ほう？　援軍か。だが、一足遅かったな」

ムーラがそれを一瞥《いちべつ》する中、フェルメニアたちに合流した初美が二人に訊《たず》ねる。

「いまの大きな力は？」

「あ、あの魔族の将軍の攻撃です」

「あれが魔族の将軍？　あんな大きな力を扱えるなんて……」

やがて二人の様子がおかしいことに気付いた初美が「どうしたの？」と声をかける。

すると、それにはフェルメニアが応えた。

「スイメイ殿が……」

「水明がどうしたの？　そう言えば、水明はどこに……」

「……あれを」

フェルメニアは先ほど見たスーツの切れ端を指し示す。

初美はそれを見て、何事か察したのか。

「うそ……」

その面貌に、驚愕を張り付ける。

彼女には、思いも寄らぬことだっただろう。

それはリリアナも同じであり、露出した片目を大きく見開いている。

「うそ、です……」

初美もリリアナも否定の言葉を口にするものの、周囲を見回しても、呼びかけても、彼の姿はどこにもない。

そんな中、フェルメニアたちとは違う反応を見せている者が一人いた。

それは、黙って周囲を窺《うかが》っていたハイデマリーだ。

「マリーちゃん！」

「…………」

初美の訊ねるような呼びかけに、しかしハイデマリーは答えない。

しばしの思案のあと、やがて口を開いた。

「……ボクも信じがたいね。いくら強力な力を受けたからって、あの水明君がこんなに呆《あっ》気《け》なく倒されるなんて思えない」

「だが、事実だ。それに、もし生きていたとして、気配まで消して隠れる必要があるか？」

「そうだね。確かにそうだ」

それは事実だ。水明が気配を消してまで隠れる必要はないし、むしろ健在をアピールしてこそ、動揺を与える余地ができる。ムーラの言う通りであるし、そもそも周辺には水明が貯蔵していた莫大《ばくだい》な魔力が広い範囲を埋め尽くしているのだ。

魔術の弟子であるハイデマリーにも、否定する要素が思い浮かばない。

水明は確かに消し飛んだ。それは、違えようのない事実だった。

「生物の死とは、存外あっけないものだ。それは誰と選ばん。どんな者にも等しく訪れる機会がある」

「そうだね。確かにそうだ」

「わかっているではないか。つまりは、あの男もそうだったということだ」

「そうか。君はそう思うのかもしれない。でもね――」

ハイデマリーはそう言葉を区切って、いつかのことを思い出す。

以前、とある戦いに出る彼に、「キミ、もし死んだらどうするの？」と訊ねたことがある。そのときははぐらかされたが。あまりに絶望的な戦いなのにもかかわらず、水明は死をそれほど恐れていないというような妙な楽観を持ち合わせていた。

そんな魔術師が、本当に簡単に倒されてしまうのか。

そもそも、水明は現代日本から荷物を一式持ってきている。備えに不備はないはずだ。

たとえそれが最低限であったとしても、要塞一つ以上の防御力を備えるはず。最悪の状況を考えないはずはないし、最悪な状況になったときのことも考えているはずだ。

魔術師であるなら、当たり前だが自分が死んだときのことも考えないはずがないのだ。

「ボクには、これで終わりとは思えない」

「そうか、ならばいつまでも幻想に縋《すが》っているがいい。そして絶望のまま死んでゆけ」

ムーラはハイデマリーに吐き捨てるように言葉を返すと、動く予兆を見せる。この衝撃に打ち据えられた機会を見逃さず、全員倒してしまおうというのだろう。

だが、フェルメニアたちの動きが目に見えて鈍くなる。信頼していた者の喪失が、彼女たちに悪影響を与えないはずがなかった。

フェルメニアは視線を辺りにさまよわせ、レフィールはその場で歯噛《はが》みしている。

ムーラはそれを睥睨《へいげい》して、知ったような口を利いた。

「ふん。あの男は貴様らの要だったようだな」

「あんた……」

初美は怒りで身を震わせるものの、怒気よりも喪失感が勝っているのか、力を感じられない。

リリアナは、いまにも泣き出しそうな顔でムーラを睨《にら》みつけている。

「……揃《そろ》いも揃ってそれか。つまらん後始末になりそうだ」

しかして事態が変わったのは、ムーラがそう吐き捨てたそのときだった。

『――あー、あー、テス、テス、ただいまマイクのテスト中。これマイクじゃなくて旧式のカセットレコーダーなんだけど。あー、どーぞどーぞ』

突然、どこからともなくそんな間の抜けた音声が聞こえてくる。

だがその声は紛れもなく、八鍵《やかぎ》水明のものだった。

「え？」

「う？」

「は？」

フェルメニア、レフィール、初美の三人が、間の抜けた声を上げる。

それもそのはず、唐突に水明の声がしたのだ。もちろん録音されたものだということはわかるだろうが、それでもこのタイミングで出てくるというのには疑問しかない。

どうしてこんな声が出てくるのか。

どこからこんな声が聞こえてくるのか。

声の聞こえた方に視線をさまよわせると、スーツの切れ端が引っ掛かった下に、小型のカセットレコーダーがあることに気付いた。

そんな中も、カセットレコーダーは水明《すいめい》の声を吐き出し続ける。

『えー、このボロくて古くさいレコーダーが再生されているということは、俺こと八鍵水明はまことに残念無念なことにお亡くなりになっていることでしょう。だっせーなぁ俺。お前マジバカじゃねぇのって言ってやってください。あ、死体とか残ってる？　もしかして粉々の散り散りとか？　うっわーそれは最悪だわ』

水明の一人語りにフェルメニアとレフィールが困惑の声を上げる。

「な、なんでしょうか、これは……」

「いや、なんだと言われても」

わからない。当然だ。突然、声だけが出てきても、何なのか予測すら立てられない。

ふとハイデマリーが、レコーダーに魔力が込められていることに気付く。

それで、彼女は何もかもを察した。

あれが、水明の生命線を繋《つな》ぐ命綱であると。

「みんな！　あれを守るんだ！　あと下手に触っちゃダメだよ！」

「え？」

「それは、どう、いう……」

「ボクの世界の魔術師の中にはね、とっても死ににくい連中がいるんだ。いわゆるリッチって呼ばれる者たちがそうでさ、彼らは死から解き放たれた者たちなんて言われてる」

「リッチ？」

「そう言えばそのようなことを以前スイメイ殿が言っていたような……」

「死ににくい。つまり死ぬような要因を回避する術のことだ。これは、ボクの知る限りではあるけど大別して四つある」

ハイデマリーはそんな前置きを口にしたあと、次々にその手法を列挙していく。

「――命のストック。いわゆる、残機制にするっていうのがこれだ。生命に代替できる分のエネルギーをあらかじめ貯蔵しておくことによって命数を決定し、死を回避する術」

「――致命までの数値化。死を、臓器や肉体的損傷によるものではなく、魔力と魂の量数によって決定することを可能とする処置。いわゆるＨＰ制だ」

「――ＳＭＯＳ。Swampman《スワンプマン》 Operating《オペレーティング》 System《システム》。同じ記憶を持った別の肉体《フィジカル・ボディ》を新しく構成することによって、疑似的な復活を行う術」

「そして最も難易度が高いのが、Revive Ritual Behaviorだ。これは正当な術式によって、蘇《よみがえ》りを果たす大儀式……」

しかしてその説明を聞いたムーラが声を上げた。

「蘇りだと……？　そんなバカなことがあるはずが……」

「否定できる？」

「できるとも。一度失われた命は、どうあっても蘇ることはない。たとえそれが神の力を使ってもだ」

「そうだね。だけど、その絶対に蘇らないという点の境界っていうのが、一体どこまでかってことだ。心臓が止まれば人は死ぬ？　でも心臓マッサージをすれば蘇生《そせい》するでしょ？　定義が変われば見方も変わる。君たちの死亡の定義と、ボクたちの死亡の定義は同様のものじゃない」

「条件は等価ではないと、そう言いたいのか？」

「そうだよ。条件だ。人が生きるためにも条件があるように、人が死ぬためにも条件がある。それが人から逸脱した存在である魔術師なら……条件はまるで違う」

やがて、カセットレコーダーの語りが、その存在の核心部分に入っていく。

『……どうでもいい与太はだいぶ挟みましたが、ではこれより、八鍵水明復活の大儀式《Revive Ritual Behavior》を執り行いまーす。え？　大儀式とか大仰すぎるって？　うっせーわい。行き場を失った精神殻《アストラル・ボディ》を取り込んで安定させたうえで、記録した膨大な霊基体《エーテル・ボディ》を読み込んでってなると、どうしてもそのくらいの規模になるんだよ』

カセットレコーダーはピー、ガーというノイズ音を吐き出し、やがて水明の声で呪文が次々と流れ出す。

さすがのムーラもそれで危機感を持ったのか動き出す。

「チィッ！　ふざけた真似《まね》を！」

ムーラのおどみによる攻撃がカセットレコーダーに届くが、しかし本体には何らかの防護処理が施されているのか、まったくの無傷だった。

『……えーっと、ちなみになんですけど、いまこれを攻撃しても無意味ですよ。俺が与太を挟んでるときだったら微粒子レベルでワンチャンあったかもしれませんが、すでに防備は呪文詠唱のおかげで完全に整っちゃいましたー。俺がレコーダーの対策してないわけないだろ？　それ見ろバーカバーカ！　俺を殺してウキウキウキウハウハしてた誰かさんは、あれ？　なんだこれ？　とか思って間抜け面晒《さら》してたんだろ？　愚図！　ドジ！　間抜け！　オタンコナスのアンポンタン！　死んだあとに突然レコーダーがぽろっと出てきて、勝手に再生されるわけないだろうが脳みそ煮え溶けて頭腐ってるんじゃねぇのか？　わははははははははははっ！　バーカバーカ！』

……声だけの水明は小学生並みの罵詈《ばり》雑言《ぞうごん》を並べ立てたうえ、仮想した対象を嘲笑。

一方でその仮想した対象に当てはまる人物になってしまった者と言えば、顔を真っ赤にして怒りに震え始める。

当然そんな中も、この妙な会話劇は続くわけで。

「このっ！　バカにしおって！」

『だってバカだもーん！　いまお前俺に勝ってドヤ顔してたんだろ？　そうだよなぁ。そうじゃなきゃ怒らないよなぁ！　あはははははははは！　ひー、腹痛ぇー！』

「殺す殺す殺す殺す！」

『もう無理でーす！　そういうのは俺が復活してからやり直して下さーい』

「いい加減その口を止めろ！」

『いまどんな気持ち？　ねえどんな気持ち？　ははは！　悔しいのう！　悔しいのう！　うぷぷぷぷ！』

「うぁあああああああ!!　貴様ぁあああああああああ!!」

……事前に収録したものであるはずなのに、こうしてうまく会話になっているのは、一連の会話を想定し先に吹き込んだ水明の先見の明を称《たた》えるべきか、どうしようもない性格

の悪さをこき下ろすべきか。

「──よーく覚えておくことだな。魔術師は一回二回殺されたくらいじゃ死なねぇんだよ」

最後に、レコーダーからそんな言葉が響いたのだった。

……直後、レコーダーが置かれている場所を中心点にして、巨大な魔法陣が展開される。円陣形成のために地面を走る輝きは緑光。暖みを帯びた光が、まるで蛍火のように舞い上がったあと、エネルギーが流路を伝って、中心へと集中していく。

これほどの規模の魔術がここまで稼働しては、もう誰にも止めることはできない。同等の大魔術を使って妨害する以外は、低位の魔術が高位の魔術に力負けしてその効力を失う『位格差消滅《ディスパラティアウト》』によって、消し飛んでしまうからだ。

……やがて光が集ったあと。

八鍵水明の肉体《フィジカル・ボディ》が再構成され、やがて先ほどと同じように、黒のスーツをまとった水明が大魔法陣の中心に降り立った。

翻る黒スーツの裾。

こつんと地面を叩《たた》く革靴の音。

蘇りの影響か。水明は猛烈な頭痛と吐き気に頭を抱えた。

「うげぇ……つーか一体どうなった？　ええっとあのデカい威力の力を直接食らったあとだったから……おっ？　そうかレコーダーだな？　いや準備しといてよかったぜ……」

その場にいた仲間たちが、水明のもとへと駆け寄ってくる。

フェルメニアなどは涙と鼻水で顔をぐしゃぐしゃにしている始末。

「スイメイ殿！」

「スイメイ君！」

「まったく、心配させるな、です」

「ほんと……心臓に悪いのよまったく」

「いや、なんか悪い。まさか戻って早々こんなことになるなんて思わなくてな」

水明が面々に謝罪を口にする中、ハイデマリーが呆《あき》れたように言う。

「まったくもう。そういうの用意してるなら先に言っておきなよ」

「悪かったたって。っていうか状況はどうだ？」

「あれ」

「あれ？」

水明はハイデマリーが指を差した方向に目を遣《や》る。

見ればムーラは息を荒くさせ、何かに憤っている様子だった。

「貴っ様ぁあああああああああ……！」

「あっれー？　なんかアイツすっげぇ怒ってね？」

もちろん水明《すいめい》はその怒りの原因がわからず、目を白黒させるばかり。

蘇りを果たしたのが彼女のプライドを傷つけたのか。それとも別の何かが逆鱗《げきりん》に触れたのか。

自分のしたことも覚えていない忘れん坊の水明に、ハイデマリーが言う。

「水明君水明君。君、レコーダーに何を言わせたか覚えていないの？」

「…………あっ！　いやでもあれ、適当に予想して吹き込んだヤツだぞ？」

「ううん。会話もしっかり嚙《か》み合ってばっちりだったけど？」

「いやばっちりって……そんなレコーダーと会話できる単純なアホがどこにいるんだよ？　ある意味特殊能力過ぎて天才だぞ？」

「その類の天才さんはあそこにいるけど？」

水明は再びその天才に目を向ける。顔は先ほどとは比べ物にならないほど真っ赤であり、もはや憤死という言葉すらよぎるほど。すでに血管がいくつか破裂しているのではないかという危惧さえ覚える。

「…………あ、ども」

「貴様」

「うん。なんかゴメン。いや、俺もそんなつもりじゃなかったんだよ。お遊びで適当に吹き込んで、ちょっと挑発できればいいかなって思っただけでさ。まさか本気で挑発に乗っちゃうような奇特なヤツがいるとは思わなくて」

「私を、単純と、貴様そう言いたいのか……!?」

「いいえ、素直でピュアな心根の持ち主なんだなって褒めてるんですほんとですニホンジンウソツカナイ」

もはやフォローにもならないそんな言葉を口にして、水明は戦闘態勢を取る。

そのまま怒りのまま踏み込んでくるか。そう思った矢先、ムーラは大きく息を吐く。

このまま怒りに任せれば、相手の思うつぼだとでも思ったのだろう。

冷静さを取り戻し、剣を構える。

「一度殺して死なないのなら、死ぬまで何度も殺すだけだ」

「お？　それ、すごい主人公っぽい言い回しだな。かっこいいぜ？　俺も一度言ってみたいなぁ」

「…………」

ムーラは答えない。代わりに、どんな生物でも射殺せそうなほど鋭い視線を向けている。

「水明君さあ。君はいちいち茶化さないと気が済まないの？」

「そんなことはないさ。いまのは正直な俺の気持ちだって。それに、俺はどうあっても主人公じゃねえの。そうだろ？　魔法使いは敵役の黒幕か味方の脇役と相場が決まってる。特に何度も復活する奴《やつ》なんかが主人公なんてどんな物語でも特殊な部類だろ？」

水明はそう言いながら笑って、ムーラを迎え撃つ態勢を取る。

与太は挟んだものの、ムーラが油断のできない相手だということには変わりない。そもそもその能力の一端もいまだ摑《つか》めていないのだ。

これで、仕切り直し。戦いの佳境は間違いなくここからだった。

あとがき

皆さま、ご無沙汰しております。樋辻臥命《ひつじがめい》です。

異世界魔法は遅れてる！　10巻発売となりました！　ありがとうございます。

今巻は水明《すいめい》くんたちメインだった前巻と大きく変わって、黎二《れいじ》くんたちの場面から始まり、一冊のほぼ半分ほどが黎二くんたちのエピソードとなっております。

勇者として呼ばれた黎二くんの悩みや成長などが描かれ、その後の展開に繋《つな》がるいろいろな要素もあり、今後黎二くんがどんな苦難を追うのか……といういままでにないピンチに次ぐピンチ。それに対して、黎二くんは一体何を思うのか。

……うん。なんかこっちが主人公っぽいですね。というかそんな正統派な感じになるよう意識しながら書いているのですが。

でもきちんと主人公が活躍するのが異世界魔法は遅れてる！　みんなの期待は外しません！　後半戦は現代日本から出戻りの水明くんたちが、大暴れ？する展開となっております！

おかしな魔術を使うリリアナさん。

新必殺技を携えた初美《はつみ》ちゃん。

もちろん水明くんの魔術も炸裂《さくれつ》します。

そして、これまで水明くんがちょくちょく呟《つぶや》いていた新キャラの登場も……。

強敵もどんどん出てきて、水明くんの戦いも激化していくことに。

魔族だけでなく、普遍の鍵のメンバーや、女神方面での不穏な部分も徐々に徐々に顔を出し、どうなるのか。

今巻も楽しい、面白い出来になったかと思います！

では、最後に謝辞といたしまして、担当編集N様、イラストレーターの夕薙《ゆうなぎ》様、装丁デザインのcao.様、校正の鷗来堂《おうらいどう》様、本当にありがとうございます。

異世界魔法は遅れてる！⑩

発　　行　2024年2月25日　初版第一刷発行

著　　者　樋辻臥命
発 行 者　永田勝治
発 行 所　株式会社オーバーラップ
〒141-0031　東京都品川区西五反田 8-1-5
校正・DTP　株式会社鷗来堂
印刷・製本　大日本印刷株式会社

Printed in Japan　ISBN 978-4-8240-0737-7 C0193